MIDNIGHT, TEXAS
TURNO DE DÍA

L A T R A M A

MIDNIGHT, TEXAS
TURNO DE DÍA

Charlaine Harris

Traducción de Efrén del Valle

Título original: *Day Shift*

Primera edición: febrero de 2018

© 2015, Charlaine Harris
© 2018, Penguin Random House Grupo Editorial, S. A. U.
Travessera de Gràcia, 47-49. 08021 Barcelona
© 2018, Efrén del Valle, por la traducción

Printed in Spain – Impreso en España

ISBN: 978-84-666-5992-5
Depósito legal: B-26.430-2017

Impreso en Liberdúplex

BS 5 9 9 2 5

Penguin
Random House
Grupo Editorial

A los lectores,
que son tan amables de seguirme allá donde vaya

Agradecimientos

Quiero expresar mi gratitud al doctor Ed Uthman, a Dennis DuBois y Miller Jackson por sus consejos e información acerca de diversas cuestiones que aparecen en este libro. Y, como siempre, gracias a Dana Cameron y Toni L. P. Kelner, alias Leigh Perry, por sus valiosos comentarios y sugerencias.

El río gira aquí un poco hacia el norte

Río Rock Fría

Terreno del rancho

Galería de Ar y Salón de

Carretera Witch Light

Casa del reverendo

HOME COOKIN

HERRAMIENTAS

Caravana de los Reed

MIDNIGHT, TEXAS

POBLACIÓN 261

Terreno del rancho

Mapa de Laura Hartman Maestro ©2015

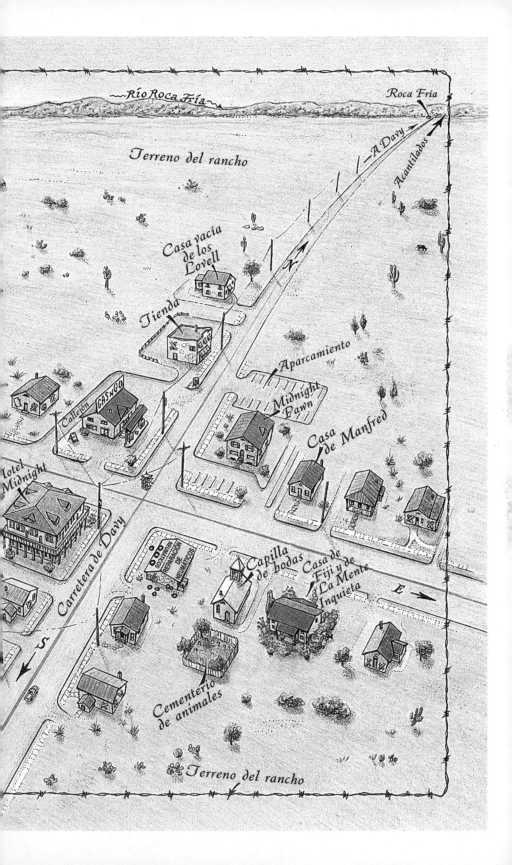

Prólogo

No es el estruendo de los camiones lo que capta la atención de Manfred Bernardo, sino el silencio que sigue al ruido de los motores. Son muchos los camiones de gran tamaño que atraviesan Midnight, frenando o acelerando en el semáforo que regula la intersección de la carretera de Davy y la de Witch Light. La casa que Manfred tiene alquilada está, precisamente, en esa carretera, de manera que se ha acostumbrado al ruido, que ha acabado convirtiéndose en una especie de música de fondo. Pero su ausencia hace que se preocupe. Antes de darse cuenta, se ha apartado del escritorio y se ha puesto en pie. Coge una chaqueta del perchero junto a la puerta y abre.

Al otro lado de la carretera, su amiga Fiji Cavanaugh sale al jardín delantero; es enero y su aspecto es desolador. Para lo que es Texas, hoy hace un día frío, aunque soleado. Su gato atigrado, Snuggly, está tomando el sol en su lugar favorito, la base de la maceta en que Fiji piensa plantar una gardenia. Incluso él está mirando hacia el oeste.

Manfred intercambia un gesto de saludo con Fiji, enfundada en un abrigo acolchado y que hoy, inexplicablemente, ha decidido peinarse con coletas, como si tuviese seis años. Luego, Manfred vuelve a dirigir su atención a los camiones. Uno de ellos va cargado de material de construcción: tablones, ladrillos, cables eléctricos, tuberías y herramientas. Dos viejas furgonetas blancas han descargado un número absurdo de hombres menudos y morenos, con chaquetas que acabarán por quitarse a medida que suba la temperatura. De un Lexus baja una mujer blanca y alta con aspecto de estar al mando de la operación. Viste unos pantalones color canela, una blusa de seda azul y un chaleco peludo de piel sintética; lleva el cabello castaño recogido en una elegante coleta y remata su atuendo con unos pendientes y un collar plateados. También lleva gafas de montura de carey y un pintalabios agresivamente rojo.

Los diversos vehículos, con sus variados pasajeros, han convergido alrededor del difunto hotel Río Roca Fría, en la esquina sudoeste del cruce. Por lo que Manfred sabe, el hotel lleva décadas cerrado. Las brigadas de trabajadores empiezan a arrancar los tablones que cierran puertas y ventanas y arrojarlos en un gran contenedor de escombros que otro camión ha depositado sobre la acera agrietada. Luego entran en el oscuro interior del hotel.

A Manfred le viene a la cabeza una bota gigantesca pateando un hormiguero que lleva mucho tiempo inactivo.

Minutos después, Fiji ha cruzado la carretera para reunirse con él. Al mismo tiempo, Bobo Winthrop baja con calma los escalones de su casa y lugar de trabajo, Midnight Pawn, que está en el mismo cruce que el hotel, pero en la esquina en diagonal a este. Manfred se da cuenta (con cierta resignación) de que Bobo presenta hoy bastante buen aspecto, a pesar de que no lleva más que unos vaqueros desteñidos, una camiseta vieja y una igualmente vieja camisa de franela abierta. Al oeste de la intersección, Manfred ve a Teacher Reed salir del Gas N Go, justo al otro lado de la carretera respecto de la casa de empeños, al este, y del hotel, al sur. Su escultural esposa, Madonna, está de pie en la acera enfrente del restaurante Home

Cookin con Grady, su bebé, envuelto en una manta. Mientras sostiene a Grady con un brazo, utiliza la otra mano para hacerse sombra sobre los ojos. Al otro lado de la calle, Joe Strong y Chuy Villegas han salido de la Galería de Antigüedades y Salón de Manicura. Joe es como su apellido: musculoso, y aparenta unos cuarenta años. Chuy es más bajo, con el cabello algo ralo y la piel tostada.

Incluso el reverendo sale de la capilla pintada de blanco, con su traje negro raído, y lanza una mirada enigmática ante tanta actividad.

«Ya solo nos faltan Olivia y Lemuel», piensa Manfred. Claro que Lemuel no puede salir durante el día, y Olivia está en uno de sus misteriosos viajes de negocios.

Al cabo de unos momentos de observar y reflexionar, Joe Strong toma la iniciativa, cruza la carretera y, sorteando a los obreros, se dirige a la mujer que parece ser la jefa, que está consultando algo en una carpeta —aunque, por su postura, Manfred está seguro de que se ha dado cuenta de que Joe se acercaba.

Ella mira a Joe y tiende la mano libre para estrechar la suya, con una sonrisa artificial en el rostro. Manfred se da cuenta de que mira a Joe directamente a los ojos, y parece que le gusta lo que ve: un hombre acicalado, de aspecto agradable y trato cercano. La boca de Joe se mueve, la de la mujer lo hace a continuación; ambos se sonríen por urbanidad. A Manfred se le ocurre que aquello es como observar un ritual. En la periferia de la visión advierte que el reverendo se retira a su capilla, pero los demás siguen fuera.

Bobo se vuelve hacia Manfred.

—¿Tú sabías algo de esto?

—No. Si lo hubiese sabido habría hecho correr la voz —contesta Manfred a su casero—. Parece algo grande, ¿no crees? —Siente una ridícula emoción, teniendo en cuenta que lleva menos de un año viviendo en el pueblo. «Contrólate.

Tampoco es como si hubiese llegado el circo», se aconseja. Aunque, en cierto modo, es exactamente así.

El bonito rostro redondeado de Fiji, sus ojos iluminados, reflejan curiosidad.

—¿Tú qué opinas? —pregunta, dando pequeños saltitos sobre los talones—. Van a reabrir el hotel, ¿no? Pero ¿cómo van a ponerlo a punto? Lleva un montón de años cerrado. Habrá que quitarlo todo y sustituirlo: las tuberías, la instalación eléctrica, los suelos...

Bobo asiente.

—Yo he estado ahí dentro. Cuando me trasladé a vivir aquí, Lem y yo entramos una noche. En la parte de atrás había un tablón suelto y Lem lo forzó. Llevábamos linternas. Solo queríamos echar un vistazo.

—¿Y cómo fue? —pregunta Manfred.

—Daba un miedo tremendo. El viejo pupitre de recepción con los casilleros para el correo seguía allí. Las lámparas colgaban del techo llenas de telarañas. Era como una película de terror. Techos altos, trozos de empapelado desprendidos de las paredes, olor a ratones. Ni siquiera subimos al primer piso. Las escaleras eran una trampa mortal —añade con una sonrisa—. Lem se acordaba de cuando estaba abierto; dijo que había sido bastante agradable.

Lemuel tiene más de un siglo y medio, así que no es sorprendente que recuerde la época de esplendor del hotel.

—Entonces ¿por qué iba alguien a gastarse el dinero en renovarlo? —dice Manfred, ya que es la pregunta que todos tienen en la cabeza—. Si crees que un hotel podría hacer negocio en Midnight, ¿no sería más barato construir un Motel 6?

—¿Quién querría pasar la noche aquí? —pregunta Fiji, otra de esas cuestiones en las que todos estaban pensando—. Si vas al norte, en Davy hay tres hoteles, y hacia el oeste, en Marthasville, al menos seis. Y si vas a la interestatal, hay un montón de sitios. Además, Home Cookin no abre para desayunos. —Es el único restaurante en veinticinco kilómetros a la redonda.

Todos evalúan los datos en silencio.

—¿Cuántas habitaciones había en el hotel? —pregunta Manfred a Bobo.

Bobo lo mira, entornando sus ojos azules mientras piensa.

—Yo diría que no más de doce. En el piso de abajo estaban el vestíbulo, la cocina y el comedor, aparte de una vieja cabina telefónica que desapareció no sé cuándo... Y las habitaciones no tenían cuarto de baño, así que, digamos que cuatro habitaciones en la planta baja, más un baño y las salas comunes, y ocho en el primer piso, más dos cuartos de baño, creo yo. Y Lem dijo que en el segundo piso estaban las habitaciones del personal y almacenes.

Fiji agarra a Bobo del brazo.

—¿Y el comedor?

—Ya —responde Bobo, sorprendido al verla tan agitada—. Ah, ya lo pillo. Los Reed.

—De todos modos, no sé cómo hace Home Cookin para seguir abierto. Pensadlo: ¿cómo? —Manfred hace un gesto de perplejidad mientras lo pregunta.

Bobo y Fiji ignoran la pregunta; en realidad, están contentos de que en Midnight haya una buena cocinera como Madonna.

—Si no abren el comedor... —dice Bobo.

—Será una buena cosa —completa Fiji—. Home Cookin tendrá trabajo, Gas N Go también, y puede que hasta Joe y Chuy vendan más antigüedades y hagan más manicuras.

—Eso estaría bien —dice Manfred. A pesar de que en el fondo prefiere que nada cambie en Midnight, admite que un toque de prosperidad le vendría bien al pueblo. Su negocio se desarrolla por teléfono e internet y no depende del tráfico de personas.

Su móvil suena y lo saca del bolsillo. No le hace falta mirar la identificación de llamada para saber que se trata de Joe, al que ha visto acercarse a Chuy.

—Tenemos que reunirnos esta noche —dice Joe sin rodeos—. Quizá Fiji pueda decírselo al reverendo, y Bobo a Lemuel. ¿Olivia está en el pueblo?

—Creo que no. ¿A qué hora?

—Aquí, en la tienda, cuando caiga la noche. —Se oye un murmullo apagado mientras Joe le pregunta a Chuy, y añade—: ¿Qué tal a las siete?

—De acuerdo, se lo diré.

—Nos vemos a esa hora.

Manfred cuelga y transmite el mensaje a los demás.

—Avisaré al reverendo, pero es imposible predecir lo que hará —dice Fiji, encogiéndose de hombros.

—Pondré una nota abajo para Lemuel —dice Bobo—. La verá en cuanto se levante de la cama. Quizá Olivia ya haya vuelto.

Esa noche, cuando los obreros y la mujer alta se han ido, los habitantes de Midnight se congregan en la Galería de Antigüedades y Salón de Manicura. A veces se oye ladrar a Rasta en el bonito apartamento que Joe y Chuy comparten.

—He pensado que podía despertar a Grady —explica Chuy—. Enseguida se tranquilizará.

En efecto, una vez que llega todo el mundo, Rasta se calla. El salón de manicura está en la parte delantera de la tienda; las antigüedades, limpias y ordenadas con buen gusto, ocupan el resto del local. Joe ha traído unas sillas plegables y un viejo canapé y lo ha dispuesto todo alrededor de una mesa baja. Él y Chuy han preparado limonada y té; también hay un par de botellas de vino y una bandeja con queso y galletas saladas. Fiji ha traído un bol de nueces tostadas y saladas. Manfred prueba una por cortesía; luego se contiene para no agarrar un puñado. Cuando todos están servidos, se reparten los asientos.

Madonna y Teacher se quedan con el canapé; Grady, el bebé, dormita sobre el pecho de Madonna. Esta tiene un porte suntuoso y un poco intimidante, y nunca ha sido demasiado amable. Su marido, Teacher, que se encarga de Gas N Go hasta que encuentre un comprador, es el manitas del pueblo. A Teacher se le da bien todo; desde que trabaja a tiempo completo en la tienda, hay un montón de cosas que se han quedado sin hacer, y todo el mundo, incluido el propio Teacher, está esperando poder volver a la situación habitual. Grady ha empezado a ponerse de pie y le falta poco para andar, y a Madonna le preocupa cómo encargarse de la cocina del restaurante mientras el bebé se tambalea por allí.

Joe, de pie frente al variopinto grupo de asientos, empieza a hablar:

—Os diré lo que sé. —Todos callan y le prestan atención—. La encargada se llama Eva Culhane. No es la propietaria, sino su agente. No sé quién es el propietario real; la señora Culhane fue muy reservada al respecto. Lo que me dijo fue lo siguiente: que el hotel va a volver a abrir. Pero las ocho habitaciones pequeñas de la planta baja se convertirán en cuatro suites con baño propio, y lo mismo con cuatro habitaciones en el piso de arriba. Estas habitaciones serán residenciales, para estancias largas.

Se oye una inspiración colectiva: muchos tienen preguntas que hacer.

—¡Un momento, por favor! —dice Joe. Se oyen unas risas, pero todos sienten curiosidad o están nerviosos.

—Las habitaciones residenciales las ocuparán personas que estén en la zona para trabajos de larga duración, como un contrato de tres meses en Magic Portal, o personas que esperen para ingresar en una residencia de la tercera edad. Eva Culhane me dijo que todas las residencias en un radio de cien kilómetros tienen lista de espera. El resto de las habitaciones serán de hotel convencional. Dos personas vivirán en los alojamientos para personal. Habrá un cocinero que preparará desayunos para los residentes y para todo aquel que se aloje en el hotel. Solo se cocinarán almuerzos y cenas para los residentes permanentes, según tengo entendido.

Los hombros de Madonna se relajan de forma visible. Magic Portal, una empresa de servicios de internet, le proporciona unos cuantos clientes (gracias a Magic Portal, la conexión a internet en Midnight es excelente), y de vez en cuando los rancheros vienen al pueblo a almorzar o cenar. Pero, ahora mismo, en la habitación están todos sus habituales. No estaría mal que hubiese unos cuantos clientes más. A las personas mayores les gusta la comida tradicional, que es lo que cocina Madonna.

—¿Qué tipo de personal tendrán? —pregunta Fiji.

—Habrá dos personas en residencia permanente —repite Joe.

—¿Alguna de ellas será una enfermera, o alguien relacionado con la sanidad? —pregunta Bobo—. Parece que les vendría bien alguien así. Y también tendrán que contratar una camarera, supongo. Son muchas habitaciones para limpiar para una sola persona, aparte de lavar la vajilla y preparar las comidas.

—Buenas preguntas. Tendremos que averiguarlo. —Joe parece un poco contrariado de que no se le hayan ocurrido a él.

—¿Te dijo la señora Culhane cuándo tenían previsto todo esto? —pregunta Fiji.

—Dijo que esperaban abrir antes de seis meses.

Se hace un breve silencio.

—Deben de tener un buen montón de pasta —comenta Teacher Reed; Bobo asiente—. Es un plazo muy corto.

Olivia, que ha llegado en coche hace una hora, habla por primera vez. Está sentada junto a su amante Lemuel, el vampiro, y parece agotada. Nadie presta atención al hecho obvio de que Olivia lleva el hombro vendado bajo la ropa.

—Tenemos que enterarnos de quién es el propietario de la empresa que lleva a cabo la restauración —dice.

—¿Crees que puedes encargarte de ello, Manfred? —pregunta Joe.

Manfred es el más experto en ordenadores de los residentes de Midnight, pero no es lo que uno llamaría un *hacker*; es solo que sabe cómo moverse por internet.

—Puedo probar —responde. Joe le entrega el folleto que le dio Eva Culhane. Tiene impreso el nombre de una corporación, MultiTier Living.

Olivia tiende la mano en silencio, Manfred se lo pasa y ella lo examina con vehemencia antes de devolvérselo.

Cuando todos han dicho ya cuanto tenían que decir (algunos, más de una vez), Lemuel sale del salón/tienda de Joe y Chuy, con Olivia apoyándose en su brazo. Los demás residentes de Midnight se van cada uno por su lado: Teacher, Madonna y el dormido Grady al otro lado de la calle, más allá del restaurante Home Cookin, hacia su caravana; el reverendo hacia la derecha, a su mísera casita. No ha abierto la boca en toda la reunión, salvo para comer queso, galletas y nueces tostadas.

Los que viven al este de la carretera de Davy (Bobo, Manfred y Fiji) van caminando juntos. Fiji lleva un recipiente de plástico con las nueces que han sobrado. Se lo pasa a Bobo.

—Repartíoslas entre tú y Manfred. Tengo más en casa. —Mira a ambos lados mientras cruza la carretera Witch Light. Su gato atigrado, Snuggly, la está esperando, y Bobo y Manfred los observan a ambos entrar por la puerta de delante.

—Pon las manos —dice Bobo.

Manfred saca un pañuelo del bolsillo y, cogiéndolo por las esquinas, lo prepara para recoger la mitad de las nueces mientras asiente en agradecimiento. Bobo sale por la puerta lateral de la casa de empeños, que da a las escaleras que suben a su apartamento.

Manfred abre la puerta de su casita, que le ha alquilado a Bobo. Pasa junto a su enorme escritorio de formas curvas, abarrotado de equipos informáticos, atraviesa el pequeño cuarto de estar —que hace las veces de comedor— y llega a la cocina. No tiene hambre ni demasiada sed, pero decide tomarse una taza de chocolate caliente antes de irse a dormir, así que coge la manta; inexplicablemente, la llegada de gente nueva le hace sentir escalofríos, y esta noche no quiere pasar frío.

A la mañana siguiente, Manfred se sienta ante el ordenador y escribe «MultiTier Living» en el buscador. Lee la descripción en los resultados; es genérica y poco satisfactoria. MultiTier ofrece todo tipo de viviendas, incluidas «residencias de larga duración» e instalaciones asistidas para estancias breves o largas para ancianos y convalecientes... al menos para aquellos que no necesiten asistencia especializada. Manfred se pasea por toda la verborrea y las imágenes de personas de edad de aspecto sano, que sonríen a sus atentos cuidadores o descansan en sus pequeños apartamentos. Finalmente, encuentra otro nombre: Chisholm Multinational.

Cuando lo escribe, la página web que encuentra es impresionante, y de un ámbito tan amplio que casi da miedo. Chisholm Multinational tiene tantas secciones que podría pasar horas navegando por su página. Es como un pulpo: uno de los tentáculos corresponde a hoteles e instalaciones sanitarias: hoteles convencionales de categoría, centros de rehabilitación, residencias sanitarias para pacientes de Alzheimer, personas con problemas de salud mental o personas que sufren los estragos del cáncer.

Otro tentáculo abarca diversas empresas de construcción. Manfred puede imaginar la relación: es razonable que sea uno mismo quien construye todas esas estructuras, ¿no? Otro tiene que ver con servicios de limpieza. Eso también es lógico: alguien tiene que limpiar los edificios que uno construye para alojar a viajeros y personas enfermas.

Decide prepararse una taza de té. No puede menos que admirar a la persona que está al frente de Chisholm Multinational; por lo que ha visto, parece que es el nieto del fundador. Se pregunta si esta persona tiene alguna idea de lo que hacen las diversas ramas de su empresa o de dónde está Midnight, Texas. Se imagina un grupo de personas trajeadas alrededor de un mapa, contemplando con interés el minúsculo alfiler que representa a Manfred, el reverendo, Fiji, Bobo, Chuy, Joe, la familia Reed... la población de este pueblo casi fantasma, y siente un repelús, una reacción de aversión, casi de miedo.

1

Cinco meses después, Manfred Bernardo se registró en Vespers, un hotel de lujo en el borde mismo de Bonnet Park, uno de los barrios más antiguos y agradables de Dallas. De hecho, Bonnet Park es como una ciudad dentro de la ciudad. Manfred pensó que sus clientes podían llegar tan tensos después de enfrentarse al tráfico del centro de Dallas que les resultaría complicado hacer la transición al ambiente tranquilo de una sesión de espiritismo o de lectura, así que seleccionó Vespers, tanto por la ubicación como por la decoración. El interior de Vespers combinaba las líneas modernas y los tonos de gris con pinceladas aleatorias de telas brillantes y esculturas de tamaño casi natural de ciervos y leones. Los ciervos parecían sorprendidos y los leones gruñían; ambas reacciones eran muy apropiadas en un entorno como aquel. En Vespers se oía una tenue música tecno de fondo durante todo el día, y el personal de recepción parecía sacado de una sesión fotográfica de *Nautica*: jóvenes, atractivos, sanos, amantes del aire libre. A ninguno de ellos le importaría contemplar su propio reflejo en el otro elemento decorativo de Vespers: los espejos.

Manfred, en cambio, prefería los interiores, aunque eso se debía en parte a su trabajo. Los psíquicos telefónicos que además tenían página web tenían que pasar todo el tiempo junto al teléfono y el ordenador, así que Manfred estaba pálido. No era un tipo alto o musculoso, y sus numerosos tatuajes y piercings no le daban lo que uno llamaría un aspecto cordial; pero lo cierto era que resultaba atractivo para determinado tipo de mujer y que era encantador a su manera, o al menos eso le habían dicho.

La recepcionista que lo registró y pasó la tarjeta de crédito no era una de las mujeres que apreciaban ese encanto en concreto.

—¿Querrá también reservar para el Vespers Veneto esta noche? —preguntó con una sonrisa radiante.

Aunque consideró la posibilidad de optar por el servicio de habitaciones, Manfred se dijo que, mientras estuviera en la ciudad, vería a tantas personas como pudiese; en Midnight no había demasiadas oportunidades de hacerlo y le apetecía ver rostros nuevos.

—Sí, por favor, eso sería perfecto. Una reserva para uno, a las ocho. —Utilizó la palabra «perfecto» con la esperanza de que ella no la repitiese.

—Perfecto —murmuró ella, mientras tecleaba la reserva. Manfred habría querido que hubiese una persona a la que mirar mientras ponía los ojos en blanco. Se conformó con mirar hacia el enorme espejo que había detrás de la recepcionista y, para su sorpresa, vio a una persona conocida. En el momento en que iba a abrir la boca para decir «¡Olivia!», los ojos marrones de Olivia se encontraron con los suyos en el espejo, y ella movió la cabeza levemente.

—¿Necesitará algo más, señor Bernardo? —le preguntó la joven recepcionista, mirándolo con ligera preocupación.

—No, no —se apresuró a responder. Recogió la carpetita de cartón que contenía su tarjeta llave y añadió—: Gracias.

—Los ascensores están allí —le señaló ella—, detrás del panel de espejos.

«Desde luego», gruñó mientras rodeaba una pared para llegar al sitio de los ascensores. Cuando uno de ellos se abrió con un ruido de aire a presión, pudo ver su exasperada imagen reflejada en el espejo de la cabina. Montó en silencio y, por costumbre, al salir miró si había cámaras de seguridad en el vestíbulo, pero no localizó ninguna. Eso no quería decir que no estuviesen allí, pero le pareció raro en un sitio como Vespers, cuya categoría y precios atraerían a huéspedes acaudalados y famosos.

A pesar del coste, Manfred había optado por una suite donde poder llevar a cabo sesiones de lectura privadas. Si hubiese viajado por otra razón, habría elegido un motel barato. Lo único que necesitaba era una cama y un cuarto de baño funcional, a poder ser, limpio. Pero los clientes siempre tenían un mejor concepto de él si los recibía en un lugar obviamente caro.

El salón, para satisfacción de Manfred, era suntuoso: sofá, sillón, televisor, bar, microondas y una pequeña mesa redonda de comedor con dos sillas que sería perfecta para sus lecturas. El dormitorio era tan confortable como cabía esperar, y el cuarto de baño, verdaderamente lujoso. Manfred deshizo rápidamente el equipaje (para ese fin de semana había traído solo ropa negra) y puso la lista de reservas sobre la mesa redonda, junto con las cartas de tarot, el espejo y un bloc forrado de terciopelo para poner los objetos que los clientes traían para ayudarlo en las lecturas. Aunque en realidad no era un psicometrista táctil, de vez en cuando le venía un fogonazo de claridad a la mente.

Al ver la familiar disposición de los objetos, sintió una honda expectación: las lecturas en persona eran emocionantes porque le daban la oportunidad de utilizar su don al máximo. Por ese motivo, las sesiones no solo le provocaban cansancio, sino, ocasionalmente, miedo. Había programado dos por la mañana y tres por la tarde el sábado, y lo mismo para el domingo. El lunes por la mañana tenía previsto abandonar el hotel y conducir de vuelta al pueblo.

Pero esta noche iba a relajarse y disfrutar del cambio de

escenario y del inusual lujo, a años luz de su casita en Midnight, en cuyo cuarto de baño había una bañera con patas, una ducha añadida y ningún espacio adicional. Ni siquiera un gato se habría podido meter allí con él. En cambio, en esta maravilla embaldosada, con sus varias duchas y su doble lavabo, habría podido meter hasta un tigre. «Hora de ducharse, cambiarse y comerse una buena cena», se dijo alegremente. Eso le serviría para quitarse de la cabeza el breve vistazo a Olivia Charity.

Después de bajar, Manfred se sintió mucho más distinguido. Aunque probablemente no es lo que uno haría en un restaurante sofisticado, se llevó su libro electrónico. No le apetecía mirar al vacío, y tenía a medias un libro sobre las hermanas Fox, las fundadoras del espiritismo. También se llevó el móvil.

Generalmente, una mesa para uno no ocupa un sitio lo que se diría estelar, pero aquella noche el restaurante Veneto estaba tranquilo, así que Manfred dispuso para él solo de toda una mesa en forma de herradura en un reservado, dando la espalda a otra idéntica orientada en la dirección opuesta. Gracias a los omnipresentes espejos, podía ver bien casi toda la sala y a casi todos sus ocupantes. Después de pedir la cena, Manfred decidió que, de hecho, quizá veía demasiado. Con su traje negro, parecía un cuervo en un campo de margaritas; los demás clientes llevaban colores vivos, en consonancia con el mes de junio.

Fue entonces cuando, a través del espejo de la pared de enfrente, vio a otra persona vestida también de negro, una mujer. Estaba sentada justo en el reservado situado detrás de él, con otra mujer y un hombre. Aunque Manfred sacó el libro electrónico y lo encendió, alzó varias veces la vista, porque la cabeza y los hombros de la mujer le resultaban familiares. A la tercera o cuarta mirada, se dio cuenta de que estaba viendo de nuevo a Olivia Charity. Nunca antes había visto a Olivia tan arreglada, y estaba asombrado de lo sofisticada y hermosa que lucía.

En Midnight, Olivia llevaba vaqueros, camisetas y botas,

y muy poco maquillaje o joyas. En cambio, la versión de Dallas llevaba los ojos muy maquillados, el pelo en un perfecto recogido a la altura de la nuca y un vestido negro brillante sin mangas. También lucía un collar con forma de hojas superpuestas. Manfred supuso que era de jade, aunque no tenía mucha idea sobre piedras preciosas.

Desde su posición solo podía vislumbrar el rostro de Olivia, pero sus acompañantes parecían absortos en la conversación, así que los examinó a ellos. Estimó que ambos rondaban casi los sesenta años, pero desde luego se conservaban muy bien. La mujer era rubia de peluquería, pero no resultaba demasiado obvio. Parecía una jugadora de tenis, y sus joyas brillaban. El hombre tenía pelo gris, con un buen corte y un buen peinado, y llevaba un traje que parecía muy caro.

«No están hablando de tenis», pensó Manfred. Una persona que pasara por allí podía pensar que el hombre y la mujer estaban manteniendo una agradable conversación con Olivia, pero Manfred era un observador sagaz, por naturaleza y profesión. Las sonrisas de la pareja tenían un toque de complicidad, una intencionalidad de guiños mutuos que le indicaba que estaban hablando de sexo en un lugar público.

Cuando los tres dieron por terminada la conversación, Manfred había acabado también de cenar. La pareja salió del comedor y Manfred vio, a través del espejo, como la mujer sacaba algo de su minúsculo bolso y lo deslizaba en la mano de Olivia: una tarjeta llave. «Vaya, esto no me lo esperaba», pensó. Siempre había especulado acerca de su misteriosa vecina, que tenía un apartamento en el sótano de la tienda de empeños, en la puerta contigua a la casa de Manfred, en Midnight.

Había conocido a Olivia el año anterior, al mismo tiempo que al otro inquilino de Bobo, Lemuel Bridger. Nadie le había contado demasiado acerca de sus vecinos, porque en Midnight a las personas, por regla general, no les gustaba chismorrear. Pero, poco a poco, Manfred se había dado cuenta de que

Olivia tenía un trabajo misterioso que la hacía viajar fuera del pueblo de vez en cuando, y también había observado que a veces Olivia no presentaba muy buen aspecto cuando volvía a Midnight. Entre otras posibilidades, le había pasado por la cabeza que Olivia pudiera ser prostituta. Sin embargo, a medida que la conocía, algo acerca de su forma de comportarse le había quitado esa idea. Y, a pesar de cómo había ido la cena con la pareja madura, tampoco podía creerlo ahora. «¿Qué se traerá entre manos?», se preguntó. Echó un vistazo al reloj. Al cabo de siete minutos, Olivia se puso en pie y salió del restaurante. Pasó al lado de él, pero no hizo el menor gesto de haberlo reconocido, ni siquiera un movimiento de ceja.

Manfred salió del restaurante unos tres minutos después, pero no vio a Olivia en los ascensores, como casi esperaba. De hecho, aquella noche no volvió a verla.

Se despertó temprano por culpa de un griterío en el pasillo de su habitación, en el tercer piso, que enseguida se calmó; luego durmió una hora más.

Cuando salía para dirigirse a la cafetería del hotel, a la hora del desayuno, la policía estaba sacando de una habitación más próxima a los ascensores un cuerpo dentro de una bolsa. Manfred pensó: «Mierda. ¿Qué ha hecho Olivia?».

Se quedó parado en el umbral hasta que la camilla fue introducida en el montacargas y, cuando finalmente se dirigió a los ascensores, un policía con un bloc lo paró y le preguntó su nombre. Manfred respondió y el policía hizo una señal en una lista.

—Un agente le hará unas preguntas más tarde. Tendrá que quedarse en el hotel hasta entonces.

—Aquí estaré. —Manfred trató de sonar a un tiempo contrito e inocente, como parecía apropiado para la situación—. Supongo que un huésped ha muerto, ¿no es así?

—Dos. El agente ya le informará.

Manfred subió al ascensor; los pensamientos recorrían su cerebro como ratones en un laberinto. Ni siquiera se había planteado la posibilidad de que Olivia no estuviese implicada en aquello, y que la bolsa pudiera contener el cuerpo de cualquier persona, aparte del hombre y la mujer con los que ella había cenado la noche anterior.

Al salir del ascensor, vio el tranquilo y moderno vestíbulo del Vespers bastante alborotado. Los espejos reflejaban a una buena cantidad de personas, la mayoría policías. Manfred suspiró; dudaba que el vestíbulo del Vespers hubiera albergado nunca tanta policía, de uniforme o de paisano. El personal tampoco tenía el habitual toque exquisito; más bien parecían estar todos nerviosos y agitados.

En el soleado restaurante de mañanas (Mattina), sentada a una mesa para dos, estaba Olivia. Ahora se parecía mucho más a la mujer que él conocía, con un maquillaje ligero, blusa de gasa y pantalones caqui. Apartó la vista con intención («Esta no es la mujer que busco»), pero, mientras la camarera le buscaba un sitio, Olivia le hizo un gesto con la cabeza para que se acercara.

—He visto a una amiga —le dijo a la camarera, y se deslizó en la silla enfrente de Olivia, que había comido un poco de fruta y yogur. Mientras Manfred se sentaba, ella pidió más café.

—¡Dios mío, Manfred! —dijo entonces, inclinándose para darle una palmada en el brazo—. ¡No sabía que estuvieses en Dallas!

—Yo tampoco —dijo él al mismo volumen, lo bastante alto como para que los camareros pudieran oírlo—. Anoche creí haberte visto, pero luego pensé: «¡No, no puede ser Olivia!». —Aunque su voz sonaba despreocupada, era consciente de que su expresión no. Olivia le sonrió.

La camarera llegó con la cafetera para rellenar la taza de Olivia, y Manfred aprovechó la oportunidad para pedir un buen desayuno; iba a necesitar combustible.

Con rostro sombrío, Olivia dijo:

—Es una extraña coincidencia, pero anoche vi a los Devlin. Creo que hacía cinco años que no los veía. Parecían estar bien, normal. No lo entiendo.

Así que la pareja muerta eran los Devlin.

—Yo no los conocía —dijo Manfred, un poco más alto de lo necesario—. Pero vi como se llevaban un cadáver por el pasillo de mi habitación, y el policía no quiso decirme lo que sucedió.

—Sí, algo horrible. Stuart... En fin, me duele decirlo, pero parece que anoche Stuart y Lucy discutieron en su habitación y él la mató, y luego se suicidó.

Manfred se la quedó mirando; el rostro y los ojos no revelaban nada.

—Por Dios... —contestó, atónito. Y para recuperar la compostura añadió—: ¿Alguien oyó la pelea? Es... terrible.

—Lo es —respondió ella tras beber un trago de café—. Me encontré con ellos en el Veneto anoche y acabamos cenando juntos. Parecían estar lanzándose ataques el uno al otro, aunque, en fin, algunas parejas son así. Hacía mucho tiempo que estaban casados. Me cuesta creer lo que ha sucedido.

—También a mí —dijo Manfred, consciente de lo excesivamente deprimente que sonaba su voz. Hizo un nuevo esfuerzo por tranquilizarse—. Entonces, si la policía te deja marchar, ¿qué planes tienes para hoy?

—Tenía pensado pasar otra noche aquí —respondió con una amable sonrisa—, y eso es lo que voy a hacer. Sé que pareceré una frívola, pero creo que seguiré con las compras. Esos eran mis planes para hoy. Y ahora, además, quiero quitarme de la cabeza a los Devlin. Después de todo, ya no puedo ayudarles ni cambiar la situación. —Miró la taza y se encogió de hombros—. Ya se sabe que si vienes a la gran Dallas, tienes que ir de compras por la Galleria; una chica siempre necesita ropa. Luego iré al cine y, por la noche, quizá vaya a un espectáculo cómico en un club. Unas risas, sobre todo después de todo esto, no me vendrían nada mal. ¿Te apuntas?

—Lo siento, estoy aquí por trabajo y tengo reservas todo el día, tanto hoy como mañana. —Las noches las tenía libres, pero sabía que iba a necesitar ese tiempo para recuperarse. Además, ahora no le apetecía ir a ninguna parte con Olivia.

—¿Trabajo?

—Lecturas privadas.

Lo miró con expresión seria, como si lo viese por primera vez.

—Espero que ganes un buen dinero.

—Esa es la idea —respondió él. En ese momento, la camarera le puso un plato delante; Manfred agradeció la interrupción.

Olivia sonrió al ver el plato repleto, pero él no reaccionó. Vertió jarabe sobre su tostada y la cortó, con la esperanza de recuperar el apetito. Los días que tenía sesiones personales comía mucho, porque lo último que le convenía era marearse. Empezó a comer; todo estaba delicioso, así que se iba sintiendo cada vez más hambriento. Olivia siguió con el café y la conversación se apagó; Manfred se alegró; así podría comer en paz. Olivia cargó el desayuno a su habitación y cogió el teléfono y el periódico.

—¿Le vas a contar esto a Lemuel? —preguntó Manfred.

—¿Por qué no? —repuso ella.

—Solo quería asegurarme de que estábamos de acuerdo. —Si había una persona en el mundo de la que Manfred no querría guardar un secreto, esa era Lemuel.

Un hombre achaparrado con camisa deportiva acercó otra silla a la mesa. Sorprendido, Manfred miró primero al oscuro rostro del hombre y luego a Olivia, que parecía algo confusa pero en absoluto alarmada.

—Manfred, este es el inspector Sterling, de la policía de Bonnet Park.

—Manfred Bernardo —se presentó, estrechando la mano del policía—. ¿Quiere hablar conmigo, o prefiere que me vaya? —Echó una ojeada al reloj; aún tenía treinta minutos hasta la cita con el primer cliente.

—Solo le molestaré unos minutos —repuso el inspector. Su voz era suave y tranquilizadora, en pronunciado contraste con su expresión severa.

Olivia asintió, se despidió y se fue.

«Genial», pensó Manfred, y trató de parecer sereno.

—Tengo una cita dentro de poco —dijo, intentando sonar natural, visto que Sterling no hablaba—. Este fin de semana es de trabajo para mí.

—¿Conoce a la señorita Charity?

—Claro. Vivimos en el mismo pueblo.

—¿Habían acordado encontrarse aquí?

—No. —Manfred sonrió—. Nos vemos bastante en Midnight.

—¿Cenó usted anoche en el restaurante del hotel?

—Así es. Tenía una reserva para las ocho.

—¿Y vio entonces a la señorita Charity?

—Pues resulta que vi la parte posterior de su cabeza. Estaba orientado hacia el lado contrario, pero aquí hay espejos por todas partes. Incluso pensé que me resultaba familiar, pero ella no se volvió, y yo estaba leyendo. No me di cuenta de quién era hasta que la vi esta mañana.

—¿Qué estaba haciendo? —El detective miró su bloc, que estaba cubierto de notas, pero Manfred supuso que no tenía necesidad de comprobar el relato de nadie. (¿Del camarero? ¿De otro cliente?)

—¿Anoche? Estaba hablando con una pareja madura que yo no conocía.

—En su opinión, ¿le pareció que se llevaban bien?

Manfred expresó sorpresa.

—Dado que no los conocía, no presté atención. Si hubiese pasado algo inusual, estoy seguro de que lo recordaría. Me refiero a voces demasiado altas, a una bebida derramada...

—Entonces, lo único que vio fue a tres personas sentadas en un reservado, hablando. Estaba bastante cerca de ellos, espalda contra espalda. ¿No oyó nada de la conversación? ¿No llegó a ninguna conclusión sobre si esas personas parecían llevarse bien o no?

—No. No era asunto mío.

—Un médium famoso como usted, ¿no notó... vibraciones? —Sterling agitó los dedos en el aire, como para indicar algo fantasmal.

A un niño de cinco años le habría parecido gracioso, pero no a Manfred. Desde que el detective se acercara a la mesa había estado seguro de que sabía quién era y a qué se dedicaba. No estaba tan seguro de si sabía cuál era el modo de vida de Olivia. Aunque habría sido útil preguntárselo a Sterling, no podía hacerlo. Manfred sonrió con condescendencia, algo en lo que tenía mucha práctica.

—Ni una sola vibración —dijo, echando un vistazo al reloj—. Lo siento, tengo que irme.

—No hay problema, señor Bernardo. ¿Va a quedarse aquí esta noche?

—Hoy y mañana, a menos que suceda algo que me haga cambiar de planes.

—¿Y qué podría suceder? —La curiosidad de Sterling parecía auténtica.

—Puede que mis clientes no quieran venir a un hotel en el que hay una investigación policial en marcha.

—De momento, todo parece indicar que se trata de un crimen y un suicidio. Es lo que indica la actividad de las tarjetas electrónicas. Solo hay una entrada, en el momento de volver a la habitación después de cenar. Aún estamos comprobando todos los datos.

—Desde luego; tienen que asegurarse —recalcó Manfred. Estaba bastante convencido de que las únicas entradas que aparecerían en el ordenador del hotel serían las registradas por la tarjeta llave, no las que se hubiesen producido porque alguien había abierto la puerta desde dentro. Olivia no había utilizado la tarjeta llave que le había dado Lucy Devlin.

—Después de todo, nosotros no somos médiums como usted —repuso Sterling con un deje de humor.

—Sería muy práctico que lo fuesen, ¿no? En fin, le deseo suerte con su investigación. —Manfred se puso en pie.

—Entonces, si necesito hablar con usted...

—Llámeme. —Y le dictó su número de móvil a Sterling, que lo escribió en el bloc—. Estoy trabajando, pero siempre puedo dedicar unos minutos para la policía.

Manfred salió del restaurante, sintiéndose aliviado a medida que se alejaba del inspector.

Era una suerte que dispusiera de un ratito para recobrar la compostura antes de que llegara su primer cliente. No solo necesitaba librarse de la persistente inquietud acerca de Olivia y de lo que podía o no haber hecho: también tenía que prepararse para la jornada que le esperaba. Sentía a un tiempo emoción y aprensión por ejercitar sus habilidades, y lo último que necesitaba era preocuparse por aquella pareja muerta. Se alegraba de no haberlos conocido en persona ni haberlos tocado físicamente; eso habría facilitado que Stuart y Lucy Devlin le localizaran desde el más allá.

Las dos primeras citas de Manfred no fueron mal. A Jane Lee le pudo asegurar que su abuela daba el visto bueno a su prometido, y a Robert Hernandez pudo sugerirle el sitio donde debía buscar el collar de oro de su madre. Durante la hora de comer, se tumbó con los ojos cerrados y recuperó energías.

Manfred saludó, no sin agrado, a su cita de la una. Ya había tenido varias sesiones con Rachel Goldthorpe. Hacía tiempo que era clienta suya, vivía en Bonnet Park y él la había visitado en su casa. Rachel tenía poco más de sesenta años, dos hijas, un hijo y varios nietos; quería mucho a sus hijas y a sus nietos, que la hacían muy feliz. Hacía menos de un año que Rachel era viuda, y acudió a Manfred por lo mucho que echaba de menos a su marido, en gran parte porque Morton había sido la única persona capaz de tratar con su hijo, Lewis.

Manfred había conocido a los hijos de los Goldthorpe, aunque brevemente, y su opinión sobre ellos se había formado, sobre todo, a partir de las anécdotas de Rachel. Tanto Annelle como Roseanna, las hijas (que tenían casi cuarenta años), parecían cariñosas y bien educadas. En cambio, el hijo menor, Lewis, parecía estar más loco que una cabra. Según su madre, Lewis se había metido en problemas y había pasado períodos en clínicas de salud mental desde los catorce años. Ahora tenía treinta y dos, nunca se había casado y estaba obsesionado con las posesiones de su madre. Después de perder su último trabajo en una empresa de gestión inmobiliaria, se había trasladado a vivir a la casita de invitados, junto a la piscina. Desde allí, Lewis vigilaba todos y cada uno de los movimientos de Rachel, y se quejaba cuando ella donaba dinero, o incluso ropa, a instituciones benéficas.

Hoy, Rachel quería hablar con su marido, Morton, acerca del problema de Lewis. Manfred le tenía cariño a Rachel, en parte porque había logrado ponerse en contacto con Morton Goldthorpe, que quería comunicarse urgentemente con su esposa. Desde el fallecimiento de Morton, las sesiones de Manfred con Rachel habían sido a la vez gratificantes y fascinantes.

Después de enviar numerosos correos electrónicos anunciando que volvía a estar disponible para consultas privadas, Rachel fue una de las primeras personas que concertó una cita.

Cuando Manfred abrió la puerta, se quedó atónito por lo abatido del aspecto de su clienta.

—¿Qué te ha sucedido? —preguntó, antes de darse cuenta de que había sonado muy poco diplomático.

—Ya, ya sé que tengo mal aspecto. Me estoy recuperando de una neumonía. —Rachel entró, caminando con dificultad, y se dirigió hacia la mesa. Se la oía respirar. Era una mujer gruesa, pero siempre había exudado vigor y vivacidad. Aquel día, en cambio, parecía como si la carne colgase de sus huesos y tenía unas marcadas ojeras—. En recepción se me cayó el bolso, no sé cómo, y el contenido se diseminó por todas partes. Tuvieron que ayudarme a recoger las cosas.

—Rachel, ¿seguro que te encuentras bien? —preguntó él, saltándose una de sus propias reglas: no hacer nunca un comentario, favorable o desfavorable, acerca del aspecto de un cliente.

Ella se esforzó por sonreír y le dio una palmadita en el hombro.

—Me encuentro mucho mejor. Hacía tres semanas que no salía de casa; esta mañana he ido a la peluquería y luego he venido a verte. ¡Sienta muy bien salir de casa! —Se tocó el pelo entrecano, peinado con sus habituales rizos rígidos. Llevaba una camiseta con la leyenda LA MEJOR ABUELA DEL MUNDO.

—¿Quién te ha regalado la camiseta? —preguntó Manfred, pensando que era una cosa que a ella le gustaría que él percibiese. Intentó que no se le notase que estaba preocupado.

Rachel se dejó caer en una silla con expresión de alivio, sacó del bolso una botella negra rellenable con dibujos de mariposas y la puso en la mesa, a mano.

—Los niños de Annelle. Y los gemelos de Roseanna me regalaron esta botella de agua por el día de la Madre —respondió, orgullosa—. Es mucho mejor que utilizar cada vez una botella de plástico nueva, ¿no? Para el medio ambiente, me refiero.

—¿Estás segura de que quieres seguir con la sesión? —dijo Manfred. No quería hacerse pesado, pero estaba realmente intranquilo.

—Llevo semanas esperando esto —respondió ella con firmeza—. Vamos a ello. Necesito algo bueno en mi vida o Lewis acabará conmigo. ¿Te conté que se había mudado a la casita de invitados? —Bebió un trago de agua y suspiró. Luego tapó la botella y adelantó sus manos gordezuelas—. Estoy lista.

Manfred se sentó frente a ella y adelantó las manos sobre la mesa para coger las suyas. Otros clientes tenían preferencias distintas: querían el tarot, o el espejo, o traían un objeto del ser querido para que Manfred lo sostuviera. Rachel quería siempre el contacto físico. Cerró sus dedos fríos sobre los de ella, templados, cerró los ojos e inclinó la cabeza.

—Morton Goldthorpe, esposo de Rachel, es a ti a quien busco. Rachel te necesita.

—Dios mío, ¡ya lo creo! —suspiró Rachel—. ¡Ese Lewis! ¡Me dijo que se iba a hacer cargo de mis joyas! ¡Hacerse cargo, como si yo tuviese Alzheimer! Así que tuve que esconder mis diamantes y rubíes.

Manfred oyó lejanas sus palabras. Estaba ocupado abriéndose para recibir a Morton, pero le tranquilizó saber que Rachel había escondido sus joyas. A pesar de que vestía igual que una de las muchas abuelas que pasaban cada día por las puertas de un Walmart cualquiera y tenía su mismo aspecto, Rachel era muy rica. El difunto Morton había ganado mucho dinero en el negocio inmobiliario y había sido lo bastante listo como para dejarlo a tiempo de sacarle el máximo provecho. A pesar de que Manfred ignoraba cuál podía ser el saldo bancario de Rachel, sabía que podía permitirse sus tarifas sin problemas, y por lo visto también muchas piedrecitas brillantes.

Pero esas reflexiones se desvanecieron cuando Manfred entró en contacto con el plano en que residían los muertos. Tenía los ojos cerrados, lo que le permitía ver mejor aquel mundo: se vio frente al habitual muro de neblina, donde los rostros aparecían con una frenética y aterradora rapidez.

Y, acercándose entre la niebla, un rostro conocido. Los dedos de Rachel permanecían relajadamente entre los suyos, pero Manfred mantuvo la concentración con fiera intensidad.

—Aquí está —murmuró, notando que Morton lo atravesaba como una exhalación. Ese día el espíritu se manifestaba de una forma algo distinta. Lo habitual era que Morton se detuviese en la yema de los dedos de Manfred, satisfecho de tocar a su mujer a través de él. Pero esta vez Morton pasó a través de Manfred con tal fuerza que entró directamente en Rachel—. No vas a sufrir, mi querida Rachel —dijo Manfred, para su propia sorpresa.

—¡Oh! —exclamó ella, algo aturdida.

A Manfred le sonó emocionada y un poco sobresaltada, pero sin miedo. Abrió los ojos y clavó su mirada en la de Rachel y, en ese instante, los ojos de ella se pusieron en blanco y se derrumbó hacia delante, sobre la mesa. Por último, sus dedos se relajaron por completo.

Morton volvió a fluir a través de Manfred, llevando a Rachel consigo. Durante unos segundos Manfred no vio nada en absoluto; luego se sintió completamente vacío.

Hasta que su vista se aclaró pareció pasar una eternidad. Entonces advirtió la flojedad del cuerpo de Rachel y supo que estaba muerta. Soltó sus manos y se abrazó, temblando como una hoja. Quiso llorar o gritar o salir corriendo de la habitación dando alaridos, pero no hizo nada de eso. A veces, como solía decir su abuela, pasan cosas imprevistas y ya está.

Se levantó, caminó inseguro hasta el teléfono y llamó a recepción.

—¿Hay algún médico en el hotel? —preguntó con voz quebrada. No había sonado tan inseguro desde que tenía trece años—. Mi invitada se ha desvanecido y creo que ha muerto.

2

—Y ¿qué pasó entonces? —le preguntó Fiji.

Estaban sentados en su pequeña cocina, tres días después. Fiji había invitado a Manfred y Bobo a compartir un asado para la cena del martes. No solía comprar trozos de carne caros, pero los solomillos estaban de oferta en el Kroger de Davy, donde compraban los habitantes de Midnight. Lo había cocinado a la manera tradicional, con patatas, zanahorias y salsa. Estaba tan delicioso que tanto Manfred como Bobo habían repetido de todo.

—Que todos los policías que estaban en la planta baja investigando la muerte de aquella pareja subieron a mi habitación —contestó Manfred en tono sombrío—. Tardé una hora en explicar lo que habíamos estado haciendo Rachel y yo. Sospechaban que yo era una especie de gigoló. Y que tenía alguna clase de relación con la pareja muerta la noche anterior, aunque ya me habían interrogado al respecto.

—Vaya... —se asombró Bobo. Alto, en buena forma, rubio y con una hermosa sonrisa de dientes blancos, Bobo se acercaba más a la imagen de amante ideal, aunque no era vanidoso y no parecía consciente de su propio atractivo—. ¿Con una señora de más de sesenta años? Debió de resultarte embarazoso.

—Estaba demasiado asustado como para sentirme así. En aquel momento me habría alegrado si solo hubiesen pensado que tenía una aventura con Rachel.

—¿Llamaste a Olivia? —preguntó Fiji, sirviendo más té helado en el vaso de Bobo—. Dijiste que la viste en el hotel.

Manfred no había comentado nada sobre la conexión de Olivia con la pareja muerta, en especial su casi certeza de que era ella quien los había matado. Se sentía furioso con ella, y también un poco asustado, pero no creía que fuese correcto comentárselo a sus amigos, así que eligió sus palabras con cuidado.

—Pensé que si la llamaba le causaría problemas. Admito que necesitaba ver a alguien conocido, así que pensé en ello.

—Aunque no creía que Olivia se hubiera mostrado amistosa si la hubiese implicado. Tuvo un momento de debilidad y por un instante pensó: «Los Devlin murieron y poco después Rachel. ¿Coincidencia?».

—¿Y qué dijo la poli? —preguntó Bobo.

—Pensé que iba a ser peor. —Manfred se encogió de hombros—. Rachel no tenía ninguna señal en el cuerpo, y el personal del hotel sabía para qué recibía a personas en mi habitación. No les dije exactamente que era un médium, pero una de las personas con las que tenía cita sí lo hizo, y, además, un inspector lo sabía.

—¿Y qué pasó con tus demás clientas? —se interesó Fiji. Se le daba muy bien el pensamiento tangencial.

—Me cambiaron a otra habitación y al día siguiente atendí a dos de ellas; las otras dos cancelaron sus sesiones —respondió Manfred. No le había sorprendido, pues comprendía la reticencia a acudir a un hotel asediado por los medios de comunicación, sobre todo porque lo que iban a hacer allí, de hacerse público, les habría resultado incómodo. Reunirse con un médium no estaba tan bien visto como, por ejemplo, asistir a una cena de beneficencia.

—¿En serio? —repuso Fiji, incrédula—. ¿Fuiste capaz de centrarte en el trabajo después de que esa pobre mujer muriese?

—Yo me habría largado —dijo Bobo—. Habría tomado el camino de vuelta a Midnight cuanto antes.

Ambos miraron a Manfred, esperando su respuesta.

—Al principio estaba conmocionado —admitió—. Pero la muerte de Rachel fue rápida y serena. Cuando me recuperé de la impresión pensé que si tenía que morir tan joven, quizá esa era la forma en que ella lo habría querido. Nunca había presenciado una muerte, ni siquiera cuando falleció mi abuela. Annelle, la hija, llegó a Vespers cuarenta y cinco minutos después, lo que fue un alivio. Contó a la policía que su madre estaba deseando aquella sesión, y que hablar conmigo siempre la hacía feliz. También les dijo que le había suplicado a su madre que se quedase en casa hasta que sus pulmones estuviesen bien —añadió, con sentido más práctico.

—¿Qué pasó exactamente? —Bobo llevó el plato al fregadero y lo aclaró—. Me refiero a qué le provocó la muerte.

—Están practicándole la autopsia; pero Annelle me dijo que Rachel se medicaba para la hipertensión. Tenía más problemas de salud de los que yo sabía. Si hubiese sucedido en su casa, nadie habría cuestionado su muerte, porque estaba bajo cuidados médicos. Espero que encontrasen la botella de agua de la que bebió; bueno, seguro que sí. Llevaba un bolso enorme y lleno de cosas, totalmente desordenado porque, según me contó, se le había caído en el vestíbulo y se limitó a meter las cosas dentro sin más. —Al cabo de un momento, añadió—: También dijo que las personas que había por allí la habían ayudado a recogerlo todo. —Intentó que no pareciese que sospechaba que Olivia había estado en el vestíbulo y la había ayudado.

—¿Y el hijo, Lewis? ¿Ese que dijiste que estaba loco? —Fiji llevó el plato de Manfred al fregadero y, a escondidas, puso un resto de rosbif en el bol de Snuggly. Aunque hasta ese momento parecía que el gato no estaba allí, apareció de pronto y se puso a comer. Fiji sonrió.

—Eso fue lo peor. —Manfred se estremeció de manera teatral—. Fue horrible. Cuando se estaban llevando a Rachel apareció Lewis, gritando. Montó una escena tremenda. Se comportó como un verdadero imbécil; como si fuese el protagonista de la muerte de su madre. Rachel se habría sentido tan violenta... No me importa decirlo: en cuanto vi que se ponía a gritar le pregunté a la policía si podía irme a mi nueva habitación.

—¿Y qué decía Lewis? —Fiji estaba fascinada.

—Pues que yo la había matado —contestó Manfred con amargura. Bobo y Fiji abrieron unos ojos como platos—. Dijo que hacía días que la seguían, supongo que mis numerosos secuaces. Lo peor fue que aseguró que ella llevaba muchas «joyas» en el bolso y que yo debía de haberlas robado.

3

Fiji, que había puesto los platos del postre, hizo una pausa.

—¿Es broma? —dijo, pensando que debía de ser espantoso que te acusasen de algo tan ruin.

—No —repuso Manfred—. Aquello fue horroroso, quizá peor que la propia muerte de Rachel.

—Pero la policía no le creyó, supongo. —Fiji empezó a cortar un pastel de cerezas en generosas porciones. «Las calorías les vendrán mejor que a mí», pensó, y decoró el pastel con nata montada en espray. Había quedado bonito.

—Creo que es obvio que está chalado —dijo Manfred; sin embargo, pese a la seguridad con que lo dijo, Fiji percibió cierta inquietud—. Y ya le había contado a la policía que Rachel me había dicho que había ocultado sus joyas de Lewis.

—¿Te dijo dónde? —preguntó Bobo.

—No. No se me ocurrió preguntárselo. No era asunto mío.

Bobo puso una expresión golosa al ver el pastel. Fiji le sonrió, controlando su tonto impulso de darle una colleja en broma. Mientras tomaban el postre, la conversación se desvió a otros temas. Hablaron de asuntos de Midnight: la última curiosidad que había traído un cliente a la casa de empeños, la continua búsqueda de alguien que se encargase de Gas N Go de forma permanente y el hecho de que la sobreabundancia de calabacines en el huerto de Madonna estaba afectando a la cocina de Home Cookin. Manfred parecía sentirse mejor después de haberse desahogado, Bobo estaba pensativo y Fiji parecía satisfecha en su cocina (donde aún entraba el sol a las siete y media) con la compañía de ambos. Después de cocinar, el calor había aumentado, pero el aire acondicionado de la ventana mantenía la habitación a una temperatura tolerable.

Fiji vio como Bobo se acababa su ración de pastel; Manfred se comió la mitad de la suya. Les ofreció que se llevasen un trozo a casa, y ambos asintieron, Bobo con más entusiasmo que Manfred. Se sintió agradecida; dejarla sola con los restos del pastel no habría sido nada amable.

Bobo se ofreció a lavar los platos, pero Fiji se negó:

—Qué va, hoy es tarea mía. La próxima vez echarás una mano.

Él protestó un poco, pero ella se mantuvo firme. Los dos le dieron las gracias por la cena y se fueron, cruzando al otro lado de la Witch Light. Bobo volvió a su apartamento situado encima de Midnight Pawn; Manfred, a la casa de la derecha de la tienda de empeños. El sol era una pincelada roja en el oeste, y las sombras violáceas se acumulaban en el cielo.

—A lo mejor llueve mañana —le dijo Fiji a Snuggly, que había salido al porche con ella. Se lamió una pata y, de pronto, levantó la cabeza y se escabulló hacia los arbustos. Ella volvió a entrar para recoger.

Mientras lavaba los platos, pensó en la historia de Manfred. Y en como él se preguntaba qué papel habría desempeñado Olivia en el asunto. Desde luego, cualquiera podía darse cuenta de que Manfred no lo había contado todo. Para empezar, no había dicho nada sobre qué estaba haciendo Olivia en Vespers. Fiji hacía conjeturas mientras secaba los platos: si se unían las misteriosas ausencias de Olivia con su secretismo sobre su trabajo y el hecho de que manejaba abundante dinero, cabía preguntarse si no se dedicaría a la prostitución. Aunque nunca nadie de Midnight lo había dicho en voz alta, no era difícil ver que todos tenían presente esa posibilidad, aunque había buenas razones para dudar de ella.

Para empezar, Fiji conocía a Olivia, al menos un poco. Olivia era perfectamente capaz de cuidarse por sí sola, y sin tonterías. A pesar de que Fiji no era demasiado ducha o experta en asuntos sexuales, Olivia no parecía una mujer licenciosa ni casquivana. Aunque su variante concreta fuese la de *dominatrix* del sadomaso, Fiji no se imaginaba a Olivia poniéndose tacones de aguja y dándole azotes a alguien.

Además, ¿por qué iba a vivir una prostituta en Midnight? ¿Por qué no más cerca de su clientela? Y ¿cuántas prostitutas podían permitirse volar de un lado a otro del país para sus citas? Fiji suponía que no demasiadas, aunque no le costaba admitir su casi total ignorancia acerca del negocio de alquilar el propio cuerpo.

Y luego estaba el asunto de la relación de Lemuel con Olivia. Lemuel era... ¿cómo decirlo? Los hombres eran misteriosos, sobre todo Lemuel, que llevaba viviendo décadas y décadas. Sin embargo, a pesar de que Lemuel parecía perfectamente tolerante con las personas con preferencias sexuales distintas de las suyas, Fiji estaba segura de que no estaría por la labor de compartir a su amante con otros hombres.

¿Era posible que Olivia estuviese haciendo lo que suponía Manfred, es decir, quedarse en Dallas el fin de semana para ir de compras y ver alguna película o espectáculo?

Fiji movió la cabeza. Quizá sí, quizá no, aunque ella se inclinaba por el no.

Cuando terminó de rumiar esas ideas, se dio cuenta de que todos los platos estaban ya apilados y los mostradores limpios. Ya era plena noche y se oía el canto de los grillos.

—Casi es hora de irse a dormir —dijo una voz aguda en las proximidades de sus tobillos. Hacía un momento Fiji había oído el ruido de la nueva portilla para gatos, de modo que no la asustó, a pesar de que no le disgustaba cuando lo hacía.

—Sí —dijo Fiji, mirando el atigrado felino—. ¿Por dónde andabas, Snuggly?

—El reverendo tuvo una visita con un olor interesante. Y aunque estaba a punto de cazar un ratón, me acerqué a investigar.

—Gracias por estar tan atento. ¿Te ha gustado tener compañía hoy?

—El rosbif estaba bueno; ¿queda más? Manfred se muestra receloso conmigo. Bobo siempre me rasca detrás de las orejas y en la tripa. Le gusta visitarme —añadió el gato con aire petulante.

Fiji reflexionó unos instantes.

—Entonces ¿quién era ese misterioso visitante? —preguntó, agachándose para acariciar el pelaje color mermelada de Snuggly; había captado la indirecta.

—Es muy alto. Y es como el reverendo.

—¿A qué te refieres? ¿En qué sentido?

El gato miró fijamente a su bruja.

—Ya sabes que el reverendo no es simplemente un viejo cura mexicano, ¿verdad?

—Sí.

—¿Y sabes qué es?

—No exactamente... —Aunque tenía sus sospechas.

Snuggly suspiró con tanta teatralidad como era capaz de hacerlo un gato de color mermelada.

—Vaya por Dios —dijo, poniendo una pata en el bol de la comida y moviéndolo de forma ligera y significativa—, tu tía abuela era mucho más lista que tú.

—Si hubiese sido tan lista, te habría ahogado en una zanja —murmuró Fiji, y se quedó mirando ceñuda al gato. Cuando su tía abuela, Mildred Loeffler, le había legado a Fiji la casita de Midnight y todos sus avíos de bruja, la herencia había incluido a Snuggly. Aunque el gato tenía sus utilidades, también era cierto que tenía la máxima consideración por su propia comodidad y confort y la mínima por los de cualquier otro ser.

—¿Vas a darme más rosbif o qué? —dijo—. Si no, echaré una siesta antes de irme a dormir.

—Podrás comer un poco para desayunar mañana. Hoy ya has cenado, ¿recuerdas? Y ya sabes lo que dijo el veterinario en tu última revisión.

Snuggly le sacó su lengüita rosada y, cuando Fiji lo miró con cara de enfado, salió ofendido de la habitación. Fiji oyó un chirrido que indicaba que el gato se había subido a su cama. Luego se lo encontraría hecho un ovillo sobre la colcha, apoyado en la almohada.

Fiji plegó el trapo de los platos y lo colgó junto al fregadero. Fue hacia la parte frontal de la casa. La amplia habitación de delante hacía las funciones de tienda y de sala de reuniones para el grupo de mujeres que dirigía los jueves por la noche. Cruzó directamente hacia la ventana que daba al oeste. En la casa de al lado, la capilla del reverendo Emilio Sheehan, había un inmaculado silencio. A pesar de que era más tarde de la hora hasta la que solía quedarse, el reverendo estaba allí, porque la luz interior estaba encendida.

Mientras miraba, un hombre alto salió de la capilla, seguido de otro delgado y bajo con sombrero; era el reverendo, y llevaba de la manita a un niño. Fiji no distinguió si era niño o niña, pero desde luego no parecía contento.

De pronto, Snuggly apareció a sus pies. «Vamos fuera», dijo con urgencia, y ella lo tomó en brazos, abrió la puerta y salió al porche. Las luces de la intersección de carreteras iluminaban la escena.

Fiji nunca había visto al hombre alto. Era apuesto: hombros anchos, cintura estrecha, trasero prieto, piernas largas y más bien calvo. Fiji se preguntó si realmente no tenía pelo o se afeitaba la cabeza. El hombre se arrodilló, rodeó al niño con sus brazos y le dio un beso mientras lo estrechaba.

«Una despedida», pensó ella con tristeza; oía al niño llorar. El hombre se puso en pie para irse y se detuvo un instante. Fiji casi pudo percibir la tristeza, la vacilación, las dudas, en la postura encorvada de su ancha espalda.

Él pareció darse cuenta de la presencia de ella, o quizá la olió. Se dio la vuelta para mirarla. Fiji seguía en el porche, con el gato en brazos, y las ráfagas de viento agitaban su cabello como un secador a media potencia. El hombre escudriñó el patio de Fiji y vio el cartel de madera: LA MENTE INQUIETA, ponía. Fiji sintió el impulso de llamarlo y decirle «¡Yo puedo ayudarle!», sin saber exactamente cómo; pero estuvo segura de que él se había dado cuenta de su bondad, porque le hizo un gesto de asentimiento con la cabeza. Luego se alejó y subió a un coche de alquiler.

Fiji evaluó la posibilidad de acercarse al reverendo y al niño lloroso. Por lo que sabía, ella era lo más parecido a un amigo que el reverendo tenía; pero vaciló. El niño ya estaba con un extraño; ¿otro más sería de ayuda? Negó con la cabeza. Si el reverendo necesitaba su ayuda, se la pediría. En asuntos del reverendo, Fiji era extremadamente cautelosa. Quizá no conociera todos sus secretos —ni quería—, pero sabía que era prudente ser lo más comedida posible.

—Tengo sueño —se quejó Snuggly, y se retiró al interior de la casa.

Desde la ventana, Fiji vio al reverendo y al niño caminar hacia el oeste y perderse de vista, suponía que de camino a su casita de campo. No pudo evitar una sensación de tristeza al imaginarse al niño en aquel austero salón, que era lo más lejos que había llegado ella en los dominios del reverendo.

Se quedó pensando en la razón por la que el extraño le había elegido a él para cuidar del niño. El reverendo nunca había tenido un hijo propio; él mismo se lo había dicho. El cartero casi nunca pasaba por su casa, y Fiji no recordaba haber visto jamás visitantes en ella; sí, en cambio, en la capilla. Dos o tres veces al mes se organizaba el entierro de alguna mascota especialmente querida en la zona vallada detrás de la capilla, y cada año cuatro o cinco parejas se casaban en la capilla propiamente dicha. De forma ocasional, alguien se detenía delante de ella y entraba para rezar. Por lo que Fiji sabía, ese era todo el ámbito de la comunicación del reverendo con el mundo exterior.

A pesar de que ella había tenido alguna experiencia como canguro cuando era adolescente, hacía años que no trataba con niños. Pero ahora se dio cuenta de que iba a tener que intervenir.

Aquella noche se quedó dormida con Snuggly acurrucado a su lado, pensando en Bobo, pensando en poner cebolletas en el asado la próxima vez que preparase uno, pensando en el niño.

4

Joe Strong también había visto al reverendo entrar en su casa con el niño. Le había sorprendido tanto que había llamado a Chuy para que viniese a ver desde la ventana. Su apartamento encima de la tienda reflejaba hasta qué punto apreciaban la comodidad y el color, y Chuy abandonó a regañadientes el sillón en que estaba viendo la tele, con una revista a mano para los anuncios. Pero la visión valía la pena.

—¿El reverendo y un niño? —dijo Chuy—. ¿Chico o chica?

—Estoy seguro de que es chico. A saber de dónde ha salido —respondió Joe tras reflexionar un momento—. Parece de unos cuatro años, ¿no crees?

—Puede. Lo que está claro es que el reverendo no lo ha secuestrado —dijo Chuy, rodeando a Joe con el brazo. Él le besó la coronilla.

—No, claro que no. Pero si el niño se queda más de una noche, va a necesitar ayuda.

—¿Quién, el niño o el reverendo?

—Los dos. —Joe movió la cabeza—. Ese niño me da lástima.

Ambos sabían que el reverendo era un animal de costumbres, y de los solitarios. Ningún hombre de su edad, taciturno y huraño, podía ser un compañero ideal para un pequeño, a pesar de que el reverendo Emilio Sheehan no tenía nada que ver con un viejo sacerdote típico, si es que existía alguien así.

—Para eso estamos nosotros —dijo Chuy—. Para ayudar.

—Y para arreglar antigüedades y uñas —dijo Joe, riendo—. Preferiría que no me gustasen tanto los muebles viejos, y que a ti no te gustase tanto adornar a las mujeres. Preferiría que fuésemos contables, o cazarrecompensas. Algo menos predecible.

—Siempre que fuésemos felices y nos cuidáramos el uno al otro —repuso Chuy con tono más serio.

—Yo trato de cuidarte —dijo Joe, dándose la vuelta para abrazar a Chuy—. ¿Lo hago bien?

—Bastante —admitió Chuy, y fue la última vez que dijo una cosa razonable durante un rato.

A la mañana siguiente, tumbados en la vieja cama que habían restaurado, reticentes a empezar el día, Joe dijo:

—Lemuel entró en el hotel hace un par de noches.

—Lemuel —murmuró Chuy con una nota de exasperación (¿o de disgusto?)—. ¿Y qué contó?

—Dijo que estaba casi terminado. No podía creer que lo hubiesen conseguido dentro de las previsiones. Cree que han invertido mucho dinero en algo que, sin duda, es un proyecto pequeño para una gran empresa.

—Eso me preocupa. —Chuy se acurrucó aún más—. Con lo tranquilo que estaba yo.

—Lo siento, cariño —dijo Joe—, pero quería contártelo. Lemuel dijo que cree que ya habrá gente en el hotel la semana próxima.

—¿Tan pronto? Maldita sea.

—Sí, ya lo sé. Puede ser bueno o puede ser malo.

—¿Es que no pueden quedarse las cosas como están? —preguntó Chuy en tono lastimero.

—Buena pregunta. Guárdatela.

Chuy le dio un leve puñetazo en el hombro y pronto cayó

dormido de nuevo. Joe, en cambio, se forzó a levantarse y se puso las zapatillas de correr. Cuando se había dado cuenta de que la cintura de los pantalones le apretaba demasiado, se prometió volver a correr. Esta era la cuarta mañana seguida que salía, y eso le hacía sentirse bien.

Bajó trotando la escalera exterior al sol del principio de la mañana. El cielo estaba despejado hasta donde llegaba la vista, y había una agradable brisa suave y continua. La acera —salvo la del hotel— estaba llena de grietas y baches, así que corría por la carretera. Normalmente era bastante seguro, ya que el tráfico por la Witch Light era escaso; la carretera de Davy registraba mucho más. Se dirigió hacia el oeste y saludó al camión que venía hacia él. El conductor, un ranchero local de nombre Mark Kolb, levantó el dedo índice en respuesta.

Sonriente, Joe siguió corriendo y resoplando. Al cabo de veinte minutos, se dio la vuelta para regresar. Su plan era alargar el recorrido cinco minutos cada semana. Cuando cruzó la carretera para volver, el sol le daba en los ojos, así que no vio el gentío hasta que estuvo cerca de casa. Atónito, se frenó y fingió correr sin moverse durante unos momentos para evaluar qué estaba viendo. Luego subió la escalera de su apartamento.

—¡Chuy, baja! —llamó, y volvió hacia la acera.

En el hotel Midnight había al menos cinco lujosos coches y un equipo de la televisión. Junto a la puerta principal, en una esquina, había unos maceteros de hormigón con flores. Una pancarta colgaba encima de la entrada, pero no pudo leerlo hasta que cruzó a la esquina de enfrente.

La pancarta ponía: ¡GRAN INAUGURACIÓN!

Chuy estuvo a su lado en cinco minutos, recién duchado, con pantalones caqui y una camisa de tela Oxford. Llevaba el cabello oscuro cuidadosamente peinado y arreglado, el bigote recortado y un agradable perfume.

—No me abraces, estoy sudado —le advirtió Joe.

—No me digas. Vaya locura. ¿Cómo ha conseguido esa Culhane que trabajasen todos tanto?

—¿Con un conjuro? —Joe se encogió de hombros—. Con mucho dinero y muchos obreros, las cosas se terminan rápido.

—Pero esto es increíble. ¿Y cómo ha conseguido que viniese la televisión? ¡Es un viejo hotel que vuelve a abrir, no un casino en Las Vegas!

—Vamos a ver qué dicen —sugirió Joe, y cruzaron la calle para ponerse detrás de la nube de personas que había delante del hotel.

Eva Culhane parecía aún más elegante y poderosa que el día que habían empezado las reformas. Iba ataviada con una ajustada falda gris de tela de espiga y una blusa blanca sin mangas. Sus piernas destacaban con unas sandalias negras de tacón ridículamente alto. Llevaba el cabello suelto, cayendo en ondas sobre la espalda.

—Eso es nuevo —dijo Chuy—. El pelo.

Joe asintió.

—Estoy intentando que todo esto no me preocupe. Y la verdad es que nos compró a nosotros el sofá y el aparador. No se puede decir que no cuide del comercio local.

—También le compró un par de cosas a Bobo.

—Ah, ¿sí? ¿Qué cosas?

—Jarrones, unas llaves antiguas que hizo enmarcar, un par de armas antiguas que hizo colocar en un expositor y unas fotografías familiares que le interesaron.

—¿Una mujer de aspecto severo con la mano apoyada en el hombro de un hombre con mostacho sentado?

—Sí, algo así. —Chuy se encogió de hombros—. Acerquémonos un poco más.

—MultiTier Living está experimentando con este concepto de residencia mixta —estaba diciendo Eva Culhane—. Este es un hotel pequeño, así que era uno de los primeros de nuestra lista. Queríamos empezar por algo reducido y resolver los problemas antes de probar con propiedades más grandes. Nuestro negocio pretende dirigirse a las estancias largas, pero incluimos también a hombres de negocios que necesiten estar cerca de Magic Portal durante unas semanas, y también a personas de la tercera edad que puedan valerse por sí mismas y que, por algún motivo, necesiten un lugar con un mínimo de atenciones donde instalarse antes de hacer planes más definitivos. —Hizo una pausa y mostró una sonrisa radiante—. ¿Alguna pregunta?

—¿Hasta qué punto tienen que valerse por sí mismas esas personas? —preguntó un reportero del periódico de Davy.

—Buena pregunta, Don. Tienen que poder vestirse solas y ser capaces de ir por sí mismas al lavabo —respondió Eva Culhane, de una forma tan afectuosa que se diría que el reportero y ella habían crecido juntos—. No es necesario que limpien sus habitaciones ni que traigan sus propios muebles, desde luego. Cada unidad dispone de dormitorio, sala de estar y cuarto de baño. Las habitaciones para personas de la tercera edad disponen también del equipamiento necesario: barras de seguridad, tirador de llamada de emergencia, etcétera. Si son tan amables de acompañarme lo verán por sí mismos.

Culhane abrió de par en par la puerta del hotel e hizo pasar a los periodistas: dos reporteros de periódicos, un editor de una revista local y el reportero de la cámara, que venía de...

—No veo el distintivo de ningún canal en el micrófono ni en la furgoneta —dijo Joe en voz baja—. ¿Quién querría filmar esto? ¿Qué canal podría interesarse por la inauguración de un hotel en Midnight?

—No sé qué pensar. —Chuy miró a su amante—. Bien,

volvamos a casa. Tienes que desayunar antes de abrir la tienda, mi rudo corredor.

Joe se rio.

—Bueno, de acuerdo, quizá un huevo y una barrita de cereales.

—Estás hecho todo un sufridor —bromeó Chuy mientras cruzaban a la tienda.

Después de comer, ducharse y prepararse para el nuevo día, Joe bajó y vio a Chuy arreglándole las uñas a Olivia Charity, una de sus pocas clientas habituales.

—¿Te ha contado Chuy lo de la gran inauguración? —le preguntó Joe después de saludarla.

—Sí —contestó Olivia—. No creo que hayamos tenido nunca una inauguración así en Midnight, ni siquiera desde los tiempos que Lemuel es capaz de recordar.

—Hace un par de días que no lo veo —dijo Joe mientras sacaba el plumero de quitar el polvo. Intentaba pasarlo por los muebles de la tienda una vez cada dos días. El plumero había sido un regalo de broma de Chuy un par de Navidades atrás, pero a Joe le había gustado.

—Lemuel no está —informó Olivia con cierta tristeza—. ¿Recuerdas esos antiguos libros que Bobo encontró? No ha podido traducirlos todos, así que ha ido en busca de alguien que sí pueda hacerlo. Ya va por la tercera ciudad.

Chuy se concentró en la tarea, pero Joe vio —le bastó fijarse en cómo orientaba la cabeza— que aquello había despertado su curiosidad. Ambos sabían, sin embargo, que probablemente Olivia no respondería —quizá no podía— a ninguna pregunta al respecto.

—Espero que vuelva pronto —dijo Joe; un comentario bastante neutro—. Midnight no es lo mismo sin Lemuel.

—Eso es verdad —respondió Olivia, volviéndose para mirarlo.

«Lo quiere de verdad», pensó Joe, asombrado. Nunca había pensado en su relación como una cuestión de amor, sino más bien como una atracción magnética, como de limaduras metálicas imantadas; no se había imaginado que la ternura y las emociones también tuviesen su papel.

De un vistazo a Chuy se dio cuenta de que él también pensaba algo parecido.

—Quizá no tarde mucho en volver —dijo Chuy, y cambió de tema—. Olivia, ¿quieres pinceladas en forma de alas en las uñas esta vez?

—Sí, claro, eran muy monas —dijo ella, aunque su rostro solo mostraba indiferencia.

Mientras Chuy se inclinaba sobre la mano, Joe siguió pasando el plumero.

5

Olivia se quedó frente al hotel varios minutos, sin decidirse a actuar. Los vehículos habían desaparecido del bordillo. La pancarta seguía ondeando sobre la entrada, pero ya no había nadie en la acera. Las petunias de los maceteros agitaban sus vistosas cabezas al viento.

El viento era una de las cosas que le recordaban a su casa. En San Francisco, donde había pasado una parte importante de su juventud, el viento de la bahía era parte de la vida diaria. Notarlo en la cara la hacía sentirse bien; formaba parte de la sensación de estar fuera del recinto cerrado de su casa paterna, fuera de las altas paredes que la encerraban, o, como su padre solía repetir, la mantenían a salvo.

A salvo de cualquiera que no fuese su familia.

—Putos gilipollas —espetó en voz alta.

Lo hacía cada vez que pensaba en sus padres; las palabras salían de su boca estuviera donde estuviese. Aquí, en Midnight, daba igual. ¿Quién iba a oírla? Y si la oían, ¿quién iba a preguntarle por ello? Pero en el mundo real había dado unos cuantos buenos sustos. En todo caso, eso era lo que pensaba. Aquí, en este pueblo en el culo del mundo, donde quedaba tan poca gente que un cartel que informara de la población habría parecido un chiste, había encontrado el lugar más inverosímil para establecerse y la criatura más extraña como amante.

Olivia se tragó su agitación.

La lista de cosas que le gustaban de Lemuel Bridger era larga, pero la principal era su capacidad para absorber la tensión y la ira que la llevaban a situaciones terribles. Y ella lo ayudaba a prosperar, así que todos ganaban.

Al fijarse en el recién reabierto hotel Midnight, sintió esa familiar sensación de ira creciente, debida en parte a la ausencia de Lemuel. Antes de darse cuenta, estaba cruzando la carretera Witch Light a grandes zancadas y empujando la puerta restaurada del vestíbulo, que olía a una mezcla de viejo y nuevo. El polvo de décadas estaba arraigado entre las rebarnizadas tablas del suelo, y añadía sabor a los efluvios de la pintura, el barniz y la cera y al penetrante olor de la tornillería y las piezas metálicas nuevas. «Este nivel de sensibilidad olfativa se lo debo a la sangre de Lem», pensó. A Lem le encantaba que lo mordiera.

Al abrir la puerta había oído una campanilla, la versión electrónica de una real. Segundos después, unos pasos enérgicos procedentes del fondo del vestíbulo, a la izquierda del mostrador de recepción, precedieron la llegada de una mujer de unos cincuenta años. De pelo castaño corto, con muchos cabellos grises, tenía piernas y brazos delgados y un grueso abdomen.

—Buenos días —saludó la mujer mientras se colocaba detrás del mostrador, como preparándose para hacer el registro de Olivia—. ¿En qué puedo ayudarla?

—Soy Olivia Charity. —Observó a la mujer con la atención de un halcón que vislumbra un ratón, pero no vio señal de que hubiese oído antes el nombre—. Vivo aquí, en Midnight —aclaró.

—Encantada de conocerla. Yo soy Lenore Whitefield.

—¿Esto va a ser una residencia para viejos? —preguntó Olivia, a pesar de que había leído los folletos. Lo único que quería era captar la atención de la señora Whitefield (que, por cierto, llevaba un sencillo anillo de oro en la mano izquierda) y hacerla hablar.

—Oh, no —respondió con una sonrisa—. En realidad es un hotel para huéspedes de estancias largas. ¿Quiere que le muestre las instalaciones? Tenemos algunas habitaciones para lo que llamamos residencia asistida previa, donde pueden alojarse personas que tengan que dejar su casa antes de obtener una en el lugar que hayan elegido. No es una residencia.

Muy lista. Olivia estaba segura de que si hubiera dicho «sí, es una residencia», la administración les exigiría permisos y tal, mientras que así podían eludir la cuestión.

—Sí, me gustaría ver las instalaciones —dijo Olivia, con una de sus sonrisas encantadoras (sabía cómo serlo cuando quería)—. Tengo una tía anciana que podría estar interesada.

—Olivia tenía una tía, una frágil y atractiva viuda de cincuenta y pico años, que habría preferido que le disparasen antes de que la llamaran «anciana».

—Desde luego. Bueno, por aquí tenemos habitaciones equipadas que podrían servirle a su tía.

Olivia echó un vistazo a una. A pesar de que era más bien pequeña, la habían restaurado con gracia y talento. Las sillas eran bajas y cómodas, igual que la cama, y el cuarto de baño, con agarraderas en las paredes, estaba pensado para facilitar las cosas a quienes pudieran tener dificultades para agacharse e incorporarse.

A continuación pasaron por el pequeño comedor, donde la señora Whitefield aprovechó para explicar la normativa de comidas. A través de una ventanilla abierta Olivia vio a una mujer latina de mediana edad con una redecilla en el pelo atareada cortando algo en la encimera de la cocina. ¿Acaso había ya huéspedes para los que cocinar?

Antes de que pudiese preguntar nada, la señora Whitefield la guio hacia una salita junto al vestíbulo, una especie de cuarto común para los residentes, y señaló la mesa de juego, el televisor y un montón de revistas.

De nuevo en el vestíbulo, le mostró a Olivia que se había instalado un pequeño ascensor en el mismo lugar donde había estado una cabina telefónica. Luego siguió a la señora Whitefield escaleras arriba. Las primeras habitaciones habían sido adaptadas para el viajero moderno. No solo había wifi gratuito, sino también tomas de corriente abundantes y a mano para cargar libros electrónicos, teléfonos o cualquier otro dispositivo. Los televisores eran de pantalla plana, y había bases para conectar los iPod. Las camas eran altas y de color blanco, con aspecto de ser muy cómodas. Había también un microondas, una cafetera y un pequeño frigorífico. Si no tenías más remedio que pasar una noche, o un mes, fuera de casa, las cosas podían ser mucho peores que acabar en el antiguo hotel Río Roca Fría, renacido ahora como hotel Midnight. Había también otras dos habitaciones para «la tercera edad».

—Entonces ¿piensan que el futuro está en este tipo de residencias multiuso? —preguntó Olivia.

—Por supuesto; sobre todo en poblaciones pequeñas, donde la especialización no es viable desde un punto de vista económico.

—¿Va a trabajar a tiempo completo? ¿Viviendo aquí? —Olivia sonrió, animando a su interlocutora a explayarse.

—Así es. Yo estaré aquí y mi marido hará labores de mantenimiento. Además, una enfermera cualificada pasará por aquí una vez al día para visitar a los residentes mayores, tomarles la tensión, etcétera.

—Todo suena muy bien. —Y, de hecho, era verdad, lástima que ella no tuviese ninguna tía que realmente necesitara un sitio donde instalarse hasta que quedase una vacante en alguna residencia asistida—. Espero que tengan mucho éxito. ¿A quién se le ocurrió reabrir un viejo hotel como este? ¿Fue idea suya?

La señora Whitefield la miró con sorpresa.

—Oh, querida, yo no tengo tanto dinero —respondió sonriendo—. No; fue una gran corporación que tiene muchos proyectos como este y, gracias a Dios, no les importó contratar a alguien como yo, que llevaba un año sin trabajo, y como mi marido, que aún llevaba más tiempo.

«Personas desesperadas cuya lealtad inquebrantable se ofrece al primer postor», pensó Olivia. En su familia siempre habían sido unos oportunistas, especializados en contratar personal de esa forma.

—Eso es una bendición —dijo con sobriedad.

—Y que lo diga. Obtuvimos un lugar donde vivir y un trabajo con el que ganarnos la vida.

—¿Tienen hijos? —preguntó Olivia mientras examinaba las nuevas y gruesas cortinas que cubrían la ventana de la última habitación.

—No recibimos ese don. Pero somos muy felices el uno con el otro.

—Por supuesto —repuso Olivia con tono comprensivo y solidario—. Gracias por mostrarme el hotel. Llamaré a los hijos de mi tía y se lo contaré todo. A mí me ha encantado.

Mientras bajaban las escaleras, un hombre grueso de algo más de cincuenta años entraba por la puerta principal con varias bolsas en las manos, bolsas de plástico del supermercado Kroger de Davy, según vio Olivia.

—Harvey, ya voy —dijo Lenore Whitefield, y se adelantó a Olivia por las escaleras—. Deberías haberme llamado.

—No pasa nada —repuso Harvey, aunque respiraba pesadamente como si, en realidad, sí pasara algo—. Debería haber aparcado en la parte de atrás y entrado por la cocina.

Su mujer puso expresión de querer saber por qué no lo había hecho, pero finalmente cogió unas bolsas para aligerar su carga y dijo:

—Lo siento, señorita Charity, tengo que volver al trabajo. Gracias por pasarse.

—Un placer conocerla —contestó Olivia—, y de nuevo gracias por enseñarme el lugar.

Salió por la doble puerta que daba a la acera de la carretera de Davy. Había una vieja camioneta aparcada, probablemente el vehículo de Harvey Whitefield. O quería que su mujer viese lo mucho que trabajaba, o quería echarle un vistazo a Olivia, o no era muy listo. O todo a la vez.

Echó a caminar a buen paso hacia el oeste, como si se dirigiese a Home Cookin, y echó un vistazo al callejón. Junto a lo que debía de ser la puerta de la cocina había aparcado un viejo Ford Focus y un nuevo y flamante Escalade. ¿Es que Eva Culhane seguía allí? Y si no, ¿de quién era el Escalade? Era demasiado lujoso para los Whitefield, parados de larga duración.

A pesar de que no tenía la sensación de que alguien la estuviera observando, Olivia siguió andando. Cruzó la Witch Light de vuelta a la Galería de Antigüedades y Salón de Manicura. Joe y Chuy levantaron la vista, sorprendidos de que volviese.

—Me dieron un paseo por el lugar, y es realmente bonito. Deberíais ir a verlo. La pareja de encargados se llama Whitefield; Lenore y Harvey.

—Vaya, gracias por la información —dijo Joe.

—No ganamos para emociones —sonrió Chuy.

Olivia se despidió con un gesto y regresó paseando a Midnight Pawn, subió los escalones hasta la puerta de la derecha del edificio, entró y giró a la derecha para bajar a su apartamento. Podría haber entrado por la tienda de empeños y charlado un rato con Bobo, pero no estaba de humor. A pesar de que le tenía cariño a su casero, lo encontraba un poco aburrido. Aún no podía creer que hubiese escondido tan bien y durante tanto tiempo esos libros que Lem había estado buscando. No es que lo hubiese hecho con mala intención; es que no sabía que aquellos volúmenes que olían a viejo fuesen importantes para Lemuel. Pero aun así...

En el silencioso apartamento consultó su cuenta de correo electrónico especial, la que usaba solamente para cuestiones de trabajo. Su agente la informaba de que «Todos están encantados». Ese era su comentario habitual, y significaba que el dinero se había transferido según sus especificaciones.

Pero había añadido otra frase: «¿Daños colaterales de la otra parte?».

Se refería a Rachel Goldthorpe. Olivia respondió: «No. Coincidencia. ¿Natural?».

En cuanto pulsó «enviar» se levantó para encender el televisor, pero en ese momento oyó el sonido que le indicaba que tenía correo. Sorprendida, volvió al escritorio y leyó la respuesta: «Mis fuentes dicen: no natural».

—Vaya —dijo en voz alta—, eso lo complica todo, y mucho. —¿Debía avisar a Manfred? Viendo la situación en conjunto, decidió que mejor no.

Dos horas más tarde, cuando los reporteros empezaron a llegar a Midnight, se arrepintió de no haberse ido.

6

Manfred estaba sumido en su trabajo, es decir, visitando sus páginas web, contestando llamadas y dando consejos y predicciones a sus seguidores. Aunque no solía pensar en ellos como seguidores; los llamaba «clientes». Nunca se consideró a sí mismo un timador, porque sus talentos eran reales. Sin embargo, no siempre se manifestaban cuando él lo necesitaba, así que a veces, claro, tenía que completarlos. Así es como él lo veía.

La primera llamada a la puerta le hizo levantar la cabeza, molesto. ¿Quién podía ser? Casi todas las personas de Midnight conocían su horario, y no vendrían a visitarlo durante su período de trabajo. Algo irritado, se acercó a la puerta y la abrió. El clic de una cámara fotográfica, que le recordó el ruido de un grillo, sonó varias veces.

—Señor Bernardo, ¿es cierto que Rachel Goldthorpe estaba en su habitación en el Vespers cuando murió?

Su abuela siempre le decía: «Que nunca parezca que estás ocultando algo». Manfred logró controlar su pulso y su expresión, aunque por dentro temblaba de miedo.

—Sí, es cierto. Hacía tiempo que era clienta mía. Su muerte me entristeció profundamente. —«¿De qué va todo esto?», pensó.

—¿Clienta? ¿De qué servicio? —La reportera, una chica joven de las que envían a cubrir historias poco importantes, pareció exigir la respuesta desde una postura de superioridad moral.

—Como usted sabe, soy médium —dijo Manfred, con una voz que indicaba que estaba siendo paciente.

—¿Y la señora Goldthorpe trató del tema de sus joyas con usted?

—No, no trató ese tema: se limitó a decir que las había escondido.

—¿Sabía usted que Lewis Goldthorpe afirma que usted robó las joyas de su madre?

—No sé por qué iba a decir una cosa así. —«Aparte de porque es un cabronazo chalado.» Vio que dos personas salían de un coche delante de la tienda de empeños y se dirigían hacia la puerta—. Esto me resulta tan inexplicable como sorprendente. Si me disculpan, tengo trabajo. —Y tras esa abrupta despedida, cerró la puerta de golpe y echó el cerrojo.

Luego cogió el móvil. Mientras marcaba un número cerró todas las cortinas, que mostraban una incongruente mezcla de colores (no era muy consciente de que supuestamente las cortinas deben combinar). A Manfred no le gustó la penumbra en que quedó sumida la estancia, pero tampoco sabía hasta dónde eran capaces de llegar los reporteros para obtener una foto.

Sonó el teléfono fijo. Lo descolgó y colgó para interrumpir la conexión y lo dejó descolgado. En ese mismo momento, una voz jovial contestó a la llamada del móvil.

—Clearfork, Smith y Barnwell. ¿Con quién desea hablar?

—Jess Barnwell, por favor —pidió Manfred, tratando de que no se distinguiese el pánico en su voz.

—¿Quién le llama?

—Manfred Bernardo.

—Un momento, por favor.

Fue realmente un momento lo que tardó en volver a la línea.

—Señor Bernardo, el señor Barnwell está reunido en estos momentos, pero le llamará en cuanto termine.

Parecía que a Jess ya le había llegado alguna versión de la noticia.

—Gracias —dijo Manfred, sinceramente—. Esperaré. Por favor, dígale que esto está lleno de reporteros.

—Lo haré —dijo la chica en tono comprensivo.

Se repitió la llamada en la puerta. Manfred se sentó al ordenador, pero le costaba concentrarse en sus clientes.

Finalmente sonó el móvil. Manfred lo cogió de inmediato.

—¿Jess?

—No; soy Arthur Smith. Estoy delante de su casa. ¿Puedo entrar?

Era el sheriff del condado de Davy, cuya zona incluía Midnight. Manfred lo había conocido hacía unos meses, y le caía bien.

—De acuerdo. Voy hacia la puerta, esté listo para entrar rápido —dijo Manfred, acercándose a la puerta.

—Llamaré con dos golpes, pausa, dos golpes —dijo Smith antes de colgar.

Manfred se quedó junto a la puerta y enseguida oyó la contraseña. Abrió y Arthur Smith entró rápidamente.

Tenía poco más de cuarenta años y cabello rizado, tan claro que las canas no eran visibles de forma inmediata. Sus ojos azules miraban con una intensidad que podía resultar desconcertante. Manfred recordó que Smith había actuado de forma directa y honesta con la gente de Midnight cuando se descubrió el cuerpo de la novia desaparecida de Bobo, y contaba con la naturaleza honrada del sheriff.

—¿Se puede saber qué demonios ha pasado? —preguntó Manfred—. ¿Qué es todo esto? ¿Por qué está aquí toda esta gente? —Toda su cólera y miedo salió en pequeños estallidos de palabras.

—Intenté llegar antes que ellos, pero estaba en el juzgado con los últimos trámites de mi divorcio; uno de mis ayudantes se estaba encargando de un atraco en una tienda y otro está de baja con un brazo roto. Se cayó del caballo.

—De acuerdo —dijo Manfred—. No deja de ser una razón peculiar para que un representante de la ley no acuda al trabajo.

—Al parecer, aquí no es tan peculiar —repuso Smith—. ¿Le importa que me siente?

—No, y lamento lo de su divorcio. ¿Sabe por qué han venido los medios? ¿Qué demonios pasa?

—Primero dígame su versión de lo sucedido en Dallas. ¿Tendría un té o un vaso de agua?

—Claro —contestó Manfred. Desde que el sheriff estaba allí se sentía más tranquilo.

Respiró hondo varias veces, le sirvió a Arthur Smith un vaso de té helado con una cucharadita de azúcar y le invitó a sentarse en el viejo sofá del antiguo comedor, que ahora era la habitación donde veía la televisión. Había un sofá, un sillón y un televisor de pantalla plana sobre una antigua cómoda.

—Antigüedades, ¿eh? —comentó Smith mientras se aposentaba con cautela en el sofá.

—Son cosas viejas que tenía mi abuela —repuso Manfred—. Nada buenas, solo viejas. —A él le daba igual; mientras se sintiese cómodo, era feliz. Y fue al grano—. Esto es lo que pasó en Dallas —dijo, y le contó todo, aunque omitió un detalle: sus propias especulaciones acerca de Olivia. Le fue útil que Smith estuviese más interesado en los datos de su encuentro con Rachel Goldthorpe.

—¿Con cuánta frecuencia se veían? —preguntó Smith.

Manfred había consultado los detalles nada más volver a Midnight, así que fue a buscar la hoja impresa y se la entregó al sheriff.

—Esas son las fechas en que la vi en persona. También

hablé con ella varias veces por teléfono, pero ella prefería las sesiones cara a cara.

—¿Y qué hace usted en esas sesiones? —Smith se reclinó como alguien que dispone de todo el tiempo del mundo para escuchar. Manfred suspiró.

—Por supuesto, el cliente paga un anticipo para reservar una hora.

—Por supuesto —repitió el sheriff secamente.

—Así, cuando llega a mi habitación del hotel, estamos listos para empezar. Siempre tengo reservada una suite, de manera que el dormitorio no sea visible, para mantener un aire profesional. Además, en las suites suele haber una mesa de comedor, en la que dispongo los diversos medios para leer el futuro del cliente o examinar cualquier pregunta que quiera plantearme.

Smith sacó un bloc de notas.

—¿Qué medios son esos, por ejemplo? —preguntó con seriedad.

Manfred sintió alivio. La situación ya era lo bastante difícil como para, además, tener que enfrentarse a la actitud habitual de la ley ante los psíquicos.

—Por ejemplo... una baraja de cartas de tarot, una especie de bola de cristal...

—¿Me toma el pelo? —Smith lo miró con expresión exasperada.

—No. —Manfred sonrió de forma tensa—. Desde luego, no afirmo que miro la bola y veo el futuro; pero sí que es un objeto útil para concentrarse. Tenerlo delante me facilita el uso de mi don.

—Su don.

—No siempre soy un fraude, Arthur. —Manfred estaba lo bastante irritado como para tutear al sheriff—. Mi don es auténtico.

—De acuerdo. Bueno, siga con su historia.

Manfred se lo contó todo, hasta el más mínimo pormenor. Tenía buena memoria, cosa que le resultaba útil en su trabajo, y recordaba casi todo lo que Rachel había dicho.

—¿La señora llevaba un bolso grande?

—Así es.

—¿De qué tamaño, diría usted?

Manfred se encogió de hombros y abarcó con sus manos un espacio de unos cuarenta centímetros por treinta, y unos diez de grosor.

—Aproximadamente así de grande. Y lo llevaba lleno de cosas. Me dijo que había estado enferma de neumonía. Creo que tuvo que rebuscar en el bolso para encontrar unos pañuelos de papel.

—¿Llevaba siempre un bolso tan grande?

Manfred trató de recordar, pero acabó encogiéndose de hombros.

—Supongo que no me fijo en los bolsos.

—En sesiones anteriores con usted, ¿abrió y cerró muchas veces el bolso?

Manfred se quedó mirando al sheriff mientras forzaba su memoria.

—No era necesario —dijo pausadamente—. Recuerdo que la primera vez que nos vimos me trajo fotos de su familia. Una de su difunto marido, Morton. Pero no solo había pagado la tarifa de reserva, también había pagado la sesión completa, así que no tuvo que extender un cheque. Tampoco me pidió nunca que hiciese psicometría táctil; le gustaban las sesiones de espiritismo clásicas.

—¿Y en qué consisten esas sesiones?

Manfred suspiró con discreción. No le gustaba tener que dar explicaciones, y odiaba las miradas de incredulidad que le dirigían los escépticos. Pero tampoco podía permitirse una postura de superioridad moral: a menudo descubría hechos que no eran el producto de una afinidad con el mundo de los muertos, sino de una astuta capacidad de observación del mundo de los vivos. Creía que los pintores no siempre tenían la inspiración de su lado cuando pintaban, y que los escritores escribían pasajes enteros que no habían sido inspirados por las musas. Así pues, era normal que él mismo, Manfred, no lograra conectar con lo sobrenatural cada vez que alguien se lo pedía. Sin embargo, si no lo conseguía, no cobraba; así que lo hacía lo mejor que podía, y dejaba siempre la puerta abierta para recibir revelaciones auténticas. No obstante, estaba bastante seguro de que el sheriff no vería todo esto con la misma tolerancia que otro practicante de las artes ocultas. Con un imperceptible encogimiento de hombros, empezó a dar su explicación habitual.

—Normalmente, mi cliente y yo nos tomamos de la mano —dijo—. Él o ella pide hablar con alguien que ha pasado al otro lado. Yo convoco a esa persona; es como pulsar un interruptor para que una baliza empiece a parpadear. Luego espero a ver quién acude. No siempre es la persona adecuada; a veces, esa persona no está allí. Otras veces hay alguien que tiene un mensaje urgente que transmitir.

Arthur Smith se quedó mirando fijamente a Manfred con sus fríos ojos azules. No hacía falta ser adivino para ver que le estaba costando mantener una expresión abierta y libre de prejuicios.

—Muy bien. Así que cogió las manos de Rachel Goldthorpe. ¿Dónde estaba su bolso?

—Creo... creo que lo tenía en el suelo, junto a la silla. Sé que a veces las mujeres lo dejan colgado del respaldo, si el bolso tiene una correa para el hombro, pero el de Rachel no la tenía. —Recordaba haberla visto entrar con él en la habitación. Era beige, de cuero blando, nada rígido, y tenía asas cortas. Volvió a oír su respiración trabajosa, la palidez del rostro—. No lo puso en la mesa, así que debía de estar en el suelo.

—¿Entró alguien más en la habitación durante su sesión con la señora Goldthorpe?

—No. Suelo ofrecer a los clientes una bebida del minibar, pero ella no quiso nada. Llevaba su botella de agua.

—¿Cómo dice?

—Llevaba una botella de agua. No de Evian ni nada de eso. Era una botella negra como las que usan los deportistas, con un estampado de mariposas. Su nieta la había decorado para ella, o se la había regalado, algo así.

—¿Qué hizo con ella?

—La puso en la mesa y bebió un gran trago en cuanto se sentó, para aliviar la tos.

—¿Estaba tosiendo?

—Así es; y le costaba respirar. Me dijo que se estaba recuperando de una neumonía.

—¿Qué pasó con el agua?

—No lo sé. Seguía allí cuando los de emergencias llegaron a la habitación; después, desapareció. Me trasladaron de habitación en cuanto examinaron a Rachel. Solo volví para comprobar que habían sacado todas mis cosas; luego me quedé en la habitación de al lado.

—Después de que se llevaran el cuerpo de la señora Goldthorpe, ¿estuvo solo en su habitación original?

—No; el botones estaba conmigo.

—¿En todo momento?

—Sí. Le habían dicho que se encargase de mí. De hecho, me di más prisa de la que habría querido porque él estaba todo el tiempo rondando por allí.

—¿Qué le ponía nervioso?

—La situación en sí —dijo Manfred con franqueza—. Estaba muy alterado. Me obsesioné con mis cables y cargadores. La última vez que estuve en un hotel olvidé el cargador del teléfono en la habitación, y conseguir otro es un engorro. Otra vez me olvidé de mi baraja de tarot favorita. —Extendió las manos en gesto de impotencia.

—¿Se le ocurrió mirar en la papelera? —Smith se inclinó

hacia delante, fijando sus ojos pálidos en los de Manfred. Este sintió la absurda necesidad de palparse las anillas de la ceja para asegurarse de que estaban todas en su sitio.

—¿La papelera? No. Los de emergencias dejaron algunas cosas en la papelera, pero no busqué dentro.

—¿No vio la botella de agua?

—No. Como era negra, supongo que si la policía no se la llevó, podría haberse caído rodando bajo algún mueble. Es posible que no me hubiera dado cuenta.

—¿Y el bolso, lo vio?

—De eso sí me habría dado cuenta, sin duda. Habría insistido en que alguien del hotel lo guardara para entregárselo a un miembro de la familia. Así que supongo que lo cogieron los de emergencias o la policía. Me fijo mucho en ese tipo de cosas, sobre todo si por ahí anda un chalado como Lewis Goldthorpe.

—Ahora que menciona a Lewis... ¿Lo conocía de antes?

—Sí —respondió Manfred con expresión de disgusto—. Había oído hablar mucho de él a su madre. Para ella era una fuente de dolor y preocupación. La última vez que tuve una sesión con Rachel, él la siguió y empezó a aporrear la puerta de la habitación. Me acusó, en términos muy gráficos, de acostarme con su madre, y eso fue lo más suave que dijo.

—Me extraña que, después de eso, ella aún quisiera citarse con usted para una sesión.

—Francamente, a mí también. Me dijo que Lewis le había estado dando muchos problemas. Sus dos hijas parecen buena gente; no entiendo cómo puede haber tenido un hijo tan penoso.

—¿Le caía bien ella?

—Claro. —Manfred volvió a percibir el flujo del espíritu de Rachel a su través, el terror que había sentido cuando comprendió lo que significaba. Si no se hubiese puesto en contacto con su marido, ¿habría muerto ella? ¿Había venido Morton a buscarla porque Manfred lo había llamado, o habría estado allí de todos modos en el momento de su muerte? ¿Ella habría muerto en aquel mismo momento de haber estado en su casa, acostada en la cama?

—¿Manfred?

—¿Qué? —Sacudió la cabeza y se dio cuenta de que Smith lo estaba mirando fijamente—. Lo siento, es solo que... me siento mal. Era una mujer muy agradable, y me gustaría que siguiera entre nosotros. Pero no tengo elección, claro.

—¿Cree que le había llegado la hora? ¿Que la rueda de la fortuna había girado y se había detenido en su nombre? —La curiosidad de Arthur Smith parecía auténtica, y lo que dijo se acercaba tanto a lo que Manfred creía que se quedó asombrado.

—Sí, eso pienso. Espero que el cansancio de ir al hotel a verme no fuese demasiado para ella. No me malinterprete, pero me gustaría que, de haber estado en cualquier otro lugar (en la consulta del médico, en la cama viendo un serial, en un bar tomando un zumo) hubiese fallecido en el mismo momento. Aunque cómo saberlo. ¿Qué dijo la autopsia?

—Que era una mujer sedentaria, con sobrepeso y de edad avanzada que sufrió una neumonía aguda. El examen toxicológico aún no ha llegado.

—¿Cree que había algo en la botella de agua?

—No lo sé, todavía no tengo los resultados —respondió Smith.

—Entonces ¿a santo de qué todo esto? —Manfred señaló la puerta como si pudiera ver a los periodistas del exterior.

—Falta buena parte de las joyas de la señora. La policía recibió la lista de su agencia de seguros después de que su hijo lo acusara a usted de robarlas de su bolso.

Manfred se quedó boquiabierto.

—¿Quiere decir que hablaba en serio? —preguntó con incredulidad—. ¿Su madre acaba de morir y él está preocupado por las joyas?

—Eso es lo que él dice.

—Ella me dijo que él pretendía quedárselas. —Manfred no pudo evitar la amargura en su voz.

—¿Qué le dijo, exactamente? —Estaba claro que esta era la pregunta que le interesaba a Smith.

—Que había tenido que esconder sus joyas de Lewis. Estaba furiosa, y también dolida. Me explicó que Lewis le había dicho que estaba senil, que tenía que encargarse de sus joyas por el bien de ella.

—Y usted, ¿qué le contestó?

—Nada —respondió Manfred, con expresión sombría—. Pero pensé que, antes de que se fuera, le diría que les comunicase a sus hijas dónde iba a ocultarlas, o que alquilase una caja de seguridad y firmase un poder notarial a nombre de Annelle o Roseanna.

—Lástima que nadie le diese ese mismo consejo antes de encontrarse con usted —comentó Smith.

—Nunca he intentado ver el futuro de nadie que no fuese un cliente —dijo Manfred, conmocionado—. Ella quería hablar con Morton y él... se la llevó.

Ahora le tocó al sheriff mostrar incredulidad.

—¿Me está diciendo que un hombre muerto mató a su propia esposa?

—¡No! —Manfred notó que se ruborizaba—. No estoy diciendo eso, en absoluto. —Inspiró profundamente—. Cuando llamé a Morton, apareció de inmediato. La verdad es que me quedé... estupefacto. Me sentí orgulloso, pensando que había sido mi competencia psíquica lo que le había hecho acudir tan rápido. Ahora pienso que él debía de estar esperando la llamada. Creo que sabía que su mujer estaba a punto de fallecer, y quería acompañarla durante la transición para que no tuviese miedo.

Manfred tuvo la conocida sensación de ver a una persona racional tratando de encajar algo que le resultaba irracional e increíble.

—¿Cree usted que...? —Arthur Smith se detuvo. Inspiró hondo e inclinó la cabeza, primero a un lado, después al otro, como estirando las cervicales—. ¿Cree que la señora Goldthorpe sabía que estaba a punto de morir?

—No. Aún estaba entusiasmada con la vida. Sabía que no estaba bien de salud, pero no sabía que le estuviese pasando algo tan drástico que le costaría la vida.

—Suena como si no tuviera duda alguna.

—Es que es así. Por cierto, he llamado a Jess Barnwell en Fort Worth. Me ha representado en otras ocasiones.

—Muy bien. Necesitará un abogado. He oído hablar bien de Barnwell. Si con él no funciona, puede probar con Magdalena Orta Powell, de Davy.

—Menudo nombre —sonrió Manfred.

—Para una gran abogada.

Se pusieron de pie.

—¿Puede usted librarme de toda esta gente? —preguntó Manfred, haciendo un gesto hacia la puerta.

—Puedo intentarlo —respondió Arthur, no muy optimista—. Les diré que tienen que mantenerse fuera del jardín delantero.

—Eso estaría bien —dijo Manfred, y abrió la puerta lo bastante para que el sheriff, con el sombrero firmemente encasquetado, saliese. Manfred trató de no prestar atención a las preguntas que gritaban los reporteros.

«Tengo suerte de trabajar en casa», pensó. Echó un vistazo al móvil, que aún no había sonado. Estaba inquieto; pensaba que, a esas alturas, ya habría recibido alguna noticia de Barnwell. Volvió a llamar al bufete. Esta vez, la secretaria le dijo:

—Lo lamento, señor Bernardo, pero el señor Barnwell dice que va a tener que buscar otro representante legal. Ha trabajado antes para la familia Goldthorpe, y ayer, al final del día, el señor Goldthorpe se puso en contacto con él.

—Pero Morton Goldthorpe está muerto.

—Fue el señor Lewis Goldthorpe. —La voz mantuvo un cuidadoso tono neutro. Y añadió—: Lo siento. —Y colgó.

La siguiente llamada de Manfred fue a Magdalena Orta Powell. Estaba empezando a sentirse como un conejo tratando de encontrar un agujero para ocultarse del zorro.

Estuvo hablando con su ayudante, un hombre llamado Phil van Zandt, un nombre difícil de olvidar. La voz de Van Zandt le indicó que debía de ser un joven de poco más de veinte años, como el propio Manfred, y que no era un lugareño.

—¿Podría pasarse por la oficina mañana a las cuatro, señor Bernardo? —preguntó Van Zandt en el tono abstraído de una persona que está mirando una agenda y la pantalla del ordenador al mismo tiempo—. A esa hora probablemente ya haya vuelto del juzgado.

—Phil, la situación es la siguiente: vivo en Midnight y tengo un montón de reporteros a la puerta de mi casa. No puedo salir sin que me acosen. Si no tengo más remedio, lo haré, pero preferiría no verme obligado a ello. ¿Sería posible que la señora Powell viniese a mi casa?

—Deje que lo consulte con ella. Un momento. —Hubo un zumbido electrónico y una musiquilla que no era vomitiva.

Phil volvió en menos de dos minutos.

—Puede pasar por su casa el lunes a las once. Antes de que se emocione, déjeme informarle de sus tarifas.

Después de comentar algunos aspectos prácticos, Manfred colgó y comprendió por fin el impulso que había sentido durante los últimos meses de trabajar mucho y ahorrar.

Había sido para poder pagar a Magdalena Orta Powell.

7

Olivia necesitaba salir de compras. Aunque casi nunca cocinaba en su pequeño apartamento —y casi nunca con microondas—, se le había acabado el limpiacristales, apenas tenía papel higiénico y se había levantado con el antojo de comer manzana con nata y vainilla. Sin la menor idea de que estuviese pasando algo extraño, salió por la puerta lateral de la casa de empeños para subir al coche; en ese momento vio la pequeña multitud arremolinada en el exterior de la casa de Manfred. También estaba el coche del sheriff.

Volvió a meterse dentro, echando humo por las orejas. Luego salió por la puerta principal de la tienda. Bobo estaba leyendo sentado en su silla favorita, un verdadero trono para pobres, tapizado de terciopelo. Utilizaba el lector electrónico, así que Olivia sabía que estaba con su plan de leer una colección de grandes novelas de misterio y suspense. No sabía quién era el editor de la colección, pero admiraba la constancia de Bobo.

—¿Qué está pasando allí? —preguntó, señalando hacia la casa de alquiler con el pulgar.

—Y buenos días a ti también —dijo él, apartando el lector electrónico con reticencia—. Voy por la número veintisiete, que es *El misterio del Bellona Club*, de Dorothy L. Sayers.

Olivia no estaba de humor para los comentarios ingeniosos de Bobo.

—Que me digas lo que pasa —espetó de mal humor.

En ese momento, Joe abrió la puerta y se asomó.

—Algo he oído. Acusan a Manfred de ser un ladrón de joyas, y hasta han sugerido que mató a esa anciana —dijo Bobo—. Tú deberías saber más que yo; según he oído, estabas allí. —Y miró fijamente a Olivia.

—Yo no tuve nada que ver con eso. ¿Quién le acusa? ¿Y qué dicen que ha robado?

—Lo único que sé es lo que he oído decir a los reporteros mientras sacaba la basura a la acera. Y ya te lo he dicho.

—No me lo creo —intervino Joe—. ¿Manfred? Venga...

Olivia estaba furiosa, pero se guardó de demostrarlo. En esa clase de situaciones no podía tomar el control e imponerse sin más.

—Él no lo hizo.

—Estoy de acuerdo —coincidió Bobo—. Es una persona honesta con un trabajo de charlatán. No creo que tuviera relación con eso, ni con el asesinato y el suicidio que ocurrieron el mismo fin de semana. En el mismo hotel.

Se hizo un silencio significativo.

Olivia puso cara de enojo. No se sentía culpable, pero tampoco feliz. Además, odiaba la proximidad de los periodistas. Ya tenía bastante con los nuevos propietarios del hotel. Uno de sus motivos para instalarse en Midnight había sido evitar la vigilancia, y el lugar le había parecido perfecto.

—Quiero que esto se acabe —dijo, y pensó cuánto echaba de menos a Lem.

—Pues claro —asintió Bobo—. Yo también.

Ella se dejó caer en una silla, una mecedora con un cojín estampado de flores. Los muebles que acababan en la tienda de empeños tenían tendencia a quedarse allí para siempre.

—Entonces ¿crees que podrían arrestarle?

—Pues sí —contestó Bobo—. No creo que sea culpable de nada, pero... bueno, lo de ser médium parece algo fraudulento. No importa cuál sea la verdad, no es correcto que el hijo de esa mujer a la que él trataba de ayudar le acuse. Además, los reporteros van a estar por el pueblo mientras haya noticia, y ahora incluso disponen de un lugar donde quedarse en caso de que la historia cobre fuerza. Y van a desenterrar el asesinato de Aubrey y la desaparición de los Lovell. —La familia Lovell regentaba Gas N Go antes de irse repentinamente de Midnight. A Aubrey Hamilton, la antigua novia de Bobo, la habían encontrado muerta en un río, al norte del pueblo.

Olivia evaluó la situación. Sus ojos pasaron del rostro de Joe al de Bobo; una de las numerosas cualidades de este era dejar pensar a las personas. Antes de conocer a Lemuel, Olivia había lamentado no sentir ninguna atracción por Bobo como hombre. Ahora, mientras sopesaba maneras de echar a los periodistas de Midnight, llegó a la conclusión de que Bobo tenía demasiado de rosa y demasiado poco de espina.

—Hace unos minutos —dijo Joe— una de las reporteras vino a hacerse las uñas, y le pidió a Chuy que se diese prisa por si sucedía algo que afectase la historia, pero también dijo que estaba cansada de esperar de pie a la puerta de Manfred, así que puede que acaben aburriéndose y yéndose.

—Y una mierda; eso no va a pasar —dijo Olivia, y Bobo asintió. Ambos sabían bastante más sobre medios de comunicación que Joe. El tintineo de una campanilla les hizo volverse.

Para sorpresa de todos, el reverendo entró en Midnight Pawn, acompañado de un niño al que cogía de la mano.

Olivia podía contar con los dedos de una mano las veces que el reverendo había ido a la tienda de empeños. Los recorridos habituales del reverendo, aparte de ir de compras muy raramente, incluían su casa, la capilla de bodas y el cementerio de animales, el restaurante Home Cookin y nada más, salvo que se tratase de una terrible emergencia.

De manera que ahora debía de haber una terrible emergencia.

Y a continuación apareció Fiji, con una cesta colgada del brazo.

—¿Estás siguiendo el Camino de Baldosas Amarillas, Feej? —preguntó Bobo—. Hola, reverendo. Hola, jovencito. —Se acercó y se agachó delante del niño.

«Bah, le gustan los niños», pensó Olivia con exasperación.

—¿Qué podemos hacer por usted, reverendo? —preguntó, mientras veía como Fiji se acercaba al reverendo y se detenía junto al niño. Al abrir la cesta, de su interior saltó Snuggly.

El gato se sentó a los pies del niño, mirándolo. El niño tenía el cabello oscuro y enredado, y llevaba una camiseta de *The Walking Dead*, algo que no parecía muy adecuado para un pequeño de su edad. Pero ¿qué demonios estaba pasando?

—Hola, hermanito —dijo Snuggly con su vocecilla estridente.

En un movimiento rápido, el chico se puso de rodillas delante del gato, mirándolo a la cara. De pronto, sonrió de un modo cautivador. Miró hacia Fiji y Olivia vio que sus ojos eran violeta, como las flores pensamientos.

—Creo que me he enamorado —dijo Fiji alegremente—. Hola, chico. Yo soy Fiji. Este es Snuggly.

—Yo me llamo Diederik —dijo el chico.

—Yo soy Bobo. —Le tendió la mano al niño, que la estrechó con inseguridad.

Al parecer, aún no estaba familiarizado con la costumbre de estrechar manos. Para sorpresa de Olivia, Joe abrió los brazos y el pequeño saltó en ellos sin vacilar. Se abrazaron brevemente y el niño se apartó.

—Y yo soy Olivia —dijo, adelantándose.

El muchacho la miró y ella tuvo la impresión de que la estaba midiendo y pesando. No tendió la mano hacia ella, sino que le dirigió una respetuosa inclinación de la cabeza.

Olivia se sintió satisfecha, incluso halagada. Y entonces algo le pasó al rostro del niño: miró hacia arriba y se dio la vuelta como siguiendo una emanación.

—¿Qué es ese olor? —le preguntó al reverendo. Este se inclinó y susurró al oído del chico—. Ah —dijo él, como si se confirmasen sus sospechas.

El reverendo se irguió y pasó la mirada por todos, uno a uno.

—Diederik se va a quedar conmigo por un tiempo. Su padre tiene cosas que hacer.

A Olivia se le ocurrieron al menos cinco preguntas que hacerle, pero el reverendo Emilio Sheehan tenía muchos secretos. Sabía que lo mejor era no hacer preguntas que se pudieran tomar a mal. Tener al reverendo en contra no era buena idea.

—Nos alegramos de que estés con nosotros, jovencito —dijo Bobo—. Puedes venir a pasar el rato conmigo aquí en la tienda siempre que quieras, cuando el reverendo esté ocupado.

—O conmigo, en La Mente Inquieta —dijo Fiji, con tonos melifluos.

—Yo te puedo llevar a cazar con arco —ofreció Olivia con expresión forzada. Le gustaba que el niño se hubiera dado cuenta de que ella merecía respeto. «O al menos puedo peinarte esos pelos», pensó. La buena presencia era otra de las cosas que se le daban bien a Olivia.

—Gracias —dijo el pequeño a todos. A pesar de sonar evasivo, parecía contento.

—Por cierto —el reverendo decidió ir al grano—, ¿qué hace toda esa gente en el pueblo? ¿No había bastante con lo del hotel? —Se había quitado el polvoriento sombrero; tenía el ralo cabello negro pegado al cráneo, húmedo de sudor.

—Si os sentáis, os lo contaré —dijo Bobo.

Todos lo hicieron menos el niño, que no parecía interesado en las conversaciones de los adultos. Se paseó por la tienda sin hacer apenas ruido, los grandes ojos violeta absorbiendo los objetos raros y singulares que le rodeaban, la boca abierta en expresión de asombro. Olivia recordó la primera vez que ella había estado en Midnight Pawn y comprendió la fascinación que sentía.

Hacía cuatro años. Iba de camino a Dallas para tomar un vuelo hacia... ¿dónde? Algún lugar del Este. Había terminado un trabajo cerca de Marthasville, un viejo ranchero que se negaba a vender sus tierras a un hombre con mucho dinero. Casi nunca salía del aeropuerto al que llegaba, y nunca con el mismo nombre. Aquel día había visto por primera vez la salida de Midnight y Davy en la autopista.

Un pueblo llamado Midnight. Ese nombre le pareció atractivo.

No tenía prisa, así que tomó la salida. Había visto los comercios cerrados, pero la tienda de empeños en un cruce de caminos en mitad de ninguna parte, o eso le pareció a ella, la fascinó. Tenía que entrar.

Quedó cautivada por las cajas llenas de cosas viejas y misteriosas. Los estantes parecían abarrotados de objetos curiosos e interesantes. Se había quedado curioseando largo rato. Cuando Bobo, el nuevo propietario, le dijo amablemente que iba a cerrar durante una hora para comer, había conducido hasta Davy para almorzar (no se fiaba del restaurante Home Cookin, y fue una elección acertada, porque en aquellos tiempos lo regentaba una pareja de ancianos que no sabían cocinar tan bien como Madonna Reed). Sin embargo, después de una hamburguesa rápida y una tónica, se había sorprendido volviendo a la tienda de empeños, que por dentro era mucho más grande de lo que aparentaba por fuera. Como a aquellas horas ya estaba oscureciendo, había conocido a Lemuel.

Nunca había conocido a nadie como él. No supo cómo se sintió él aquella noche, pero ella experimentó una fuerte atracción hacia él. Olivia había estado en presencia de centenares de hombres más guapos, ricos y poderosos en el sentido mundano del término. Y enseguida supo qué era Lemuel. Pero... algo en su edad, en su fuerza y su crueldad la había fascinado.

Aquella noche, el pequeño cartel detrás de la caja registradora, que ni siquiera había visto durante su anterior visita, pareció llamar su atención: SE ALQUILA APARTAMENTO EN EL PISO DE ABAJO, y ninguna otra información. «Estaba esperando a que lo leyese la persona adecuada», le comentó Lemuel un tiempo después, y Olivia le creyó.

No se habían hecho amantes de inmediato. Ambos eran personas precavidas, a pesar de que la biología y la atracción los guiaban en la misma dirección. Así pasaron al principio su luna de miel, conociéndose mutuamente, en una burbuja solo para dos.

Perdida en sus recuerdos, Olivia no volvió a la tienda de empeños y al niño hasta que el reverendo preguntó:

—¿Cuándo vuelve Lem, Olivia? —El reverendo no solía formular preguntas tan directas.

—Se ha llevado unos libros para consultar con unos amigos suyos —contestó—. Justo ahora está en Nueva York. —No lo especificó; Bobo había encontrado, de forma accidental, los libros de magia que Lemuel había estado buscando en la tienda de empeños durante todos aquellos años, y Lem se lo estaba pasando muy bien con ellos. Pero algunos estaban escritos en un lenguaje tan antiguo que Lemuel no lograba desentrañarlo, así que se fue de viaje, la primera vez que salía de Midnight en los últimos cien años.

Ella no le había propuesto acompañarlo. Si él lo hubiese querido, se lo habría dicho; y, aunque ella esperaba que lo hiciera, e incluso reorganizó sus horarios por si acaso, él no lo mencionó.

—Así que no sé cuándo volverá —añadió Olivia con calma—. Cuando haya terminado lo que ha ido a hacer, supongo.

—¿Puedes llamarlo?

—Sí puedo, pero no lo voy a hacer. Se lo está pasando muy bien, y se lo merece.

En realidad, no sabía si eso era cierto. Desde que Lem se fue, solo había sabido algo de él un par de veces: cuando la informó que no había encontrado nada útil en Atlanta y cuando le anunció que había encontrado un posible traductor en Minnesota, que no había podido ayudarle pero lo había remitido a un vampiro en Nueva York.

Ella sabía que para Lemuel una semana era un instante; aunque para ella una semana era una semana. O dos. Además, a Lemuel no le gustaba el teléfono, aunque sabía utilizarlo. De hecho, tenía un móvil, y desde cada lugar al que llegaba le enviaba un breve SMS; nada más.

La mirada del reverendo era seria, como si pudiera leerle el pensamiento; pero no dijo nada más sobre Lemuel. Lo que sí dijo fue:

—Tenemos que sacar a toda esa gente de Midnight. —Hizo un gesto con la cabeza hacia la casa de Manfred. El niño se había acercado a los estantes y estaba mirando un antiguo ukelele expuesto en una vitrina de cristal.

—Ojalá pudiésemos —dijo Bobo, mientras miraba de reojo al pequeño Diederik. Olivia sabía que todos se preguntaban qué lo hacía tan especial—. Pero no creo que se pueda a corto plazo.

Fiji parecía inquieta; finalmente, dijo:

—Bobo, ¿tienes a mano un peine o un cepillo?

—Hay uno debajo del mostrador.

Al cabo de unos segundos, Fiji encontró un pequeño cepillo para el pelo. Lo miró, no muy convencida, pero respiró hondo y se acercó a Diederik.

—Ven aquí, jovencito. Tienes una cita con este cepillo.

Diederik la miró alarmado, pero obedeció y se colocó delante de ella. Fiji le dio la vuelta, poniéndolo de espaldas, y comenzó a peinarle el oscuro cabello. Al ver la amabilidad de Fiji, Olivia desvió los ojos para no tener que mirar.

Cuando Fiji hubo terminado, el chico ya no parecía un salvaje.

—Mientras jugueteas con el niño, tenemos que hablar de la situación —dijo el reverendo—. ¡Olivia!

—¿Sí? —Se puso rígida y miró al anciano. Era una persona menuda, con ropa anticuada y cabello ralo, pero, si el reverendo hablaba, lo mejor era escucharle con atención.

—Tienes que encontrar esas joyas perdidas para que sepan que Manfred no las tiene. Entonces se irán.

—¿Por qué yo? —refunfuñó Olivia.

—Porque eres ladrona —repuso el reverendo con voz neutra—. Tú puedes imaginar dónde un ladrón podría ocultar algo así.

Podría haber dicho cosas peores y habrían sido verdad, así que Olivia sintió cierto alivio. Pero no le gustó la forma en que todo el mundo evitó su mirada, y sintió una sensación fría, la que sentía cuando le parecía que todos estaban contra ella.

—¿Por qué iba a ayudar a Manfred? Apenas le conozco.

—Olivia —replicó el reverendo. Una sola palabra. Suficiente.

—Bien, haré lo que pueda. Espero contar con la ayuda de todos, si es que la necesito.

—Yo te ayudaré —dijo Fiji. A pesar de que parecía tener toda su atención puesta en Diederik, había estado escuchando. Sacó una goma elástica del bolsillo de la falda.

«Claro que tiene una goma. Claro que está dispuesta a ayudar», pensó Olivia, sin malicia alguna. Olivia había llegado a aceptar que, simplemente, Fiji era así.

—Te ayudaré en todo lo que me pidas —ofreció Bobo.

Joe vaciló un momento.

—Chuy y yo haremos lo que podamos —dijo con prudencia—. Y, desde luego, Rasta siempre está listo para ayudar —añadió Joe, y todo el mundo se rio, menos el reverendo y el niño.

Olivia asintió.

Fiji había recogido el cabello de Diederik en una coleta. Ahora parecía un niño distinto, mayor.

—Reverendo, Diederik necesita un baño —comentó Olivia, para que Fiji no tuviera que encargarse sola de todos los asuntos de higiene personal—. Y también ropa limpia.

El reverendo miró al niño como si lo viese por primera vez.

—Si tú lo dices... Diederik, tengo que cuidarte bien, como le prometí a tu padre. —Se dio la vuelta y los miró a todos—. La capilla estará vacía durante un rato; así que vigiladla. Tengo un funeral hoy a las cuatro; un gato llamado Albóndiga.

Snuggly dejó de lamerse la pata y emitió un sonido parecido a una tos. Olivia se dio cuenta de que el gato se estaba riendo.

—¿Es que crees que ese nombre es peor que Snuggly? —murmuró Olivia. El gato le lanzó una mirada de desdén.

El reverendo salió sin decir nada más, cogiendo la mano de Diederik como si tuviese tres años en lugar de... bueno, ¿cuántos años tenía? Olivia observó a la desigual pareja dirigirse a la casa del reverendo para, según cabía suponer, meter a Diederik en la bañera.

—¿Qué edad creéis que tiene? —comentó—. ¿Ocho años?

—Anoche pensé que era más pequeño —dijo Fiji, frunciendo el ceño—. La ropa le venía muy grande.

—Yo creo que podría incluso tener once —intervino Bobo, y se encogió de hombros.

Fiji estaba volviendo a poner a Snuggly en la cesta.

—Sí, unos once. Y hoy la ropa le queda ajustada.

—Me pregunto qué edad tendrá mañana —dijo Joe, y se fue sin añadir nada más. Todos se quedaron mirándolo.

—Me pregunto qué es lo que sabe —apuntó Fiji.

Olivia, aburrida de la conversación, comentó:

—Tengo que ir a hablar con Manfred. Lo llamaré antes.

—Y se fue a buscar el móvil a su apartamento.

Con el teléfono en la mano, sintió —de nuevo— la tentación de llamar a Lemuel.

Pero no lo hizo.

8

Tal como habían convenido, Manfred estaba esperando en la puerta trasera para dejar pasar a Olivia, que llegó corriendo, tan rápido que algunos reporteros no estaban seguros de haber visto a nadie. Manfred pudo cerrar la puerta con llave en cuanto ella entró sin que nadie hubiera podido moverse siquiera.

—Uf, cuánto me alegro de verte. ¿Te apetece tomar algo?

—La primera impresión de Manfred no fue tranquilizadora. Olivia la Mortal parecía irritada y cansada. Había esperado recibir a Superwoman, pero no fue así. Trató de ocultar su desánimo.

—Sí, un vaso de agua me vendrá bien.

Se sentaron a la pequeña mesa que Manfred tenía en la cocina y se miraron.

—El reverendo me ha encargado que te saque de esto —dijo ella, sin ocultar que eso la fastidiaba.

—¿Por qué? Quiero decir, él y yo no somos lo que se diría amigos.

—Hay un niño que se queda con él en su casa. Diederik. Es una criatura misteriosa. —Olivia torció las comisuras de los labios en una expresión de ironía; siempre había algún misterio—. El reverendo no desea reporteros cerca del niño, o al menos eso creo, así que quiere que se vayan. Y la forma más rápida de conseguirlo es resolver tu problema.

—¿Y tú crees que...? —Manfred se detuvo.

—¿Si puedo hacerlo? —Olivia esbozó una sonrisa torcida—. Si alguien de Midnight puede hacerlo, esa soy yo. —Se quedó mirando al médium—. Sabes que tengo ciertas habilidades, ¿no?

—Ah... eso pensaba. Pero... —Vaciló un momento—. Verás, Olivia, lo que pasa con tus habilidades, hasta donde sé, es que son algo drásticas.

—Vaya, no me digas que eres escrupuloso —contestó, mostrando una sonrisa de lobo. Se lo estaba pasando bien siendo ella misma.

—Pues sí. Más que tú, en todo caso. Espero que encontremos una manera de resolver esto sin tener que hacer algo que... no se pueda deshacer.

—Yo nunca he sido tan joven como tú. —Apartó la mirada unos segundos antes de volverse para decir—: Voy a hacerlo independientemente de tu aprobación. Se trata de un problema de la comunidad, no solo tuyo. Así que cuéntame lo que pasó.

«Está bien, vamos allá», se rindió Manfred.

—El sheriff Smith estuvo aquí esta mañana, justo después de que llegaran los de la prensa. Lewis Goldthorpe me acusa de haberle robado joyas a Rachel. Mi clienta, la que murió. Y resulta que es posible que no muriese por causas naturales. Pero aún no han recibido los resultados de su análisis de sangre.

—¿Qué es lo que sospechan?

—El sheriff me hizo preguntas sobre su botella de agua. Creo que le han dicho que podría haber contenido algo que no debería haber contenido.

—¿Algo que tú no pusiste? —Olivia enarcó una ceja.

—No bromees sobre esto. Sabes que no lo hice. Y por si aún no te has dado cuenta, estoy bastante asustado.

Manfred esperaba que replicara con algún comentario ácido, pero Olivia se limitó a asentir.

—Muy bien. Entonces, lo primero consiste en determinar dónde ha ocultado Lewis las joyas que dice que has robado. Vamos a suponer que eso es lo que ha hecho. ¿Qué motivo tendría para ello? Y ¿dónde crees que las ha ocultado?

—He tenido un par de horas para meditar sobre ello. En primer lugar, Lewis está loco; pero, además, es retorcido y astuto, según su madre al menos. Me hablaba mucho de él. Lewis y sus problemas eran el motivo de que ella estuviese tan obsesionada por mantener el contacto con su difunto esposo.

—A lo que tú la ayudabas encantado. —El tono de Olivia no era exactamente burlón, pero se parecía bastante.

—Sí —contestó él, en tono neutro—. Estaba encantado de ayudarla. Y no era difícil acceder a él, menos que a la mayoría de los espíritus.

Olivia puso una mueca de escepticismo.

—De acuerdo. Volvamos al asunto: ¿por qué Lewis tiene esa fijación contigo?

—Uno, porque nunca le gustó que Rachel gastara un dinero que él pensaba que tenía que dejar intacto para él. Dos, porque una buena parte de los consejos que le daba Morton tenían que ver con neutralizar los planes de Lewis, y ella seguía esos consejos. Y tres, porque Lewis se convenció de que yo estaba tramando casarme con Rachel. —Olivia levantó la ceja en gesto interrogativo—. No, por supuesto que no —aclaró Manfred, tratando de sonreír—. Rachel era una mujer muy dulce, pero era mayor que mi madre.

—Entonces, tú crees que Lewis robó las joyas y te culpó a ti por despecho. Supongo que también querrá venderlas, ¿no?

—Creo que Rachel las ocultó para que Lewis no se las pudiera birlar. Eso es lo que me dijo.

—Entonces, no las llevaba encima. ¿Cuándo se supone que pudiste tener acceso a esas joyas?

—Lewis afirma que Rachel las llevaba en el bolso porque su intención era llevarlas a un tasador. También sostiene que revolví el bolso antes de llamar a la recepción para pedir ayuda.

—Yo estaba en el vestíbulo cuando se le cayó el bolso —dijo Olivia. Manfred se la quedó mirando.

—¿Estabas allí?

—La ayudé a recogerlo todo. Bueno, yo y otras personas. Y no había nada parecido a un estuche para joyas, así que sé que me estás diciendo la verdad. Supongo que ni siquiera tocaste su bolso, ¿no?

—No —respondió Manfred con firmeza—, no lo toqué.

—También supongo que la policía buscó huellas dactilares en él y no encontró las tuyas.

—Yo también lo supongo.

—Ella te dijo que había escondido las joyas... Por cierto, ¿qué joyas tenía?

—Creo que mencionó diamantes y rubíes.

—Muy bien; y te dijo que se las había ocultado a Lewis. ¿Dónde podría haberlo hecho? Lo más seguro es que fuera en su propia casa. Cuando la gente esconde cosas, prefiere que sea lo más cerca posible.

—Como había estado enferma y pasado un tiempo en su casa, supongo que tienes razón, sí. Yo esperaba que hubiese alquilado una caja de seguridad en un banco, pero no lo creo. Si hubiera guardado las joyas en el banco, no habría utilizado la palabra «esconder»; habría dicho que estaban a salvo.

Olivia asintió.

—O sea, que están en su casa. Y tú has estado en ella, ¿no?

—Ya. —El recuerdo que Manfred tenía de la visita no era muy feliz—. Yo no quería ir, pero después de nuestra primera sesión cara a cara, ella insistió en que viese dónde había vivido Morton.

—Supongo que eso no es habitual.

—En absoluto. Lo normal es que las personas se sientan un poco cohibidas al acudir a un médium; pero no era el caso de Rachel. Quería que conociese a su familia. Estaba muy emocionada por haber podido ponerse en contacto con su marido.

Olivia esbozó una extraña media sonrisa.

—Entonces ¿conociste a la familia?

—Sí, ya se lo conté a Smith. Conocí a Roseanna y Annelle, las hijas. Admito que me preocupaba lo que pudiesen pensar, que me vieran como una especie de gigoló. A Lewis no le sentó nada bien no conocerme esa vez. —Y le contó que Lewis había aporreado la puerta durante la siguiente sesión con Rachel—. Después de conocerlo, deseé no haberlo hecho. Y déjame que te diga que, mientras estuve en casa de Rachel, ninguna de sus hijas trajo a su marido o sus hijos. Y no las culpo: no sabían cómo sería yo.

—Fascinante —resopló Olivia—. Lo que necesito saber es la distribución de la casa.

—Es muy grande. —Eso es lo que más le había sorprendido; nunca había estado en una casa de ese tamaño—. Ella me dijo que tenía casi seiscientos metros cuadrados, y dos pisos. Se encuentra en una parcela larga y estrecha, con cámaras de vigilancia en el patio delantero y el trasero.

—¿Es una comunidad residencial cerrada? —Olivia había traído un pequeño cuaderno, y estaba escribiendo en él.

—Hummm... No. Está en Bonnet Park, como Vespers. Pero el barrio donde vivía Rachel es antiguo y presuntuoso. Su casa está alejada de la calle, con setos altos a ambos lados entre su casa y las de los vecinos. Debajo de la terraza, en la parte trasera, hay una piscina.

—¿Podrías dibujarme un plano de la planta baja?

Manfred pensó un momento.

—Creo que sí. No entré en todas las habitaciones, pero sí hice un somero tour por la casa. Cuando llegué, Rachel se empeñó en enseñármela. Fue un poco incómodo para todos, salvo para ella.

Lentamente y borrando muchas veces, Manfred dibujó el plano de la planta baja. Salón, comedor, sala de estar, cocina y despensa y una habitación de juegos, aparte de dos cuartos de baño, uno que daba al cuarto de juegos y otro entre la cocina y la sala de estar; la puerta daba al vestíbulo.

—El acceso a la terraza y la piscina es a través de las puertas acristaladas de la sala de estar, pero también hay un pasillo a lo largo de la casa que va a parar allí. Al lado de la piscina hay una pequeña casita. También hay un camino en forma de U en la parte delantera, para los visitantes, y otro para la familia, que va a dar a la parte de atrás. Debería haber un garaje allí, pero no lo recuerdo.

—Tienes buena memoria —comentó Olivia.

—Nunca había estado en una casa así. —Recordaba lo impresionado que había quedado y cómo había tratado de aparentar que todo aquello le parecía normal. También recordaba lo que le había costado cuadrar toda aquella opulencia con Rachel Goldthorpe, con la que siempre se había sentido tan cómodo como con una abuela a la que viese en la iglesia o en la plaza del pueblo.

—Bien; ¿y el segundo piso? —Olivia lo miró, expectante.

—Ahí tengo dudas. Pasé por él muy rápido. No quería asustar a las hijas, así que me centré más en mantener una conversación con ellas, contarles algo sobre mi propia familia y hacer que se sintieran a gusto.

—Un día me gustaría que me lo contaras a mí —dijo Olivia.

—Cuando tú me cuentes algo sobre la tuya —replicó Manfred. Ella le echó una dura mirada, y él pensó que aquello era un asunto sensible.

—Hazlo lo mejor que puedas —dijo ella, señalando el cuaderno y el papel; y Manfred lo intentó.

—Muy bien. Subes las escaleras de delante... llegas a un descansillo, giras y subes más escaleras. Hay una zona abierta justo encima del recibidor, de dos niveles, y la primera habitación a la derecha era la del niño Lewis. Tiene su propio cuarto de baño. Al lado están las habitaciones de las chicas, con un cuarto de baño entre ellas. Ahora no se usan, claro. Al otro lado del vestíbulo está el ala de los adultos, por así decirlo. Primero el despacho de Morton (aunque quizá ella lo llamó biblioteca), con un pequeño lavabo. Al lado está el dormitorio principal, enorme; solo eché un vistazo. Algunas ventanas dan al lateral de la casa, y tiene un gran balcón a la parte trasera y a la casita de invitados, que es donde Lewis vive ahora.

—¿Cuánto tiempo hace de esto?

—Unos dos años. Fue la primera vez que estaba en casa de una clienta, y de las primeras lecturas cara a cara que hacía. —Sonrió con cierta ironía—. Y recuerda que me quedé estupefacto con el tamaño de la casa. Nunca había visto algo así.

La expresión de Olivia mientras examinaba los planos que él había esbozado era del todo neutra. A Manfred no le hacía falta tocarla para saber que ella había crecido en una casa así de grande, si no más. Finalmente, Olivia dijo:

—Cuanto mayor es la casa, más escondites tiene.

Manfred sintió un momento de vanidad. Ya lo había advertido: la voz de Olivia era la de alguien que sabe de qué habla.

—Estoy seguro de que tú serás capaz de encontrarlas.

—¿Sí? ¿Cómo lo sabes?

—Si escondes algo, lo normal es que quieras vigilarlo, ¿no? Es la naturaleza humana. Como tú misma has dicho antes, quieres mantenerlo lo más cerca posible. Así que ocultaría las joyas en alguna parte sobre la que tuviese control. Como Lewis había vuelto a la casa, el número de sitios adecuados se reduce. —Se encogió de hombros—. Sé que le gustaba la jardinería, así que es posible que las ocultara en el jardín, pero dada su mala salud durante las últimas semanas, yo eliminaría las demás posibilidades antes de empezar a buscar en el exterior.

—De acuerdo, tomo nota. Su dormitorio sería el lugar más probable, ya que podía estar bastante segura de que, mientras estuviese en casa, Lewis no entraría allí. Sí entraría en la cocina con bastante frecuencia, para beber o comer algo. El cuarto de baño del vestíbulo del piso de abajo queda también descartado, porque Lewis lo utilizaría con frecuencia. También se podrían eliminar el comedor y el salón. Por mi parte, ordenaría las probabilidades así: su dormitorio, su cuarto de baño, el despacho de Morton, luego la cocina, el resto de las habitaciones del piso de abajo, los dormitorios y cuartos de baño vacíos del piso de arriba y, finalmente, el jardín.

—Tiene sentido —asintió Manfred—. ¿Qué hacemos ahora?

—Allanamiento de morada. Si tengo suerte, todo se arreglará en un pispás. Si no, haré un reconocimiento y luego elaboraré un plan. No creo que Lewis te acusara si las joyas estuvieran en su poder. Serían parte de la herencia, y él conseguiría un tercio del valor a su debido tiempo, ya que son tres hijos. Estoy segura de que Rachel las escondió, como te dijo, y también de que él aún no las ha encontrado. Pero no me cabe duda de que lo intentará en cuanto se dé cuenta de que tú no las tienes. Quizá te culpa a ti para no tener que compartirlas con sus hermanas.

Sin decir nada más, se acercó a la puerta trasera, la abrió un poco y escudriñó el exterior. No había nadie en el patio trasero; estaba claro que las advertencias del sheriff habían surtido efecto.

—¿Sabes cuál sería la forma más fácil de salir de este lío? —dijo antes de marcharse—. Matar a Lewis.

—Preferiría que no lo hicieses.

Olivia se encogió de hombros.

—De acuerdo. —Y, tan rápido como había llegado, salió, subió las escaleras de la tienda de empeños, entró por la puerta lateral y se esfumó.

9

El reverendo caminaba por la carretera Witch Light, con Diederik a la zaga. Joe sonrió desde el escaparate de la tienda de empeños: hacía mucho que no estaba cerca de una persona tan joven, y se dio cuenta de que eso le hacía feliz. El reverendo iba directo hacia la capilla de bodas y el cementerio de animales, como siempre, a la hora habitual.

Joe salió tras la singular pareja y los alcanzó cuando el reverendo ya llegaba a los escalones de la capilla.

—Buenos días —saludó, y el reverendo se dio la vuelta para devolver el saludo con una enérgica inclinación de la cabeza. Diederik sonrió; con el cabello peinado, ropa limpia y la cara lavada, parecía un niño diferente—. ¿Fiji? —dijo Joe, y el reverendo asintió rígidamente.

—Vino anoche con algo de ropa para el chico —explicó el reverendo—. Parece que le sienta bien.

—Me gusta —dijo Diederik con un marcado acento, aunque Joe no supo de qué lugar. No era español ni ruso, los dos acentos que mejor conocía Joe.

—Reverendo, me pregunto si podría prescindir de Diederik esta mañana —preguntó con cautela—. A Chuy y a mí nos vendría bien un poco de ayuda en la tienda.

El reverendo reflexionó un momento.

—Lo tengo a mi cuidado —dijo con tono de advertencia—. Ya sabes lo que eso significa.

—Sí, señor, claro que sí. Lo protegeremos como si fuese nuestro propio hijo.

El reverendo asintió.

—Entonces, no le perdáis de vista y llamadme si hay algún problema. Luego iré a buscarlo. —Y, sin más, el anciano vestido de negro se dio la vuelta y entró en la capilla, cerrando con un golpe sordo la deteriorada puerta marrón.

Diederik miró a Joe con cierto recelo.

—No conoces a mi amigo Chuy; te caerá bien. Nuestra tienda está por aquí.

Partieron hacia la carretera Witch Light y cruzaron hacia el lado norte.

—Chuy, mira quién me acompaña —dijo Joe nada más entrar.

—¡Qué bien! —contestó. Estaba con una clienta. Joe no se sorprendió al ver a Fiji arreglándose las uñas, aunque no era muy normal—. Seguro que recuerdas a la señorita Fiji.

Fiji había traído una cestita con magdalenas y un termo de zumo de naranja. Cuando se los ofreció a Diederik, el rostro del pequeño se iluminó.

—En casa del reverendo comimos copos de avena —explicó el muchacho en su inglés con acento extraño—. Estaban buenos, pero estas magdalenas están mejor. Y gracias por la ropa.

Fiji sonrió.

—Me alegro de que te gusten, tanto las magdalenas como la ropa. —Chuy le estaba pintando las uñas de un naranja vivo; cuando Diederik terminó la magdalena, se acercó a observar. El proceso lo tenía fascinado.

—¿A tu madre no le hacen la manicura? —preguntó Chuy.

—Nunca vi que se la hicieran —respondió. De repente pareció infeliz.

—¿Cuántos años tienes, Diederik? —preguntó Fiji, para distraerlo de su súbita tristeza.

—No soy tan mayor como parezco, pero nosotros crecemos más rápido que... —vaciló— que la mayoría de la gente.

—Aparentas unos diez años —dijo Fiji con una sonrisa, y lo miró con más atención—. O quizá más.

—¡Qué va! —rio Diederik, aunque parecía algo nervioso.

Joe se dio cuenta de que el chico no había precisado si tenía más años o menos; y, a pesar de que sentía tanta curiosidad como Fiji, respetó su derecho a la intimidad. Se miraron; Joe comprendió que no iba a hacerle más preguntas al muchacho.

Después de terminar la manicura de Fiji, Joe le pidió a Diederik que limpiara el sillón y barriese alrededor, y el chico estuvo encantado de ser útil. Quería realmente tener algo que hacer; no estaba acostumbrado a estar ocioso, y mucho menos a arrodillarse en una inhóspita capilla a meditar con un reverendo. Joe tomó nota mentalmente de sugerirle al reverendo que quizá ya era hora de limpiar las malas hierbas del cementerio de animales, cortar el césped y podar el seto detrás de la capilla, junto a la valla alta. El cementerio de animales era el lugar más bonito de Midnight, aparte del jardín de Fiji, que siempre tenía flores, salvo en lo más crudo del invierno.

—Quizá mañana por la mañana —dijo Fiji, como si hubiera leído el pensamiento a Joe— puedas ir a echarme una mano en mi jardín. ¿Sabes algo de trabajos de jardinería?

—No, señora.

—Si te indico qué malas hierbas tienes que quitar, no te costará hacerlo. Sería una gran ayuda para mí, así no tendré que decidirme entre la tienda y el jardín. —Fiji parecía feliz—. Pasaré por la capilla para comentárselo al reverendo.

Diederik pareció encantado.

—Muchas gracias, y que tenga un buen día —dijo, como si fuese un auxiliar de vuelo despidiendo a los pasajeros que salen del avión—. A lo mejor nos vemos mañana. Gracias por las magdalenas y el zumo de naranja.

Fiji se fue con la cesta vacía.

—Quienquiera que lo criase, hizo un buen trabajo —murmuró Chuy.

Diederik limpió la cabina de manicura con esmero y pulcritud. Luego ayudó a Joe a quitar el polvo de las antigüedades. Joe le enseñó un cajón secreto en un viejo escritorio y a Diederik le encantó. Chuy recordó que el hijo de un cliente había dejado olvidado un juego de cantillos y, después de enseñarle a jugar, el pequeño se divirtió de lo lindo con ellos.

Era asombrosamente rápido.

Poco a poco se hizo la hora de comer. Joe y Chuy llevaron a Diederik al otro lado de la acera, al Home Cookin, y le presentaron a Madonna y al pequeño Grady.

Curiosamente, Diederik parecía no saber cómo tratar con Grady, sobre todo cuando supo que apenas tenía poco más de un año. Grady iba de un taburete a otro frente a la barra, pero no parecía importarle que lo dejasen dentro del parquecito cuando Madonna estaba demasiado ocupada cocinando y sirviendo. Madonna siempre respondía con un solemne agradecimiento los ofrecimientos para cuidar del bebé, pero creía que eso era trabajo suyo. No era una de esas personas a quienes les gusta compartir sus pensamientos y emociones, de modo que todo el mundo (menos Diederik) se sorprendió cuando dijo:

—Me encantaría que viniese alguien para encargarse de Gas N Go, alguien permanente, para que Teacher pudiera estar aquí conmigo y ayudarme.

Después de reflexionar al respecto, Joe dijo:

—¿No ha sabido nada de los propietarios?

—Sí que he sabido —contestó ella, sirviendo más té frío de la jarra—. Pero siguen diciendo que nadie quiere el trabajo de forma permanente, a pesar de que lleva incorporada la casa, que los propietarios alquilaron a... la familia anterior.

A nadie le apetecía hablar del anterior encargado de la tienda de la estación de servicio. Ni de sus hijos.

Cuando llegó la comida, Diederik se la terminó sin dejar ni una miga. La conversación se interrumpió en cuanto tuvo la comida delante, que consumió con resuelta concentración. Solo hizo una pausa para levantar una mano y saludar a Fiji, que había venido a buscar el almuerzo para llevárselo a su tienda. Después de limpiarse la boca con la servilleta, como vio que hacían los demás, pareció quedarse pensando en algo.

—Este es un buen sitio —dijo de pronto—. ¿Por qué es tan difícil encontrar a alguien que quiera vivir aquí?

—A nosotros nos gusta —repuso Joe—. Pero supongo que, para mucha gente, es demasiado pueblerino, y no les apetece ir hasta Davy, o aún más lejos, cada vez que necesitan hacer compras.

—Pero hay espacios abiertos, y no mucha gente —opinó Diederik, haciendo un movimiento con el brazo para indicar la inmensidad de la región. Su acento se hizo más marcado, y Joe trató de adivinar su procedencia; pero no había viajado lo suficiente. Echó una mirada a Chuy, que se encogió levemente de hombros; tampoco lo sabía—. Y eso es fantástico. Más seguro —añadió el niño.

Fiji arrugó el entrecejo al deducir que Diederik estaba acostumbrado a vivir en peligro, pero no dijo nada. Joe la miró con un mohín de aprobación; le gustaba la calidez de Fiji, pero, al mismo tiempo, esto hacía que a veces fuera algo indiscreta.

Era un buen momento para que apareciese Bobo, el sol iluminando sus cabellos como un halo, una ironía que provocó la sonrisa de Joe. Diederik también sonrió al ver entrar a Bobo; de hecho, todo el mundo lo hizo, sobre todo Fiji. Ese era el don de Bobo, y Joe estaba seguro de que le duraría hasta la vejez, si tenía suerte y vivía hasta entonces.

—Los reporteros se están aburriendo de esperar junto a la casa de Manfred, y algunos vienen hacia aquí —informó Bobo.

Diederik pasó la vista de un adulto al otro, intentando averiguar si debía tener miedo. Joe dijo:

—Diederik, vamos a salir por la puerta de atrás e iremos en coche a Davy. ¿Has tomado helado alguna vez?

El chico negó con la cabeza.

—¿Qué es?

—Algo delicioso —contestó Fiji—. Te lo vas a pasar muy bien.

—Habla con el reverendo —le dijo Joe a Chuy—. Muy bien, muchacho, ¡vamos allá! —Le tendió la mano a Diederik, que la tomó sin titubear.

Fueron hacia la cocina, saludando a Madonna con un gesto, y salieron de allí. Volvieron andando hasta la calle y miraron desde la esquina de Home Cookin hasta que hubo entrado la pequeña manada de reporteros. Luego cruzaron la carretera Witch Light y caminaron hacia el aparcamiento detrás de la tienda. Una vez en el coche de Joe, Diederik se puso el cinturón de seguridad sin que Joe necesitara mencionarlo, y al cabo de unos instantes se pusieron en marcha hacia el norte por la carretera de Davy. Joe miró al chico, sonriendo.

—Creo que el helado te va a encantar —dijo; y tenía razón.

10

Al día siguiente, Olivia entraba por la calle Old Pioneer, en el corazón de Bonnet Park. La mayor parte de las casas de Old Pioneer se habían construido en los años sesenta y setenta, si no antes. Estaban situadas estratégicamente en parcelas estrechas y alargadas, con jardines y parterres bien cuidados. Aunque muchas habían sido reformadas, renovadas y reparadas, todas eran bastante grandes y se hacían notar.

Mirando los números en los buzones fijados en los pilares de ladrillo, Olivia entró por el camino de gravilla de la tercera casa de la derecha. Los visitantes tenían que rodear una rosaleda, cuyas plantas estaban todas en flor; solo la familia o los mensajeros y empleados seguían hacia la parte posterior. Un joven jardinero estaba en los rosales. Parecía hispano, de unos diecinueve años. Estaba cortando las flores marchitas y tirándolas en un cubo. La llegada de Olivia despertó su curiosidad y, mientras esta aparcaba delante de la casa, se volvió para mirarla.

Los pasos de Olivia hicieron crujir la gravilla; subió los escalones bajos que conducían a la doble puerta principal y llamó. En aquel momento era rubia, llevaba lentillas azules y un pintalabios rojo brillante para complementar su espectacular maquillaje de ojos. Vestía una blusa sin mangas con un estampado de colores vivos y unos pantalones azul marino.

—¿Sí? —dijo la doncella que abrió la puerta. Era hispana, de baja estatura y pelo negro, espeso y largo, aunque las arrugas que perfilaban sus ojos y boca revelaban que pasaba de los cuarenta—. ¿Qué se le ofrece? —preguntó, inclinándose un poco para echar un vistazo al joven que trabajaba en los rosales.

—Soy Rebecca Mansfield de Home Health —se presentó Olivia con absoluta seguridad.

—Yo soy Bertha, la doncella —contestó la mujer, no sin reticencia—. ¿En qué puedo servirle?

—Mucho gusto, Bertha. Tenemos una solicitud para recibir nuestros servicios firmada por la señora Goldthorpe. —Olivia llevaba una mochila y una carpeta con sujetapapeles.

La mujer asintió y dio un paso atrás para franquearle el paso. En cuanto estuvo dentro, Olivia se situó en el centro del vestíbulo y se puso a observarlo y evaluarlo todo con atención. Se percató de que el plano que Manfred había esbozado era más detallado de lo que habría esperado.

Bertha, que llevaba una bata en lugar de uniforme, dijo:

—Señorita Mansfield, debo informarle que la señora Goldthorpe ha fallecido.

—¿Perdón? —Olivia se la quedó mirando, aparentando asombro.

—Murió de neumonía o algo así. Así que ya no necesitamos de sus servicios. ¿Quiere hablar con su hija Annelle? Está en el piso de arriba.

—Por supuesto, gracias. Y lo siento mucho. El caso es que ella firmó unos papeles y... —Olivia creyó que no lograría pasar de Bertha si no dejaba caer que había un asunto de dinero por medio.

—Entiendo, señorita. Iré a buscarla. —La doncella se dio la vuelta y se dirigió al piso de arriba.

—La acompaño —dijo la falsa Rebecca—. No quisiera interrumpir lo que Annelle esté haciendo.

Bertha la miró con aire dubitativo, pero la guio al piso de arriba, a una habitación grande, la segunda a la izquierda después del descansillo. Sí, Manfred tenía razón: estaba claro que aquel era el dormitorio principal. De pie ante la puerta de un vestidor, con aspecto triste y cansado, había una mujer. Era de estatura baja y rellena, aunque no tanto como había sido su madre, y tenía el cabello castaño oscuro, con algunas canas.

Annelle se sorprendió al ver a una desconocida en su habitación, y no le gustó.

—¿Quién es esta persona, Bertha? —preguntó, esforzándose por mantener la compostura.

—Es la señorita Mansfield, de Home Health. Al parecer, su señora madre firmó unos papeles.

—Vaya por Dios... —suspiró Annelle con incredulidad—. ¿Qué nuevas sorpresas me esperan? ¿Y se puede saber qué papeles son esos?

Bertha parpadeó.

—Yo no sé nada, señorita Annelle.

—¿Señorita Mansfield? —Annelle la miró—. Soy Annelle Kling, la hija de la señora Goldthorpe. Me temo que no ha recibido usted la noticia de que mi madre falleció repentinamente.

—Bertha me lo acaba de decir. Lamento molestarla en su duelo —mintió Olivia—. Hace unos días concertamos una cita con la señora Goldthorpe, pero, cuando llamamos al timbre, no respondió nadie; y tampoco después de dejar un mensaje en el contestador. Así que mi oficina me ha enviado para comprobar que todo iba bien. Nos preocupamos cuando no obtenemos respuesta de un cliente de edad avanzada.

—¿Incluso aunque no hayan contratado sus servicios? Eso sí que es dedicación al cliente —repuso Annelle con un deje de sarcasmo—. ¿O pretende decirme que los herederos le debemos dinero a su empresa? En ese caso, ha de saber que el testamento de mi padre aún no ha pasado la validación de rigor, y ahora mi madre ha fallecido, así que no sabemos cuándo estará todo resuelto.

—No, en absoluto —respondió Olivia—. Su madre firmó un precontrato de seguro, pero, por supuesto, en estas circunstancias no se nos ocurriría tratar de hacerlo valer... No es así como nos gusta hacer negocios. De todos modos, su póliza iba a cubrirla ampliamente.

Annelle pareció aliviada, aunque Olivia tuvo la impresión de que no se trataba de un problema de dinero, sino de resistencia a tener que hacer aún más papeleo.

—Bien. Perfecto. —Respiró hondo, como preparándose para despedir a Olivia, así que esta siguió parloteando.

—Es solo que casi todos nuestros clientes son personas mayores (¡su madre era relativamente joven!) y con frecuencia, a esas edades, la memoria ya no es lo que era. Para decirlo claro, nos preocupa cuando las personas de esa edad no responden.

Annelle pareció no entender.

—Lo siento, no era mi intención... Es solo que ha salido gente de todos los rincones reclamando deudas de mi madre, y todas las reclamaciones han sido falsas. Le pido disculpas si le he parecido demasiado recelosa.

«No lo bastante», pensó Olivia.

—No hay problema. Su madre parecía una mujer muy amable. Lamento mucho su pérdida. No quisiera causarles más problemas... Por cierto, ¿puedo pasar un momento al lavabo antes de irme?

Annelle trató de ocultar su fastidio. Estaba claro que tenía ganas de volver a la engorrosa pero necesaria tarea de despejar el armario de su madre.

—Claro. Puede utilizar el de mi madre, por esa puerta. —La señaló.

—Gracias —dijo Olivia, abriendo la puerta indicada.

La cerró a su espalda, dejó el bolso y el cuaderno sobre el tocador y escudriñó el sitio. Como le iba a ser imposible buscar en el dormitorio, decidió hacerlo en el cuarto de baño. Se sentó en la taza mientras examinaba todo y, tras un tiempo prudencial, tiró de la cadena y abrió el grifo del lavabo al tiempo que escudriñaba con rapidez el botiquín y el armario auxiliar.

Nada. Ni una grieta o espacio que se saliese de lo normal, ni dobles fondos, ni estantes giratorios, ni hendiduras en el suelo. A pesar de que no tuvo tiempo de mirar en el armario debajo del lavabo, le echó una ojeada rápida.

Maldita sea.

Cuando salió del baño con las manos vacías —casi segura de que no había nada oculto allí y sin ningún indicio interesante, aparte del hecho de que Rachel Goldthorpe gastaba caros productos cosméticos Mary Kay—, Olivia se despidió tras reiterar sus condolencias a Annelle Goldthorpe Kling.

Bajó por la alfombrada escalera y salió al jardín. No es que ahora supiera mucho más que cuando llegó, la verdad, pero al menos se había familiarizado con la distribución de la casa. Había confirmado que Manfred era un buen observador y que sus planos no estaban errados. Ahora tenía que decidir su siguiente paso.

Cuando enfiló de nuevo el camino de gravilla, el joven jardinero seguía trabajando, aunque a un ritmo pausado. Olivia fue consciente de que la observaba cuando ella abrió la puerta del coche para dejar salir parte del calor atrapado en el interior antes de subir. Tiró dentro la mochila y el cuaderno, y entonces vio aparecer a un hombre airado y poco atractivo. No venía de la parte delantera de la casa, sino del jardín trasero, rodeando el camino de gravilla... ¿quizá desde la casita de invitados? Su intuición le indicó que debía tener cuidado con él, y ella siempre confiaba en su intuición.

«Debe de ser Lewis Goldthorpe»; se parecía lo bastante a su hermana como para aventurarlo así, incluso aunque sus primeras palabras no hubiesen sido:

—Soy Lewis Goldthorpe y esta es mi casa. ¿Qué está haciendo aquí? —Sus manos se cerraron, tensas.

Olivia tuvo ganas de matarlo. Podía hacerlo tan rápido, tan limpiamente, que él ni siquiera tendría tiempo de reaccionar. Para tamaño gilipollas, sería un final mejor del que se merecía, pensó. Bastaría un golpe con los dedos en la garganta para silenciarlo y tumbarlo, un giro brusco del cuello y todo habría terminado. Los problemas de Manfred, y por consiguiente los del reverendo, desaparecerían. Si este hombre estuviera muerto, nadie acusaría a Manfred, las joyas se encontrarían y todo iría bien. Era una bonita fantasía. Pero estaba aquel joven jardinero, mirando todo sin perder detalle. Y también Annelle Kling, de pie en la puerta abierta.

—¡Lewis! —lo llamó su hermana con aspereza—. Ven aquí. —Parecía estar conteniéndose a duras penas de soltarle una retahíla de cosas, ninguna de ellas amable.

—¿Qué está haciendo aquí esta mujer? —espetó Lewis—. ¡Quiero saberlo! —Mediría un metro setenta, llevaba gafas como su hermana, y una espesa mata de cabello rubio muy cuidado. Olivia dedujo que lo consideraba lo mejor de su físico. También llevaba una camisa de vestir de manga larga y pajarita. A través de los espacios entre los botones, Olivia atisbó una camiseta blanca. Estaba más bien rollizo. ¿Cómo podía resistir el calor con aquella indumentaria?

—Es de una agencia de seguros o algo así —dijo Annelle—. Mamá debió de llamarlos cuando estaba enferma.

—Eso es absurdo: yo la cuidaba, así que me lo habría dicho. —Se volvió hacia Olivia con mirada desafiante, tratando de impresionarla. Como no lo consiguió, miró de nuevo a su hermana—. ¿Has despejado ya la suite de mamá?

—No te vas a trasladar a la casa —repuso Annelle con

súbita exasperación—. Ya lo hemos discutido más de una vez: vamos a venderla. Sabe Dios que ni Rosie ni yo queremos vivir en ella, y tú no te puedes permitir comprar nuestra parte. Podrás quedarte en la casita de invitados hasta que logremos vender.

El jardinero miraba absorto el espectáculo, como si estuviese viendo un *reality show* en la televisión.

—Puede irse —le dijo Lewis a Olivia con altivez—. Esto no es de su incumbencia.

El jardinero movió la cabeza, tratando de no reírse. No incumbía a Olivia, cierto, pero era interesante. Ella sonrió, asegurándose de parecer condescendiente.

—Sí, tengo otra entrevista. —Echó un vistazo al reloj de pulsera—. Si no me pongo en marcha, llegaré tarde.

Siguió sonriendo mientras subía al coche y se ponía el cinturón de seguridad. Recibió agradecida la ráfaga de aire acondicionado cuando arrancó. Y se despidió con un alegre gesto de los dedos. Aquellos tres se quedaron mirándola mientras rodeaba la redonda rosaleda y salía de la finca.

Después de llegar a una calle más prosaica, se detuvo en un Wendy's para tomar un té helado con limón, que le supo a gloria. Lo sorbió de camino al motel, que estaba lejos de Vespers. Aparcó cerca de las escaleras que llevaban a su habitación y examinó con atención el aparcamiento antes de subir al segundo piso. Nadie había entrado en la habitación. La doncella había venido por la mañana, antes de que ella se marchara.

Olivia estaba acostumbrada a disfrazarse, pero sintió alivio al quitarse la peluca que le había servido para convertirse en Rebecca Mansfield. Se lavó la cara y la frotó enérgicamente con la toalla. Despojándose de la ropa de Rebecca, se tendió en la cama. En lugar de planear los pasos siguientes, pensó en la casi histérica hostilidad que Lewis Goldthorpe le había mostrado, aun antes de saber quién era o por qué estaba en la casa. Olivia hizo una mueca al imaginarse cómo sería vivir con alguien tan resentido y desconectado de la realidad, día tras día, sobre todo para una persona mayor, enferma y con preocupaciones. Sin duda, agotador.

Sintió una peculiar empatía con Rachel Goldthorpe y deseó haber matado a Lewis, ese inútil desperdicio de oxígeno. Luego decidió que esa misma noche investigaría la casa. Había examinado con atención el sistema de alarma, algo que conocía bien por haber trabajado un tiempo en una empresa de alarmas.

Olivia estaba segura de que Bertha no dormía en la casa. Una persona tan sencilla como Rachel (según la descripción de Manfred) no tendría personal de servicio fijo. Pero Olivia no había sobrevivido hasta ahora siendo negligente, así que decidió hacer una segunda comprobación: condujo de nuevo hasta el barrio de Rachel a las cuatro y media, aquella misma tarde. A las cinco y un minuto vio salir a Bertha al volante de un viejo Subaru. Curiosamente, iba charlando con el jardinero. ¿Madre e hijo?

Momentos más tarde, Olivia vio salir a Annelle en un Lexus. Cabía suponer que solo quedaba el odioso Lewis, en la casita de invitados. Le habría gustado espiar el garaje de la parte trasera y averiguar qué coche conducía. Volvió al modesto motel para dar los últimos retoques a su plan, que de todos modos era muy básico: forzar la entrada en la casa de los Goldthorpe y buscar las joyas. ¿Y qué pasaría si Lewis la descubría? Bueno, hoy en día había muchas personas que morían al enfrentarse a ladrones. No se saldría de la tónica general, ¿verdad?

Horas más tarde, Olivia aparcó a unas manzanas de la calle Old Pioneer. Iba a dejar su coche de alquiler en una calle más modesta, con escasos peatones y algunos coches aparcados junto al bordillo. Pero seguía estando en Bonnet Park, así que había procurado camuflarse con vaqueros negros, una camiseta con estampado de flores y zapatillas de deporte caras. Llevaba el pelo recogido en una trenza. Se alejó con paso confiado, con la mochila colgada del hombro. La mochila contenía algunas cosas inofensivas: un fino suéter oscuro, una cartera (con la documentación de Rebecca Mansfield con que había alquilado el coche), unas llaves, una cinta ancha para el pelo, etcétera. Y también algunas cosas que ninguna persona inocente habría llevado.

Por lo demás, aquella noche nadie parecía curioso. Una mujer atractiva, con ropa informal, que salía a dar un paseo, no llamaba la atención en aquel barrio, a pocas calles de Old Pioneer. Quizá la mochila desentonara un poco: la gente no solía dar un paseo nocturno con una mochila a cuestas. Al parecer, si es que alguno de los vecinos se percató de su presencia, no vio nada sospechoso en el hecho de que se acercase a la zona más noble, en la que se elevaba la casa de los Goldthorpe.

Olivia no vio ningún coche patrulla en su paseo. De hecho, apenas si vio vehículos. A pesar de que era viernes, calculó que al menos el noventa por ciento de los habitantes de aquella zona residencial de Dallas estaban en casa. Al menos el dos o el tres por ciento del resto se habían ido de vacaciones de verano, y una parte de los que quedaban habían ido al cine o a tomar una copa. En la calle de los Goldthorpe, nadie le prestó la menor atención. Al llegar al camino de entrada, se limitó a girar y recorrerlo.

Tras esta entrada triunfal, se volvió más prudente. Salió de la ruidosa gravilla y avanzó en silencio por el césped para ocultarse en las sombras de un grupo de arbustos. Se agachó y escuchó, cerrando los ojos para mejorar su atención; nada se movió en las proximidades. Al cabo de un momento, un coche pasó por la calle y se alejó. Olivia sonrió. Manfred la había advertido de la presencia de cámaras de seguridad, pero aquella tarde se había dado cuenta de que las dos frontales eran fijas y estaban montadas en las dos esquinas de la casa, apuntando hacia la puerta principal. Eso dejaba a Olivia mucho espacio para acercarse sin ser vista. A continuación, se abrochó el jersey hasta arriba para esconder la camiseta, se ajustó la cinta del pelo para impedir que la trenza se balancease y se colgó del cinturón unos finos guantes de plástico oscuro. Los necesitaría pronto, así como las ganzúas. Y respiró hondo antes de iniciar su reptante aproximación a la casa.

Aquello era la vida para Olivia. Sonrió y notó que el corazón se le aceleraba. Sabía que las cámaras estaban apuntando a la puerta principal, de modo que se mantuvo pegada al seto mientras avanzaba hacia el lado izquierdo de la casa. Intentaría colarse por una de aquellas ventanas. Esperaba acceder a la sala, pues antes había visto que ninguno de los muebles de aquella estancia obstaculizaba las ventanas.

Si estaban todas herméticamente cerradas, utilizaría las ganzúas en alguna puerta. Pero Olivia era optimista; la noche había empezado bien. Avanzó paralela a las ventanas de la sala y tuvo que salir de su protección para cruzar el sendero y refugiarse junto a los parterres que rodeaban la casa. Las camelias (o eso pensó ella que eran) dejaban un espacio suficiente para agacharse junto al muro, bajo la ventana. No sin cierta excitación, Olivia tendió la mano hacia arriba para palpar el alféizar.

Y entonces se desató el infierno.

11

Manfred tenía hambre, y estaba cansado de sentirse atrapado en su propia casa. Al anochecer los reporteros empezaron a marcharse, y eso le alegró sobremanera. Pasadas las once, subió al coche y fue hasta Davy, a un restaurante de barbacoa llamado Moo and Oink, que era casi el único sitio abierto a aquellas horas. Tomó dados de buey, judías y aros de cebolla, y disfrutó de todos y cada uno de los bocados. Pero lo que más le gustó fue estar en un lugar que no fuera su casa.

Cuando sacó la cartera para pagar vio el papelito en que había anotado el otro teléfono de Olivia, el que estaba a otro nombre. Y al sacarlo tuvo una repentina visión: Olivia estaba en dificultades, dificultades serias; sintió que estaba peleando con alguien.

Se suponía que aquella noche iba a hacer el reconocimiento de la casa de los Goldthorpe. Manfred se quedó sentado, paralizado, con el papel en la mano. ¿Debía llamarla? Pero si lo hacía, ¿cómo iba ella a contestar? Quizá empeoraría las cosas.

El placer que Manfred había sentido durante la noche se evaporó.

Consultó el reloj: casi medianoche. Tardaría al menos dos horas en llegar a Dallas en coche. ¿Qué necesitaba llevar?

«Nada —pensó—. Tengo la cartera, las tarjetas de crédito y el permiso de conducir. Si necesito cualquier otra cosa, puedo comprarla.» Esta era una de esas veces en que veía las ventajas de vivir solo, incluso sin mascotas. Aunque no tenía una idea clara de lo que iba a hacer al llegar a Dallas, salió del restaurante, subió al coche y fue directo a la interestatal. Él opinaba que el límite de velocidad de Texas era más que generoso, pero esa noche rezó por no encontrarse con un coche de policía camuflado en el arcén.

Por el camino, tuvo la feliz idea de llamar a Lemuel.

Y Lemuel respondió.

De repente, un hombre había aprisionado a Olivia contra el muro de ladrillo de la casa; un hombre con tal fuerza que ella se preguntó si no sería un vampiro. Además, sabía pelear. Ella estaba acostumbrada a combinar crueldad y agilidad para salir victoriosa de las peleas, pero ese hombre, fuera quien fuese, sabía neutralizar sus habilidades. Le inmovilizó las manos, una por encima de la cabeza y la otra en la cintura; y con el cuerpo la presionaba contra la dura superficie, sin rastro de nada sexual.

Como no podía matarlo, no se resistió, a la espera de averiguar sus intenciones. Su captor no era Lewis Goldthorpe, estaba segura, por la altura y la fuerza. Pero Olivia fue consciente de lo que «no» había oído. El hombre no había pedido refuerzos, así que no se trataba ni de un policía ni de un guardia de seguridad. Y si se hubiese tratado de otro ladrón, se habría marchado sigilosamente, para evitar el enfrentamiento.

Entonces el hombre le juntó las manos para atárselas con una brida de plástico. Como no consiguió unirle lo suficiente las muñecas, Olivia podía moverlas un poco. De momento no le servía de nada, pero entonces él volvió a utilizar su cuerpo para apretarla contra la pared y las manos de ella quedaron atrapadas entre ambos. El hombre estaba haciendo algo con una mano; Olivia oyó unos pitidos electrónicos.

Había sacado un teléfono y pulsado dos botones. Entonces susurró: «McGuire, la tengo».

A Olivia se le heló la sangre. Hasta ahora había sido precavida, esperando obtener más información: quién era ese hombre, para quién trabajaba, qué tenía previsto hacerle; pero ahora ya lo sabía. Mientras hablaba, se había inclinado un poco apartándose de ella, apenas unos centímetros.

Olivia se retorció, le soltó un violento rodillazo y empujó con toda su fuerza con las manos atadas. La rodilla impactó donde ella quería, y el hombre se quedó sin respiración y se dobló. Apoyándose en la pared, ella le dio una fuerte patada en el lado de la cabeza. Ojalá hubiera calzado botas. El hombre aterrizó sobre la espalda y, mientras intentaba sacar un arma, Olivia le pisó la garganta con todas sus fuerzas.

Su efecto fue mortal de necesidad.

Se dejó caer al suelo y se situó al lado del moribundo. Mientras él exhalaba el último aliento, Olivia consiguió ponerse en cuclillas. Torpemente, lo registró y encontró un cuchillo. En la oscuridad, también notó una forma cilíndrica: una linterna. Era más fácil sacársela del cinturón que intentar extraer la suya, diminuta, del bolsillo. La encendió y, colocándola sobre el estómago del cadáver, se iluminó las manos. A pesar de esta ayuda, se hizo sangre al cortar la brida con el cuchillo. Una vez libres las manos y detenida la hemorragia con la cinta para el pelo, Olivia se concedió un minuto de respiro. Pasados los sesenta segundos, su respiración había recobrado la normalidad y las palpitaciones se habían calmado.

También había recuperado la concentración. Olivia empleó la linterna para comprobar que no hubiese sangre suya en el suelo y se metió la brida cortada en el bolsillo. También se llevaría el cuchillo, la linterna y el móvil de su agresor, que estaba en el suelo al lado del cuerpo. ¿Llevaba una cartera? Así era; también se la llevó. Nada de pistola, cosa que la sorprendió un poco. Era imposible ocultar el cuerpo, así que lo dejó allí mismo. Apagó la linterna.

Moviéndose con sigilo, Olivia se fue acercando a la calle, arbusto por arbusto, hasta que llegó al sitio donde había dejado la mochila. Se bajó las mangas del jersey para tapar los arañazos de las muñecas y trató de usar la mochila para cubrirse, por si había manchas que no había notado.

Luego inspiró hondo e inició el largo paseo hasta su coche, recordándose a cada paso que debía ser cautelosa. El hombre había hecho una llamada, así que alguien vendría a comprobar. Aunque no habían pasado ni veinte minutos desde que dejase atrás la calle Old Pioneer, le parecía que habían pasado horas.

Mientras se movía por calles secundarias, Olivia se iba ocultando siempre que podía —ramas que sobresalían, sombras, coches aparcados—. Si oía que un coche se acercaba, se escondía hasta que había pasado; aunque eso solo sucedió un par de veces. Al acercarse a la calle donde había dejado el coche alquilado, dejó de caminar por la acera. Se agachó y observó el coche desde el exuberante jardín de una casa. Oculta tras un macizo de plantas de yuca y cortaderia, se quedó mirando el vehículo diez minutos; nada sucedió. Iba a ponerse en pie cuando el móvil empezó a vibrar.

Se llevó un susto de muerte.

Lo sostuvo junto a la oreja. «¿Falco? ¿Dónde estás —dijo una voz conocida—. ¿Has tenido que hacerle daño? ¿Está bien? Llegamos en dos minutos.»

Como Olivia no contestó, la voz vaciló. Entonces, el hombre preguntó: «¿Isabel? ¿Eres tú?».

Olivia puso suavemente el teléfono en una de las rocas que bordeaban el parterre y lo aplastó con el tacón. Lo recogió, contenta de haber dejado de oír aquella voz, de haber destruido algo que su padre había pagado, aunque quien lo había comprado había sido su colaborador y mano derecha, Ellery McGuire.

Acto seguido, Olivia se dirigió hacia el coche con la misma confianza con que lo había dejado. Subió como si formase parte de su rutina cotidiana, y se puso en marcha con la suavidad de una experta. Antes de volver al motel dio vueltas durante una hora, atenta a la posibilidad de que la siguieran. Aparcó en la parte de atrás y, sintiéndose agotada de repente, subió las escaleras.

Por algún motivo no le resultó sorprendente encontrarse a Lemuel sentado a la puerta de su habitación.

—Pero ¿cómo...? —empezó, pero él la estrechó entre sus brazos y ella no se resistió. Estuvieron así un par de minutos; luego abrió la puerta y entraron.

Lemuel se sentó en la cama a su lado, rodeándola con el brazo.

—Manfred me llamó. Yo estaba más cerca que él, así que le dije que volviera a Midnight, que yo me ocuparía.

—¿Dónde estabas? —preguntó ella, tratando de que no le castañeteasen los dientes.

—Aquí, en Dallas. Tenía una escala. Puedo retrasar el viaje una noche.

Olivia quiso decirle que no era necesario que pospusiese su partida, pero, cuando intentó mover los labios, le resultó imposible pronunciar esas palabras.

—Me alegro de que estés aquí. Conseguí escaparme de la encerrona.

—Lo sé, mujer —repuso Lemuel con voz tranquila—. Manfred me dio la dirección y he visto el cuerpo. ¿Quién lo envió?

—El colaborador más estrecho de mi padre: Ellery McGuire.

—¿Sabe dónde estás?

—Sabía que iba a ir a esa casa, o al menos sospechaba lo

suficiente como para apostar a alguien allí. No sé cómo, pero lo averiguaré.

—¿Conseguiste lo que necesitabas?

—No, ni siquiera llegué a entrar. Falco dio conmigo antes. Me pasé de soberbia. Aunque ¿cómo iba a imaginar que alguien me estaría esperando? Tenía otras cosas de las que preocuparme.

—¿Tenías miedo de algo? ¿De qué? —A veces se hacía evidente que Lemuel había nacido en otra época.

—De que hubiera medidas de seguridad extras, o de que el gilipollas que vive allí me pillase y yo tuviera que cargármelo... cosa que tampoco habría estado mal.

—En cambio, alguien que no te esperabas estaba allí, aguardándote.

Ella asintió.

—¿Y no sabes por qué?

Olivia negó con la cabeza.

—No he tenido tiempo de pensar. Estaba demasiado... concentrada en alejarme de la zona antes de que encontrasen a ese tipo. Tenía que llegar a un lugar seguro.

—Ahora estás a salvo —dijo él, mientras rozaba los fríos labios en su mejilla.

De pronto, Olivia sintió ganas de notar su tacto. Se volvió hacia él, le tomó el rostro entre las manos y lo besó.

Por primera vez en esa noche, algo salía como ella esperaba; puede que incluso mejor.

12

Al día siguiente, Manfred estaba regocijándose de la retirada del asedio. No sabía qué había pasado en Dallas para que la mayoría se retirase, pero el caso es que apenas quedaban dos reporteros solitarios. Buscó «Goldthorpe Bonnet Park» en internet y consiguió la información que buscaba.

«Hummm. Así que el bueno de Lewis encontró un cadáver. Vaya vaya.»

Alguien llamó suavemente a la puerta de atrás. Él se alegró de haberse vestido y lavado los dientes. Estaba seguro de quién era la persona que llamaba. Abrió la puerta y dejó entrar a Olivia. Habría sido exagerado decir que tenía un aspecto horrible; sin embargo, nunca la había visto tan desaliñada.

—¿Acabas de regresar de Dallas?

—Ajá. —Lo miró y dijo con ironía—: Muy bien, gracias por llamar a Lemuel, pero la verdad es que no lo necesité. Me las apañé yo misma, así que no lo vuelvas a hacer.

—Vale, de acuerdo —respondió Manfred con voz amable—. Aunque tampoco es que me preocupara al imaginarte en peligro, y no estaba ni siquiera a medio camino de Dallas cuando tuve noticias de Lemuel, que me informó que todo iba bien, así que solo perdí medio depósito de gasolina y unas horas de sueño. No pasa nada. Lo que sea por ayudar a una amiga.

A medida que Manfred hablaba, Olivia se iba poniendo cada vez más furiosa. Cuando él ya se temía que le iba a dar un puñetazo, ella sonrió, aunque no sin reticencia.

—Te lo agradezco. Pero sé arreglármelas sola. Aunque bien es cierto que me alegré de ver a Lemuel. Que estuviese en Dallas fue un golpe de suerte. Por cierto, ya se marchó de allí.

Manfred no preguntó adónde había ido.

—Bueno, ¿y tú estás bien?

—Solo un rasguño de nada —respondió ella—. El otro no puede decir lo mismo, eso desde luego.

—Lamento que te hayas visto envuelta en esto —dijo Manfred, mirándola a los ojos—. Si hubiese sabido que el reverendo te iba a pedir ayuda, no lo habría permitido. Quizá hoy debamos sentirnos desagradecidos el uno con el otro, Olivia; porque, la verdad, no me alegro de que ese tipo haya muerto.

—A mí lo único que me jode es que el tipo trataba de secuestrarme para entregarme a mi enemigo —replicó ella.

—¿Quién es ese enemigo? ¿Y qué tiene que ver con el problema de Lewis Goldthorpe?

—Intentaré explicártelo.

—Bien. —De pronto, a Manfred le pareció un poco descortés hablar en medio de la cocina e hizo un gesto hacia la mesita.

Olivia se sentó. Él señaló la cafetera Keurig y ella asintió. Así pues, le preparó una taza de café, y luego otra para él. Olivia añadió a la suya crema y azúcar, que estaban sobre la mesa.

—He pensado sobre ello, y esto es lo que creo que sucedió —dijo ella tras beber un sorbo—. He repasado las noticias en la prensa sobre las muertes en Vespers, incluida la de Rachel. Por supuesto, cuando la policía y los periodistas llegaron después de lo de los Devlin, yo procuré mantenerme fuera de la vista, pero creo que aparezco en segundo plano en uno de los reportajes sobre la muerte de Rachel, porque ya había varios periodistas por allí para cubrir el suceso. —Lo dijo con desenvoltura, como si no hubiese tenido nada que ver con la muerte del matrimonio—. Creo que me vieron, o quizá me reconoció un *software* de identificación facial. Como la noticia era acerca de la terrible coincidencia de que en el mismo hotel hubiese habido, en veinticuatro horas, un asesinato, suicidio y una muerte súbita, las personas que me buscaban cubrieron todas las posibilidades.

—¿Y crees que están también apostados en la casa de los Devlin? —Manfred no sabía qué pensar. Quizá la inquietud había hecho que Olivia se metiese en una especie de callejón sin salida mental.

—No me resultaría extraño. Me pregunté si también habían acudido a la casa de los Goldthorpe, pero, después de pensar sobre ello, supuse que el hombre, Falco, le había preguntado a Lewis, o a la doncella, acerca de las personas que habían pasado últimamente por la casa. No me cabe duda de que Lewis le mencionó la extraña mujer que había pasado por allí aquel día, una rubia de una agencia de seguros. Así pues, creo que el tipo estaba allí apostado por si acaso, y simplemente tuvo suerte. —Sonrió—. O eso pensaba él.

—Creo que te siguió —dijo Manfred tras pensárselo un poco—. Así que tienes un enemigo histórico que dispone de mucho dinero y persistencia.

—Sí: mi padre. Para ser exactos, la sombra de mi padre: Ellery McGuire.

—Vaya, eso no lo sabía —dijo Manfred, tras un momento de silencio. Olivia se enfurecería en cuanto fuera consciente de que le había dado demasiada información; él solo podía atribuir ese ataque de sinceridad a la falta de sueño y a la sorpresa.

Por su parte, él no tenía ni idea de quién podía ser su propio padre, pero eso le permitía imaginarse que le quería y que tenía algún sólido motivo para su ausencia. Al menos, su padre no había enviado un sicario a secuestrarlo.

—Y ¿por qué me cuentas esto?

—Porque anoche, de algún modo, supiste que tenía dificultades. ¿Cómo lo hiciste?

—Por el papelito con ese número de teléfono. Me dijiste que no lo introdujese en mi teléfono, y lo escribiste tú misma, lo que lo convertía en un objeto personal. Cuando lo sostuve en la mano supe que estabas en peligro.

Ella asintió con un gesto.

—De acuerdo, no volveré a dudar de ti.

—Solo recibo información real de vez en cuando —admitió—. Pero esta te benefició. Ya puedes alegrarte.

A Manfred le habría gustado hacerle una serie de preguntas, pero no era el momento adecuado. Puede que nunca lo fuera. Por algún motivo, ahora le tenía más cariño, a pesar de que sabía que era una asesina. La sensación era perturbadora, algo como tener ganas de rascarle las orejas a un tigre de Bengala.

—Y respecto a la casa... —dijo bruscamente Olivia—. Por cierto, el plano que dibujaste era correcto. Muy bien.

A Manfred le agradó el cumplido. Asintió.

—Tengo buena memoria. Entonces ¿conseguiste llegar a la segunda planta?

Olivia le contó cómo había ido su primer contacto con la mansión Goldthorpe y su regreso, aquella misma noche.

—¿Ese individuo estaba allí para llevarte a tu padre? ¿O a ese McGuire?

—Llamó a Ellery McGuire, no a mi padre. Quizá mi padre había dicho algo como «Encontrad a mi hija y traédmela». Mi padre es el que hace que las cosas sucedan, y no le importa cómo. Todo el mundo actúa en consecuencia. Así que supongo que esas eran las órdenes de Ellery, porque el tipo pudo haberme matado directamente. Muerta habría estado mejor que con mi padre.

—Para ti, ¿que te capturen es equivalente a que te maten? Olivia lo miró, sorprendida; luego dijo:

—Así es. O algo parecido.

—¿Y Lemuel te encontró a tiempo?

—Cuando llegué al motel, pero él ya había estado en la casa. No intentó librarse del cadáver, pero lo movió. Yo no había tenido tiempo de hacerlo; para empezar, no estaba segura de que Falco estuviese solo.

—¿Pensaste que podían ser varios?

—Estaba solo, pero podría haber tenido cómplices rodeando la manzana, o aparcados por allí.

—Así que hemos vuelto a la casilla de salida, al menos en lo que se refiere a las joyas desaparecidas.

—Pues sí. —Olivia se reclinó en la silla, lo que la hizo parecer menos segura y determinada. Manfred prefería a la otra Olivia, competente y fría. La conocía mejor.

Tras unos instantes, ella dijo:

—Creo que eso significa que, tarde o temprano, vendrán a vigilarte a ti. No sabían por qué estaba en casa de los Goldthorpe, lo único que sabían es que estaba en aquel hotel; pero tarde o temprano mi padre pensará que vale la pena tenerte controlado a ti.

—¿Debería preocuparme? —preguntó Manfred, tratando de ocultar su inquietud.

—Sí. Todos deberíamos. Si el reverendo ya se pone nervioso porque haya reporteros para cubrir una historia de la que tú formas parte, se pondría frenético si viniese la gente de mi padre.

—¿Dan más miedo?

—Mucho más —respondió con seguridad—. Tenemos que imaginar otra forma de abordar el problema. No sé si eso los despistará, pero debemos avanzar en alguna dirección. Es una lástima que no podamos simplemente...

Manfred, que estaba llenando la taza de café de Olivia,

levantó la vista para averiguar por qué se había detenido. Ella lo estaba mirando como si a él le hubiese salido un cuerno en la frente.

—¿Qué? —preguntó.

—Pregúntaselo a su marido —dijo Olivia.

—¿Cómo?

—¡Que te diga dónde están las malditas joyas! Tú eres médium, ¿no? Contacta con Rachel, como sea que lo hagas. O con su marido. ¿Cómo se llamaba?

—Morton. Lo puedo intentar. —Manfred estuvo a punto de palmearse la frente—. Estaría bien si alguien cercano a ella nos ayudase, pero estoy seguro de que sus hijas no querrán tener nada que ver con una sesión de espiritismo. Y Lewis, ni hablar.

—Entonces ¿crees que tú y yo podríamos hacerlo?

—Necesitaríamos a alguien más... sintonizado —repuso Manfred, sin saber bien cómo expresarlo.

—Alguien más espiritual —dijo Olivia. Manfred asintió.

—Joe o Chuy.

—¿Qué tienen esos dos de espiritual? —preguntó Olivia.

—No estoy muy seguro de qué son...

—Dos gais simpáticos.

—Algo más que eso.

Olivia resopló y levantó las manos.

—¡De acuerdo, les llamaré! Esta noche, ¿vale? ¿O tienes algo más importante que hacer? —preguntó con sarcasmo.

—Esta noche está bien, y podemos hacerlo aquí mismo —contestó él.

—Hasta entonces, pues. Y ahora, voy a echar una cabezada. —Y se fue tan de repente como había llegado.

13

Joe guardó en el bolsillo el móvil y se volvió hacia Chuy.

—Nos han invitado a una sesión de espiritismo. Esta noche.

Chuy, que estaba preparando una ensalada para el almuerzo, terminó de trinchar el pollo, lo añadió a las espinacas y las nueces y empezó a trocear las uvas.

—Eso es una novedad. ¿Tú qué crees? ¿Deberíamos asistir?

Joe lo pensó.

—No es como si la información de que estamos rodeados de fantasmas nos pillase de sorpresa. Los vemos día sí y día también.

Chuy inclinó la tabla de cortar y puso las uvas en la ensalada.

—Uva, ¿vale? —preguntó—. Supongo que fue Manfred quien llamó, ¿no?

—Sí a la uva, y no a Manfred —dijo Joe—. La sorpresa es esta: fue Olivia. —Miró a Chuy enarcando las cejas y este se rio, pero luego comentó:

—Pobre Olivia.

Joe asintió.

—Deberíamos ayudarles. Generalmente no nos piden nada.

Chuy empezó a aliñar la ensalada con un aderezo a base de miel.

—De acuerdo, cariño. Por cierto, ¿has estado ya en el hotel?

—No desde que la señora Nosequé nos dio un paseo por el lugar.

—Hay tres ancianos allí, y dos de esos bichos raros informáticos subcontratados para lo de Magic Portal. Y luego hay un hombre que he sido incapaz de averiguar qué hace.

Se sentaron a la mesa y Joe se sirvió del bol.

—Esto tiene buena pinta, Chuy. ¿Crees que tendremos que hacer algo acerca de ese hombre que dices?

—Al menos averiguar qué se propone. Debemos proteger al chico.

—Tienes razón —asintió Joe—. De acuerdo, iré a ver qué pasa en el hotel.

—Perfecto. Yo tengo una cita para esta tarde, Myra Shellenbarger.

—Es divertida —sonrió Joe—. Sabe todo lo que sucede en un radio de treinta kilómetros.

—O más. Y no tiene problema en dar nombres propios —sonrió Chuy a su vez—. Me cae bien. Lo que ves es lo que hay.

—Puede ser agotador conocer a tantas personas con cualidades ocultas. O defectos. A veces, la superficialidad es buena. Por cierto, esta ensalada está deliciosa.

—La he sacado de *Cocina del Sudoeste* —contestó Chuy—. He pasado del maíz asado.

A partir de ese momento, la conversación viró hacia la cocina, si el servicio de correos dejaría de hacer entregas los sábados y en qué punto de su investigación sobre los libros de magia que finalmente había encontrado —los que Bobo había tenido sin ser consciente de ello— podía estar Lemuel.

Cuando se acercaron dando un paseo a casa de Manfred, justo después de oscurecer, no había ni un solo reportero a la vista. Echaron un vistazo al recién rebautizado hotel Midnight.

—Aún me parece extraño verlo iluminado —dijo Chuy. Sostenía entre sus manos la de Joe, una de las ventajas de vivir en Midnight.

—Pero es agradable. A veces, mirando hacia el pasado, recuerdo las tiendas de por aquí, ajetreadas, con gente por todas partes.

—Y los caballos en las calles —añadió Chuy con una risita—. Y su olor. Y el de la gente que no se bañaba.

—¿No te gustaría a veces poder ver el futuro? Una buena parte del pasado sigue viviendo con nosotros.

—No, no me gustaría. —Se detuvo, miró a Joe y tomó su otra mano—. Me volvería loco —añadió muy serio.

Los ojos de ambos se encontraron.

—Entonces, eso no sucederá nunca —musitó Joe—. El presente ya es lo bastante agotador. —Al cabo de un momento reemprendieron la marcha—. Hoy he visto a Mildred —comentó Joe para cambiar de tema—. Estaba haciendo pasar a Hattie Barnes por la puerta de atrás.

—Mildred —repitió Chuy, condensando en una sola palabra la tristeza que le producía la mera idea—. Qué mujer tan especial, tan equivocada en algunos sentidos y tan avanzada a su tiempo en otros.

—Desde luego, le dejó la casa a la persona adecuada, aunque dudo de que imaginase nunca que Fiji sería más fuerte de lo que ella misma fue. Si no me equivoco, Mildred consideraba que Fiji era la mejor de las débiles.

Chuy movió la cabeza.

—Mildred era incapaz de imaginar hasta dónde podía llegar el poder de Fiji.

—Ni siquiera la propia Fiji lo sabe aún.

Los dos sonreían cuando Manfred abrió la puerta.

—Me alegro de veros. Adelante. ¿Os apetece agua, o limonada? También tengo vino, pero recomendaría no beber alcohol antes de tratar de establecer contacto con aquellos que se han ido.

—Seguro que tienes razón —dijo Joe, tratando de no mirar de reojo a Chuy, con el que había compartido una botella de vino a la hora de cenar—. Creo que a mí no me apetece nada. ¿Y a ti, Chuy?

Este negó con la cabeza.

—¿Ha venido ya Olivia? —preguntó—. Hoy no la he visto.

—Estoy aquí —contestó ella desde la cocina.

Joe siguió a Manfred hasta allí. Echó un vistazo alrededor: no podía imaginarse a sí mismo cocinando en aquel cuarto deprimente y anticuado.

—¿Cocinas mucho, Manfred? —preguntó Chuy, logrando mantener un tono neutro.

—No; más bien soy una persona de microondas. ¿Tú cocinas, Olivia?

—No —dijo ella con cierto tono de sorpresa, como si no pudiese creer que estuvieran hablando de algo tan intrascendente, dadas las circunstancias.

Joe suspiró, agradeciendo una vez más poder contar con el amor y el cariño de Chuy, que amaba cocinar y consideraba que la preparación de la comida era una parte importante de la vida.

—Entonces, estamos aquí para ponernos en contacto con los muertos —dijo—. La señora Goldthorpe, supongo, ¿no?

—Así es —respondió Olivia.

Cuando Joe se acercó a ella, vio que su rostro estaba magullado.

—¿Estás bien? —preguntó.

—Deberías ver al otro —contestó ella, sin sonreír.

Chuy le puso la mano en el hombro y ella no se retiró. De hecho, al cabo de un momento casi pareció que se relajaba un poco.

—Entonces ¿cuál es el procedimiento? —preguntó Joe.

—Pareces interesado —dijo Manfred.

—Lo estoy. Nunca he hecho nada parecido. —No necesitaba ponerse en contacto con los muertos porque podía verlos todo el tiempo; pero eso no lo dijo.

—Me alegro de que te muestres abierto a la experiencia —dijo Manfred—. He acercado esta mesa para que haya sitio para todos.

«O sea que, al menos, la cocina no está siempre tan abarrotada», pensó Joe.

—Vamos a sentarnos y tomarnos de la mano. Voy a tratar de invocar a Rachel. Si ella no viene, lo intentaré con su marido Morton. Puede que él no quiera, porque no tengo a Rachel para atraerlo, pero puedo intentarlo.

—¿El hijo te acusa de haberle robado? —preguntó Chuy. Manfred asintió.

—Entonces lo haremos lo mejor que podamos —dijo Joe, y tomó la mano izquierda de Olivia con su derecha, y la derecha de Manfred con su mano izquierda.

Al otro lado de la mesa, Chuy tomó también las manos de cada lado. Se miraron a los ojos; Joe vio una paciencia infinita en los ojos de su compañero.

Olivia no parecía nerviosa ni interesada, sino decidida. Y más allá de esa intensidad y esa determinación de avanzar, Joe vio dolor, sufrimiento e ira. Suspiró; algún día, esa volátil combinación haría que Olivia explotara como una bomba. Todo el dolor y la violencia que ella misma provocaba tenían por objeto librarse de su cólera, y probablemente el hecho de que Lemuel absorbiera energía también contribuía. Sin embargo, cuanto más violencia provocara Olivia, más ineficaz sería su control de la ira.

—Olivia, necesitas relajarte —le dijo Manfred.

Ella inspiró hondo varias veces y logró contenerse.

—Muy bien —dijo—. De acuerdo.

La tensión descendió varios grados y el don de Manfred empezó a fluir entre sus manos enlazadas. Era potente y puro. Joe podía verlo, casi saborearlo; empezó a ver rostros, espíritus atraídos por ese don. Le pareció curioso que Manfred solo pudiera sentir la presencia de los muertos, que para él y Chuy eran perfectamente visibles.

No todos regresaban, desde luego. La novia de Bobo, Aubrey, no lo había hecho, y había sido víctima de asesinato. Era un hecho más probable que quienes habían sufrido muertes violentas vagasen por siempre en forma de fantasmas. Joe creía haber visto a Aubrey caminando por la tierra yerma en dirección al río, o entrando en la tienda para uno de sus irritantes coqueteos.

Pero la posibilidad de encontrarse con el espectro de un asesino habría sido mucho más dolorosa. Por suerte, Joe nunca lo había visto.

Joe se obligó a mirar las caras que se formaban a su alrededor. Mildred... bueno, eso era normal. Y reconoció al mendigo que había deambulado por Midnight durante diez años, atraído por el pueblo y, al mismo tiempo, asustado de él. Vio a una mujer india que tenía algo urgente que decir, y lo dijo en un murmullo a través de los labios de Manfred, aunque en un idioma que ninguno entendió. Olivia puso los ojos en blanco al oír a Manfred hablar en lenguas desconocidas, o eso debió de parecerle.

Entonces Rachel Goldthorpe dijo: «Siento estar causándote problemas». Los otros nunca habían oído su voz, pero ninguno tuvo dudas de que se trataba de ella.

Joe se dio cuenta de que incluso la postura de Manfred había cambiado. Tenía los hombros caídos por la edad y la enfermedad, y estaba un poco alejado de la mesa, como si tuviese que dejar lugar para un mayor volumen. «Debió de ser una mujer obesa», pensó Joe.

Se hizo el silencio y Joe pensó: «Ninguno de nosotros sabe qué hacer. Todos pensábamos que si el espíritu aparecía, Manfred lo interrogaría». No se habían planteado la posibilidad de que Rachel se metiese dentro del médium.

Joe dijo:

—Rachel, ¿dónde escondiste las joyas?

No le daban miedo los muertos, pero no estaba seguro de cómo manejar la situación, que era novedosa para él.

A través de Manfred, ella respondió:

«En el estudio de Morton. Donde Lewis nunca las buscará. Su padre y él nunca se llevaron bien.» Agitó con tristeza la cabeza de Manfred.

—¿En qué lugar del estudio? —preguntó Joe, tratando de que no se notase su impaciencia.

«Dentro de...», y fue como si se hubiera cortado la llamada en un móvil.

—¿Dentro de qué? —preguntó Olivia con brusquedad.

«Veo el mundo...», susurró Rachel, y entonces Manfred regresó a su cuerpo. Abrió los ojos, pasó la mirada de uno al otro y preguntó:

—Noto como si hubiera sucedido algo. Decidme qué ha pasado.

—¿Los fantasmas son siempre irritantes e imprecisos? ¿Forma parte del hecho de morir? —preguntó Olivia. Chuy soltó su mano.

—Olivia —dijo en tono reprobador.

—Bueno, ha sido exasperante. Pero en fin, al menos sabemos la habitación en que están.

—¿Podría alguien contarme lo sucedido? —insistió Manfred, mirándolos a todos por turnos.

—Rachel nos ha hecho una visita —explicó Joe—. Dijo que puso las joyas en el estudio de Morton, dentro de algo, porque Lewis y Morton no se llevaban bien.

—¿Dentro de qué?

—No lo ha dicho. Hemos perdido la conexión antes de que pudiera ser más específica. Dijo algo acerca del mundo. ¿Cómo te encuentras tú?

—Esta es la primera vez que alguien se ha apoderado de mí de esta manera. Es una experiencia interesante. —Parecía entusiasmado por la posesión, no agotado ni asustado, que era lo que Joe habría esperado.

—Ha sido una experiencia interesante para todos —dijo Chuy—. Pensaba que pasaríamos horas aquí, intentando invocar a un espíritu, y se metió dentro de ti como una mano dentro de una marioneta.

—No estoy seguro de que me guste esa analogía —repuso Manfred—. Lo que está claro es que yo estaba en otro lugar.

Olivia lo miró.

—Yo no podría hacer una cosa así, perder el control de esa manera.

—Entonces, es muy improbable que te suceda —dijo Manfred—. En general, los espíritus visitan a personas abiertas a dicha experiencia. Sé que suena como si fuese una especie de portento, pero es así. Tengo un par de ideas sobre por qué los espíritus son tan imprecisos.

—Adelante, ¿cuáles son? —Olivia se puso en pie y se apoyó contra la pared de la cocina, demasiado inquieta para permanecer sentada más tiempo.

—En primer lugar, creo que pierden el contacto con los detalles del mundo. Si uno estuviera en una situación nueva, sin contacto con el universo que ha conocido durante toda su vida, tampoco recordaría todas las nimiedades. Si podemos hablar con un espíritu es porque, por alguna razón, se ha quedado por aquí y no ha alcanzado su destino final. Pero ya no están en el mundo, así que muchos aspectos terrenales dejan de interesarles. Tengo una teoría alternativa: que lo hacen para fastidiar. Porque si nos fastidian, eso significa que siguen siendo importantes para nosotros, que interactúan con nosotros, que nos afectan.

—Interesante —dijo Joe—. En el caso que nos convoca, haber identificado la habitación y contar con el adverbio «dentro» podría ser lo bastante específico. ¿No habrá una forma de pasarse por allí y decirles a las hijas que es ahí donde se ocultan las joyas?

—No —respondió Manfred—, porque entonces me preguntarían: «¿Y cómo lo sabe?». Y yo tendría que responder con una de estas tres fórmulas: «Me lo dijo un pajarito», «El espíritu de tu madre me poseyó y se lo dijo a mis amigos», o «Lo sé porque yo mismo las escondí allí». ¿Cuál pensáis que van a creer?

—Pero al menos encontrarían las joyas y la acusación quedaría sin efecto —dijo Joe.

—Sí, y mi reputación resultaría arruinada. Normalmente, los psíquicos ya tienen poca reputación, y no es difícil imaginarse mi negocio hundido si la gente creyera que robé las piedras a una anciana dama y luego intenté devolverlas cuando me pillaron.

—Además, el capullo de Lewis se quedaría sin castigo —observó Olivia. Se separó de la pared e, incapaz de seguir quieta, se puso a caminar por la pequeña habitación.

—Olivia, por eso no tienes que preocuparte —dijo Chuy—. Lewis acabará teniendo lo que se merezca.

Ella lo miró con escepticismo.

—Sí, claro —dijo, y soltó una risita socarrona—. Y que precisamente tú me digas una cosa así.

—¿Por qué?

—Porque, por el hecho de estar con Joe, ambos os habéis tenido que enfrentar a situaciones muy desagradables —explicó, y era obvio que suavizaba sus palabras a medida que las decía.

Joe miró a Chuy.

—Tratamos de no juzgar —murmuró—. La oportunidad de redimirse siempre está ahí.

—Si eso es lo que necesitáis pensar para poder convivir con todos esos gilipollas, adelante —replicó Olivia—. Pero no es mi caso. —Sus ojos brillaban con el fuego que ardía en su interior. Joe y Chuy lo vieron.

—¿Alguien quiere un vaso de agua? —terció Manfred. Se sentía incómodo con aquel súbito apasionamiento.

—Eso es, métela bajo la alfombra y olvídate —dijo Olivia, volviéndose hacia él.

—Después de que me haya poseído una mujer de sesenta y pico años, creo que esta noche tengo derecho a ahorrarme más disgustos —replicó Manfred con tono cortante.

—Ya —respondió Olivia—. Me vuelvo a casa. Pensaremos en otro plan. Iré a ver qué hace el reverendo. ¿Cómo está el pequeño?

—No tan pequeño; está creciendo —dijo Chuy—. Visiblemente.

—¿Es más alto que cuando llegó aquí? —preguntó Joe. Todos se miraron.

—Iba a preguntar «¿cómo es eso posible?». —Manfred se encogió de hombros—. A estas alturas no debería sorprenderme.

14

El lunes por la mañana, Manfred miraba desde su ventana cómo el reverendo y Diederik iban de la casa del reverendo a la capilla. Tenía el móvil en la mano mientras los observaba caminar por la acera recién reparada. Un par de ancianos, uno de ellos con un andador, estaban dando su paseo matinal alrededor del hotel. Ambos se detuvieron al ver pasar a la desigual pareja.

Probablemente, los nuevos habitantes de Midnight observaban con cierto interés no al reverendo, que llevaba su atuendo de siempre —traje negro, sombrero negro y corbata de cordón, además de las viejas botas de vaquero y la desgastada camisa blanca—, sino al chico, que ya era cinco centímetros más alto que unos días atrás y las costuras de la ropa le estaban cediendo.

«Maldita sea —se dijo Manfred—. Tendremos que conseguirle ropa nueva. El reverendo lleva años vistiendo lo mismo y no se dará ni cuenta de que el chico necesita renovar su vestuario.» Llamó a Fiji.

—No sé si sabes mucho de tallas para niños, pero el huésped del reverendo necesita algo de su medida.

—Pero si le acabo de pasar varios pantalones cortos y algunas camisetas —dijo ella, sorprendida.

—Pues ya le van demasiado pequeños —repuso Manfred.

Fiji colgó, y Manfred la observó salir por la puerta principal y dirigirse a la capilla. El reverendo y Diederik se dirigían hacia los escalones a través del jardín de la capilla; el chico no tenía un aspecto muy animado que digamos. Fiji se quedó paralizada al verlo; luego se acercó a ellos. El viento había arreciado; Manfred sonrió al ver su pelo y su falda revoloteando como banderas. Se paró delante del reverendo, y Manfred vio que su boca se movía. El reverendo se quedó rígido del disgusto que le causaba que alguien interrumpiese su paseo. Sin embargo, las palabras de Fiji hicieron que el anciano mirase al chico, y pareció sorprendido de lo que veía.

Fiji movía los brazos mientras el reverendo asentía, Luego se metió en la capilla y el chico siguió a Fiji hasta su casa. Mientras cruzaban el jardín de Fiji, el chico miró alrededor, a las flores en gloriosa floración, y a los arbustos, de un verde exuberante a pesar del calor de Texas. Por último vio al gato Snuggly, y Manfred observó como el rostro de Diederik se iluminaba. Tomó al gato en brazos y entró con él en la casa. La cara de Snuggly era visible por encima del hombro del chico, como un nubarrón dorado y peludo.

Manfred se rio; hacía días que no se sentía tan bien.

Entonces se planteó qué significaba el crecimiento acelerado del chico. No tenía ni idea. Se preguntó cuándo regresaría el padre de Diederik, y esperó que fuese antes de que el niño alcanzara el metro ochenta.

Manfred recibió una llamada personal alrededor de una hora más tarde, justo cuando ya había cogido el ritmo en su centro de llamadas profesional.

—Hola, señor Bernardo, soy Phil van Zandt. Del bufete de Magdalena Orta Powell —añadió para refrescarle la memoria.

—¡Sí, claro! Disculpe, estaba absorto en mi trabajo. ¿Qué sucede?

—Lamento decirle que la policía de Bonnet Park quiere interrogarlo —dijo Van Zandt con tono comprensivo—. Llamaron a la señora Powell. Tiene una citación para presentarse allí hoy a las dos. Tiene suficiente tiempo para llegar en coche, incluso para un almuerzo rápido. —Su voz parecía implicar «porque solo los indígenas se saltan el almuerzo».

—De acuerdo, trataré de estar allí —respondió Manfred mientras intentaba ordenar su agenda mentalmente.

—Bueno, «trataré de» no será suficiente, señor Bernardo. Puede estar allí a las dos, ¿no? Si no, la señora Powell tendrá que llamarles de nuevo para reprogramar, y eso significa que tendrá que reorganizar la tarde entera.

—Supongo que se encargaría usted.

—Bueno, sí, así es, pero es mi trabajo. Entonces ¿podrá?

Manfred echó un vistazo al reloj del escritorio.

—Sí, podré. ¿En la comisaría de Bonnet Park?

—Exacto. ¿Le doy la dirección?

—Gracias. —Manfred la anotó—. Será mejor que me ponga en marcha.

—Perfecto. Espero que todo salga bien.

Críptico pero agradable.

Manfred colgó y examinó sus bolsillos para comprobar que lo tenía todo. Por desgracia, no contaba con ningún amuleto de la buena suerte. Cuando salió, Fiji se dirigía hacia allí.

—Te iba a pedir que me acompañaras a Marthasville para comprarle ropa a Diederik.

—Lo siento, tengo que ir a la comisaría de Bonnet Park con mi abogado. Quieren interrogarme.

—Ah. —Puso las manos a ambos lados de la cabeza de Manfred y movió los labios. Presionó con intensidad y la sensación fue cálida, como si se hubiese frotado las manos enérgicamente entre sí antes de aplicarlas.

—¿A qué ha venido eso? —preguntó él cuando Fiji apartó las manos.

—Es para hacer creíbles tus palabras —sonrió ella—. Lo probé la semana pasada con un policía que me paró por el impuesto de la circulación.

—¿Y funcionó?

—Ya lo creo; no me multó. Y al día siguiente fui derecha a Davy a pagar el impuesto.

—Y mi credibilidad, ¿tiene fecha de caducidad?

—No hay ningún conjuro que dure siempre sin un refuerzo; al menos, ninguno que yo conozca.

Subió al coche con una sensación alegre, un adjetivo inusual refiriéndose a sí mismo. Tenía un buen abogado, una buena bruja y toda una aventurera de vecina. De camino hacia Bonnet Park sintonizó la radio pública, convencido de que le haría sentir más inteligente. El tráfico de Dallas casi acabó con su burbuja de seguridad en sí mismo, pero lo gestionó con fluidez y aparcó en la zona de visitantes con diez minutos de tiempo.

Como si lo hubiese planeado al segundo, Magdalena Orta Powell salió de un Lexus que se paró a su lado en ese momento. Debía de ser ella: tenía aspecto de abogada distinguida. Manfred le calculó más de cuarenta años. Llevaba el pelo corto y perfectamente peinado, un maquillaje elegante pero sobrio, falda de algodón beige ajustada a sus curvas sin complejos y una blusa de manga corta con estampado blanco y marrón, con grandes botones, atractiva y femenina. Los zapatos marrones de tacón alto llamaban la atención; Manfred estaba seguro de que no habría podido dar ni un paso con ellos puestos.

—¿Señor Bernardo? —preguntó, y le estrechó la mano con firmeza, pero sin estrujarla. Luego le echó un vistazo de pies a cabeza. Prudentemente, él había dejado de lado su habitual atuendo «todo negro» para la visita a la policía; llevaba unos pantalones caqui y una camisa blanca de lino con un suave estampado de palmeras—. Nada de alhajas aparte de los piercings, eso está bien. Los piercings ya son demasiado.

—Pero me creerán, descuide —repuso Manfred con tono confiado. No sabía lo que le había hecho Fiji, pero le habría gustado poder pagarle para que fuese a hacerle lo mismo todas las mañanas.

—¿Está drogado? —le preguntó ella con brusquedad.

—Nunca he probado ninguna droga. Por cierto, ¿cómo debo llamarla? No puedo decir «Magdalena Orta Powell» cada vez que quiera captar su atención.

—Señora Powell bastará. ¿Vamos? —dijo, señalando el sendero que conducía a las puertas de vidrio—. Esta es menos imponente que la comisaría de Dallas —añadió—, pero no se deje engañar: la policía es igual en todas partes, y no les gustan los casos confusos.

—No he hecho nada malo —dijo él con confianza.

—Me gustaría poder garantizarle que eso le va a mantener a salvo.

Él sintió una punzada de inquietud, que se desvaneció en su certeza de que podría convencer a la policía de que era el ciudadano más ejemplar del orbe.

—Inspector —saludó mientras estrechaba la mano del policía, momentos después de que les condujesen a una sala de interrogatorios.

—¿Se conocen? —preguntó la abogada.

—Nos conocimos en el hotel... Vespers, ¿no es así, señor Bernardo? —Sterling se sentó frente a ellos.

Manfred lo miró con más atención que la primera vez. El inspector era oscuro y fornido, y su cabello empezaba a encanecer. Se había puesto unas gafas de montura metálica que brillaban a la luz de la lámpara que colgaba del techo y le daban un extraño aspecto pasado de moda. En ese momento entró otro hombre y se sentó junto a Sterling. Ambos llevaban lo que podía calificarse de uniforme: camisa blanca de manga corta, corbata azul estampada y pantalones caqui. Pero el otro policía era muy alto, casi dos metros, y también de más edad; su cabello era blanco como la nieve. No llevaba gafas, y sus ojos azules destacaban por su agudeza y determinación en un rostro rubicundo, curtido y surcado de arrugas.

Sin embargo, Manfred estaba tranquilo. En cambio, la abogada sonó tensa cuando dijo:

—Vaya, un inspector que, al parecer, no conoce aún a mi cliente. Hola, Tom.

Tom le sonrió.

—Maggie. Hola, amigo. Me llamo Tom Freemont.

Manfred le devolvió la sonrisa y estrechó su mano.

—Encantado de conocerlos a todos, inspector. ¿En qué puedo ayudarles?

—Parece que se ha metido usted en un buen lío, señor Bernardo —dijo Sterling, sugiriendo entre líneas «solo somos unos polis buenos y sencillos haciendo nuestro trabajo»—. Tenemos que aclararlo todo y asegurarnos de que entendemos exactamente lo que ha sucedido.

Manfred intentó poner una expresión de interés inteligente.

—¿Están acusando a mi cliente de algo? —preguntó la señora Powell.

—No, de momento no.

—Entonces ¿qué necesitan saber? ¿Qué delito creen que podría haber cometido? Porque yo, desde luego, no lo veo por ningún lado. ¿Es que acaso Rachel Goldthorpe no murió por causas naturales?

—Aún estamos esperando los resultados de las pruebas. Quizá fuese la combinación de la edad, el sobrepeso, la tensión alta y una neumonía aguda lo que se confabuló para matarla. —Freemont abrió una carpeta y consultó su contenido—. No podemos decir que haya una causa obvia de la muerte.

—Entonces, no creen que mi cliente tenga nada que ver con la muerte de la señora Goldthorpe.

—No he dicho eso.

—Así, ¿cree que la asesinaron?

—De momento no lo sabemos. Pero de acuerdo; de momento, el señor Bernardo no es sospechoso de asesinato —dijo Freemont llanamente.

—¿Entonces? —Magdalena Orta Powell parecía molesta, pero lo llevaba muy bien.

—Están los cargos presentados por Lewis.

—¿Van a acusar al señor Bernardo de robo? No creerán en serio que la señora Goldthorpe llevó un bolso lleno de joyas a una sesión de espiritismo para ponerse en contacto con su difunto esposo, ¿no?

—Podría haberlo hecho. —Freemont se inclinó en su asiento y agitó la mano como diciendo «todo es posible».

—Claro. Y cuando se derrumbó muerta, el primer impulso de mi cliente fue registrar el bolso, ¿no? Pues no, no lo creo. Lo primero que hizo fue llamar a recepción, como habría hecho cualquiera de nosotros. Su principal interés fue la señora Goldthorpe.

—Eso es lo que él dice —repuso Sterling, casi rozando el sarcasmo.

—¿Tienen alguna prueba que sugiera lo contrario? —Los ojos de la abogada estaban encendidos. Manfred estaba orgulloso de ella, convencido de que lo estaba defendiendo con brillantez.

—Pues no —admitió Sterling—. Pero nos parece extraño que su cliente —añadió, apuntando con el dedo a Manfred— estuviese sentado con dos personas que la misma noche murieron en un aparente asesinato y suicidio, mientras que, justo al día siguiente, la propia invitada del señor Bernardo murió en su habitación.

—No hay ninguna conexión —dijo Manfred con calma, convencido de que le creerían—. Yo no sabía que una conocida de Midnight fuera a estar allí. Y no creo que Olivia conociese demasiado bien a esa pareja. Y al día siguiente, mientras yo estaba atendiendo a mis clientes en mi habitación, ella salió de compras, por lo que sé. Apenas la he visto desde entonces. Y ustedes no han pasado para interrogarla o ella me lo habría dicho. Y saben que yo no maté a la pobre señora Rachel. Tampoco sabía que pensaba ocultar sus joyas hasta que ella misma me lo dijo, durante nuestra sesión. —Entonces su voz se hizo más cortante—: ¿Por qué se filtró mi nombre a la prensa? ¡No hay ninguna prueba de que yo haya hecho nada malo!

Solo la mano de la abogada en el brazo de Manfred evitó que este se pusiera de pie, airado. Dejó de hablar, pero no bajó la mirada mientras esperaba una respuesta.

—De acuerdo —dijo finalmente Sterling. Se quitó las gafas y las limpió con un pañuelo de bolsillo que hizo aparecer como por arte de magia—. Bueno, he de reconocer que sus argumentos son convincentes, señor Bernardo. —«¡Sí! ¡Muy bien, Fiji!», pensó Manfred—. ¿Dónde estaba usted anoche?

—En casa.

—¿Salió en algún momento?

—No. La noche anterior fueron a visitarme unos amigos.

—¿Quiénes?

—Olivia Charity. Y Joe Strong y Chuy Villegas, también vecinos de Midnight.

—¿Y la noche anterior a esa?

Manfred sabía que esa era la pregunta que más les interesaba, por el cadáver encontrado en casa de los Goldthorpe.

—Salí a cenar y luego volví a casa.

—¿Dónde cenó?

Manfred sacó la cartera y, de ella, la cuenta de Moo and Oink.

—No suelo guardar las facturas, pero hace tiempo que no hago limpieza de la cartera.

Freemont se inclinó y tomó el papel que le mostraba Manfred. Los inspectores lo miraron con gravedad; no iban a poder negar la marca de fecha y hora. Sterling suspiró.

—Así que usted alega que estaba en Vespers para su...
—consultó un papel— fin de semana con clientes, el mismo
fin de semana en que su amiga de este minúsculo pueblo estaba allí por casualidad. Y también por casualidad, las personas
con que ambos se reunieron, murieron.

Dicho de esa forma sí sonaba sospechoso.

—No lo alega, lo afirma —terció la señora Powell con
tranquilidad—. Porque eso es exactamente lo que sucedió.
No conoció a la pareja fallecida. Y su conocida, Olivia Charity, no conocía a Rachel Goldthorpe, al menos no hasta donde
mi cliente sabe. Todo esto no es más que una desafortunada
coincidencia. El señor Bernardo nunca ha visto las joyas pre-
suntamente desaparecidas. Y no pueden acusarlo de su muerte si ni siquiera saben qué la mató. Así que aquí termina esta
entrevista. —La abogada se puso en pie tranquilamente e,
imitándola, también lo hizo Manfred—. Mi cliente ha tenido
que conducir desde muy lejos para responder a unas preguntas a las que ya había respondido antes. —Tuvo la delicadeza
de no mencionar sus propias molestias, porque iban a pagarle
por ellas—. Espero que no vuelvan a solicitar su presencia sin
causa justificada.

—Solo si aparece algo raro en el examen toxicológico
—dijo Freemont, que de repente parecía derrotado. También
se levantó, y los miró desde su altura superior—. Pero debería
saber que Lewis Goldthorpe se propone arrastrar a su cliente
por el barro tanto como pueda.

La señora Powell y Manfred salieron de la comisaría —y
cuartelillo de bomberos— de Bonnet Park una hora después
de haber entrado allí. Manfred pensó que, tras pagarle a la
abogada, sería mucho más pobre; sin embargo, también sería
un hombre libre, de manera que el precio era justo. La señora
Powell estuvo callada hasta que llegaron al coche, y entonces
dijo:

—Creo que deberíamos demandar a Lewis Goldthorpe.

—¿No cree que eso atraerá aún más atención a un asunto ya de por sí desagradable?

—Depende. Si le dice al mundo que usted es un ladrón, probablemente usted se arrepienta de no haber lanzado un ataque preventivo contra él.

—Para mí, lo mejor sería que todo esto se esfumase. Si paso más tiempo en las noticias, mi reputación se resentirá. Si toda esta publicidad acaba por convertirme en un personaje notorio, no saldré bien parado pase lo que pase. Y, francamente, dentro del ramo de los psíquicos me va bastante bien.

—Una reflexión interesante. —La abogada lo miró.

—Y muy cierta —dijo él, encogiéndose de hombros.

—¿Por qué cree que se le ha metido entre ceja y ceja a Lewis Goldthorpe?

—Porque su mamá me prefería a mí. —Como la abogada lo miró con rostro inexpresivo, Manfred aclaró—: Porque su madre nunca se llevó bien con Lewis, y conmigo sí. No me conocía muy bien, así que eso facilitaba las cosas. Si hubiera pasado mucho tiempo conmigo, quizá todo habría sido distinto. Pero yo no quería sus posesiones. Me llevaba bastante bien con su marido porque estaba muerto, escuchaba sus historias porque era una señora simpática y creía en el más allá.

—¿Mientras que Lewis...?

—Se peleaba con su padre cuando estaba vivo, le daba la lata a ella sobre su futura herencia, no creía que yo pudiese ofrecerle a su madre ninguna ayuda psíquica y no tenía interés alguno por sus sobrinas y sobrinos. Además, tampoco cree en el más allá.

—¿Así que usted cree que eso es todo lo que hace falta para mantener la atención y la lealtad de una mujer? ¿No codiciar sus posesiones? ¿Escuchar sus historias?

—Creo que nos estamos desviando. Yo no he dicho eso, sino que esa era la razón por la que Rachel prefería hablar conmigo antes que con su propio hijo. Yo era menos exigente y más tolerante.

La letrada inspiró profundamente y se calmó.

—Lo siento.

—Está usted pasando por un momento difícil en su propia vida —observó Manfred.

—Eso no es muy difícil de ver —repuso ella, con una sonrisa triste—. Siento haberme comportado con poca profesionalidad. Ya estoy de vuelta al modo abogada.

—¿Me ha acusado realmente Lewis en la policía?

—Así es.

—Entonces ¿por qué no me han arrestado?

—Porque no hay ninguna prueba que demuestre esa acusación.

—Entonces ¿por qué no podemos olvidarnos de sus acusaciones?

—Porque aún no se han encontrado las joyas y, a pesar de que la policía no le cree, existe la posibilidad de que tenga razón.

—Así que mientras no se encuentren las joyas, estoy vendido. Mi situación no ha cambiado en absoluto. ¿Por qué me han hecho venir?

La abogada, que estaba mirando a lo lejos, se volvió hacia él:

—Ha sido una excursión de pesca, para ver si averiguaban algo. Una pérdida de mi tiempo y de su dinero.

Manfred la miró.

—Mi tiempo también vale dinero —señaló.

—Apuesto a que no tanto como el mío.

Estaba seguro de que, cuando recibiese la factura, estaría de acuerdo con ella.

En el camino de vuelta a Midnight, Manfred pensó en esa pequeña «excursión de pesca». Los inspectores no sabían nada nuevo, él no había logrado neutralizar por completo sus sospechas —aunque estaba seguro de que las había debilitado— y había perdido horas de trabajo. En el lado positivo, había conocido a su abogada y tenía más confianza en que se iba a mantener fuera de la cárcel.

Magdalena Orta Powell no era exactamente lo que él había esperado, y estaba seguro de que ella opinaba lo mismo acerca de él.

15

Olivia recibió una llamada de Lemuel en plena noche. A Lemuel no le gustaba el teléfono, pero venció su aversión natural a llamarla porque sabía que eso la haría sentir mejor. Fue una conversación breve.

—Olivia, estoy en Nueva Orleans.

Ella se quedó en silencio unos instantes, consternada al darse cuenta del alivio que sentía al oír su voz.

—¿Has conseguido enterarte de muchas cosas sobre los libros? —preguntó cuando empezó a sentirse incómoda de su propio silencio.

—He encontrado una mujer que está informada. Una vampira.

—Genial. ¿Te sientes...? ¿Has conseguido suficiente comida? —Olivia era precavida: nunca era explícita por teléfono. Sabía que era muy fácil que alguien pudiese oírlos.

—Aquí la hay en abundancia —la tranquilizó Lemuel—. No tengo más que entrar en un bar. —Olivia sonrió.

—¿Y tienes idea de cuánto tiempo estarás ausente?

—De momento, no.

—Cuando sepas cuándo vas a volver, házmelo saber. Me siento extraña cuando paso por tu apartamento, sabiendo que no estás aquí.

—Yo también te echo de menos. Ten cuidado y no dejes de estar alerta.

—Descuida.

Y colgó sin despedirse. Ese era el estilo de Lemuel. Aquella conversación la tranquilizó, aunque tuvo que reprimir una punzada de inquietud, casi de celos, por el hecho de que la fuente de información de Lemuel acerca de los misteriosos y largo tiempo perdidos libros fuese mujer y, encima, vampira. Lemuel era más sensible a las mujeres que a los hombres como compañeros de cama, a pesar de que estaba dispuesto a tomar energía o sangre de cualquiera, salvo de los niños. Poseer dos fuentes de sustento era como ser un coche híbrido.

Él prefería la energía, porque era más fácil y más limpia de obtener, y podía absorberla de muchas personas. Tomar sangre dejaba una señal evidente, y a veces un cadáver, porque no era raro dejarse llevar. De la misma forma, aunque prefería el sexo con mujeres, una vez le había dicho que antes había tenido «conexiones con hombres». «No hay demasiadas mujeres disponibles —le había comentado un día tras una sesión de sexo, su momento en común preferido—. Y los vampiros como yo tampoco poseemos el don de la belleza.»

Olivia habría querido preguntarle muchas cosas, pero, en aras de dar una imagen de tolerancia y sofisticación, se había abstenido. Al día siguiente, mientras Lemuel dormía durante las horas diurnas, ella había pensado que, por mucha curiosidad que sintiese acerca de su pasado y de cómo se las había arreglado para vivir su vida en aquellas extrañas circunstancias, lo más importante era que ahora estaba con ella. Lemuel no era «suyo» en el mismo sentido que su cama o su coche. Y sabía que, a menos que se diera alguna circunstancia extraordinaria, viviría más tiempo que ella. Pero era suyo de una forma en la que nadie lo había sido nunca, y esa certeza le daba un punto de estabilidad.

Sonó su móvil, el secreto. Le llamaba su agente, o alguien a quien ella había aprobado *a priori*.

—¿Eres Rebecca? —preguntó una voz masculina.

—Le puedo transmitir un mensaje.

—Tengo un trabajo para ella.

—¿Quién y dónde?

—La zorra de mi ex tiene una reliquia familiar, y me chantajea. Si quiero recuperarla, tengo que hacer concesiones sobre los fines de semana con mis hijos. Si consigo esa reliquia, podría mandar al infierno a esa furcia y ver a los niños con más frecuencia.

—No necesito saber los motivos. Necesito su nombre y dirección y una descripción del objeto. Y detalles sobre la rutina cotidiana de su ex.

Hubo una pausa.

—No hay problema. ¿Dónde puedo enviarle la información?

Olivia le dio una dirección en Oklahoma.

—De acuerdo. ¿Y para hacer el pago?

—Eso ya lo sabe. —¿A qué estaba jugando? El dinero pasaba primero por su agente, que se quedaba su porcentaje y enviaba el grueso del pago a la cuenta de ella, fuera de Estados Unidos. Lemuel le había preguntado si se fiaba de la honradez de su agente. «Sé dónde vive», le había contestado ella.

—¿Cuándo?

—Pronto. Le llamaré a este número cuando tenga su reliquia.

Y colgó tan bruscamente como lo había hecho Lemuel. Eso la hizo sonreír. Pero la sonrisa se desvaneció en cuanto reflexionó sobre la historia que le había contado aquel hombre. No le creía; no del todo, al menos. La había adaptado para hacer que ella se sintiera bien por el robo. Podía ser un padre terrible, y su ex mujer un modelo de virtud. Pero eso no suponía diferencia alguna para Olivia. Ella no era una hermanita de la caridad: su bando era el de quien le pagaba.

No pensaba ir a comprobar el buzón durante dos o tres días; era un largo viaje en coche. Entretanto, quizá se podría ocupar del problema de Manfred. Entonces se podría quitar de encima al reverendo, los reporteros no volverían jamás a Midnight y el misterioso chico de crecimiento rápido —fuera quien fuese— estaría a salvo. Y cuando Lemuel volviese, no le vería ninguna de las personas que no tenían por qué estar en Midnight.

Ese día salió; pasó por la casa de Manfred para preguntarle si tenía más noticias. Él le contó su visita a la comisaría de Bonnet Park el día anterior, y su reciente afecto por su abogada.

—Hoy ya no queda ni un solo reportero —dijo él, echando un vistazo por las ventanas de delante—. Supongo que, desde los emocionantes acontecimientos en casa de Rachel, he dejado de ser noticia. ¡Yupi!

—No te confíes. No se necesita más que una nueva acusación de Lewis Goldthorpe para que vuelvas al candelero. —Se acercó a la ventana para echar un vistazo ella misma.

Un coche aparcó enfrente de la casita de Manfred.

—¿Quién...? Oh, mierda —exclamó él con sincero disgusto.

—No debí haber dicho nada. —Olivia torció los labios en un gesto de desagrado al ver a un hombre y una mujer bajar del maltrecho coche. Él era Lewis Goldthorpe. La mujer tenía un blog de noticias, y su página había logrado captar cierta atención por parte de los internautas. Olivia la había visto en un programa de televisión de ámbito nacional, aunque no muy importante—. Esa es PNG. Ya sabes, Paranormal Girl.

—Me ha pedido entrevistarme alguna vez. ¿Abro la puerta? —preguntó Manfred.

—Solo si quieres que te haga una foto y la cuelgue en internet. Y ya sabes que Lewis se va a poner a vociferar como un energúmeno. —Miró de reojo (y un poco hacia abajo) a Manfred—. El reverendo montará en cólera.

—Puede que no se entere —sugirió su compañero con voz tenue.

—Ya —bufó Olivia con un bufido de desdén—. Mira, ya está ahí.

La puerta de la capilla se abrió. La figura menuda y adusta del reverendo se vio claramente un momento; detrás de él había otra persona. Luego, la puerta se cerró.

—¿Era el chico?

—Sí. —Olivia pensó en escabullirse por la parte de atrás de la casa para pincharle una rueda a Lewis, pero eso solo lo retendría más tiempo en Midnight—. Si hubiera venido solo, yo podría haberme encargado de la situación.

Olivia esperaba una aprobación tajante de Manfred, pero cuando lo miró, parecía exasperado.

—Ya, porque si Lewis desapareciera y encontraran su coche aquí sería, sin duda, lo que más me conviene para librarme de las acusaciones —replicó como si hablara con una idiota.

—Bueno, también me haría cargo del coche —argumentó Olivia, ofendida ante la sugerencia de que no era capaz de hacer desaparecer a alguien de forma profesional.

—No ha venido solo porque no tiene intención de hablar conmigo personalmente —señaló Manfred—. Lo que quiere es despotricar y gritarme delante de un testigo, para hacer hincapié en cómo me aproveché de su pobre y santa madre. Pretende arruinarme, porque su madre acudió a mí cuando se le acabó la paciencia con él.

—De acuerdo, don Perspicaz. ¿Qué hacemos? Por cierto, saber por qué lo hace no ayuda demasiado.

Manfred miró hacia abajo; parecía estar contando hasta diez. Olivia sonrió.

—Aún tenemos que recuperar las joyas —dijo él por fin—.

Y creo que tenemos que demostrar que siempre han estado en ese lugar. Con eso se le acabarán las excusas para acosarme. Y si se inventa otra cosa, nadie le creerá.

—No puedo utilizar una artimaña para acceder a la casa —se quejó Olivia. Los visitantes llamaron a la puerta, así que ellos se apartaron de la ventana y fueron al antiguo comedor—. He intentado forzar la entrada de noche, y no funcionó. Podría intentarlo de nuevo; esta vez, puede incluso que no haya nadie esperándome.

Aunque desde la muerte de Falco era seguro que su padre sabía que ella estaba en aquella zona. Puede que hubiese otros hombres por allí, esperándola. Quizá entrarían en la casa de Manfred, tratando de averiguar cuál era su relación con ese sitio. Al menos su nombre no había aparecido en el periódico; había encontrado el artículo en internet.

—También podríamos pedirle ayuda a Fiji —estaba diciendo Manfred cuando ella regresó de sus pensamientos.

La boca de Olivia se abrió en una mueca de asombro.

—¿Fiji? ¿Me tomas el pelo? Ella sería incapaz de cometer un allanamiento.

—No utilizaría la misma estrategia que tú. No creo que sepas hasta qué punto es poderosa Fiji, lo que es capaz de hacer.

—¿Y tú sí? —preguntó Olivia. Manfred asintió y ella pareció molesta—. ¿En qué sentido?

—¡Olivia! ¡Es una bruja, y tú lo sabes!

—Vale, de acuerdo. ¿Y?

—¿Sabes cuán buena bruja es?

Olivia estuvo a punto de decir lo primero que se le pasó por la cabeza, pero se lo pensó. En lugar de eso, dijo:

—Supongo que no debería mostrarme escéptica, ya que comparto la cama con un vampiro que absorbe energía.

—Buena observación. En todo caso, puede que a ella se le ocurra una solución que nosotros no hayamos pensado.

—No podemos cruzar la carretera hasta que Lewis y su mascota se hayan ido.

Sin decir palabra, Manfred encendió el televisor y se pusieron a ver las noticias, ignorando el constante golpeteo en la puerta. Y luego en la de atrás.

Había agitación en el Báltico, los refugiados morían en África y la bolsa no iba bien. Otro día fantástico en los noticiarios. En un ridículo intento por hacer que el futuro pareciese menos deprimente, expertos en nutrición habían descubierto que la cuajada era un alimento milagroso.

—Ni siquiera he visto nunca una cuajada —dijo Olivia.

—Ni yo.

Esa fue toda su conversación hasta que cesaron los golpes y oyeron alejarse un coche. Manfred llamó a Fiji.

—Vamos a pasar por tu casa, ¿vale?

—Claro. Hace mucho calor, ¿querréis un poco de té helado? —le oyó decir Olivia.

16

—¿Era ese el tipo? —preguntó Fiji cuando abrió la puerta. Al entrar pasaron junto a una clienta que salía, una sonriente señora de pelo blanco que les deseó buenos días. Llevaba una bolsa de tela que parecía pesada.

—A esa señora se la ve feliz —comentó Manfred, siguiendo a la anciana con la mirada mientras se subía a un viejo Cadillac.

—Tienes razón, sí que lo parece —dijo Fiji, y esperó con una expresión simpática en el rostro.

—Así es, ese era el asombroso Lewis y una bloguera que, si te gusta internet, es un nombre importante. Por cierto, tu conjuro funcionó de maravilla en la comisaría —explicó Manfred.

—¡Genial! —Se dio la vuelta y los condujo hacia el interior.

La zona de la tienda tenía un aspecto menos abarrotado; cuando, el año anterior, algunas de sus vitrinas habían sido destruidas, a Fiji le gustó el aspecto de la estancia después de limpiarlo todo. Tras recibir el pago de la compañía de seguros, añadió más estantes en la pared y quitó vitrinas independientes. Sacó la silla de despacho de detrás del mostrador y la hizo rodar hasta colocarla junto a los dos asientos tapizados a ambos lados de una mesita de mimbre, sobre la que había colocado una jarra de té, tazas y una bandeja de galletas.

Olivia y Manfred se sirvieron, aunque Olivia se quedó pensativa.

—¿Qué querían tus visitantes? —preguntó Fiji.

—Ese es nuestro problema —contestó Manfred, y explicó las acusaciones de Lewis, las consecuencias del acoso de Lewis en la comunidad y, para irritación de Olivia, el ataque que esta había sufrido en casa de los Goldthorpe.

—Bueno —dijo Fiji—, me siento como Don Corleone cuando el de la funeraria viene a contarle lo de la violación de su hija.

Manfred se rio, pero se detuvo en mitad de una carcajada.

—¿Quieres decir que deberíamos haber acudido a ti antes de hacer nada? ¿Que tú podrías haberte encargado de todo desde el principio, mejor que nosotros?

Olivia no se estaba riendo en absoluto. Fiji sonrió.

—Bueno, no lleves las cosas tan lejos. Lo único que quise decir es que es agradable que alguien venga a pedirme ayuda en lugar de tratarme como un apéndice secundario.

—Conozco tu capacidad —repuso Manfred—. Y le tengo un gran respeto.

Fiji asintió mirando a Olivia. Al cabo de un momento, esta también asintió, mostrándose de acuerdo. Fiji se relajó, y Manfred se dio cuenta de que no había acertado al leer la situación. Fiji estaba muy nerviosa sobre el motivo que los había llevado allí, y su solicitud había supuesto un alivio para ella. Se preguntaba qué habría pensado la pobre Fiji.

—Así pues, lo que sabéis es lo siguiente: nadie robó las joyas, que están en la biblioteca de la casa de la señora. Dentro de algo, quizá de un libro, pero en la biblioteca hay centenares de ellos. Y también que los enemigos de Olivia, las personas de las que se ocultaba y el motivo por el que vino aquí, le están pisando los talones.

Olivia pareció sorprendida unos instantes y luego dijo:

—Exacto. Pero no estoy del todo segura de cuál es el enemigo que me ha encontrado.

—Tienes varios enemigos, ¿eh? —comentó Fiji sin enjuiciar nada.

—Muchas personas quieren encontrarme, por diversas razones.

—Y no quieres entrar en detalles sobre ellas, ¿verdad?

—No.

«Ha tenido una vida difícil», pensó Manfred. Esta imagen de Olivia era más perturbadora que su aspecto de mujer dura. Le ponía piel de gallina. Mordisqueó una galleta —de avena con pasas y especias— y dijo, de manera casi ininteligible:

—Están muy buenas.

Fiji le sonrió antes de volver su atención hacia Olivia de nuevo.

—¿Tenéis alguna idea sobre cómo podría ayudaros?

—Nada específico, no —dijo Olivia—, pero necesitamos entrar en la casa para buscar. Yo ya he estado allí una vez, disfrazada, pero Lewis podría reconocerme, por muy bien que me disfrace esta vez. Es muy desconfiado. Si vigilo para asegurarme de que se va, no creo que la doncella me deje pasar con cualquier excusa, y mucho menos que me dé tiempo para rebuscar en una habitación del piso de arriba. También había un jardinero que parecía muy interesado en todo lo que pasaba. No hay explicación ni disfraz posible que me dé libertad para investigar.

—Y es necesario que sea la policía la que encuentre las joyas escondidas; la fuente de la pista sobre su localización no puede ser Manfred.

—Exacto. Si fuese yo quien lo dijera, suscitaría la gran pregunta: «¿Cómo?». Y no puedo responderla de forma satisfactoria para un policía.

—Supongo que podría paralizar a la doncella cuando abra

la puerta —sugirió Fiji—. Se quedaría así durante unos minutos. ¿Te bastaría?

Olivia se quedó estupefacta.

—Me temo que no —respondió Manfred—. No tenemos demasiada información, así que necesitaríamos al menos cuarenta y cinco minutos.

—Podrías probar con otra sesión de espiritismo, a ver si nos enteramos de algo más concreto —propuso Fiji.

—Ya, pero no hay ninguna garantía de que vaya a salir bien.

—¿Paralizarla? —preguntó Olivia por fin.

—No para siempre, solo unos minutos —explicó Fiji—. Dejarla inmóvil. Por otra parte, recordaría lo que le ha pasado; eso no suele ser buena cosa, a menos que la intención sea darle un escarmiento.

En ese momento Diederik entró en la tienda. Todos lo miraron, y Manfred silbó de asombro. Diederik parecía ahora un chico de trece años.

—Esa ropa la compré ayer —dijo Fiji—. Ayer, o quizá anteayer. Pero...

—¡Madre mía! —suspiró Manfred.

—No sé si tenéis más ropa... —dijo Diederik, con expresión avergonzada.

—Sí, tengo más —contestó Fiji, sonriente—. Echa un vistazo en la bolsa que hay sobre la cama de invitados. Donde te cambiaste la última vez.

Diederik se alegró. Al pasar junto a Fiji, se inclinó para darle un beso en la mejilla. «Gracias», le dijo con voz temblorosa.

—¿Qué? —dijo Olivia en voz baja—. Aún no había superado lo de la paralización, y ahora tenemos un adolescente en vez de un niño. ¿Qué demonios está pasando?

—No sé por qué crece tan deprisa —admitió Fiji en un susurro—. El reverendo no explica nada. No sé si esperaba que sucediese esto. Quizá el padre de Diederik lo dejó aquí porque sabía lo que iba a pasar... —Puso los ojos en blanco—. Sea como sea, lo último que necesitamos es que alguien se fije en Midnight.

Sonó la campanilla de la puerta y entró uno de los ancianos del hotel, un hombre arrugado que solo Dios sabía qué edad tenía. Caminaba ligeramente inclinado, con un bastón, y tenía un cabello ralo y blanco que sobresalía en todas direcciones por debajo de un sombrero de paja. Manfred lo había visto pasear a paso de tortuga por la acera del hotel. Lo reconoció por el bastón y el pelo.

—Señora, ¿ese es su hijo? —le preguntó a Fiji con voz ronca.

—¿Por qué quiere saberlo? —repuso Fiji poniéndose de pie, con el tono más cortés con que nunca nadie había hecho una pregunta grosera.

—¡No hace más que crecer! ¡Será mejor que le ponga un peso en la cabeza! Alguien va a acabar llamando a la televisión.

—¿Es usted la única persona del hotel que se ha dado cuenta? —preguntó Manfred. Las expresiones de Olivia y Fiji le decían que estaban tan sorprendidas y recelosas como él. Ninguno de ellos había hablado con los residentes del hotel. «Solo están en Midnight temporalmente», había supuesto Manfred, así que no intercambiaba palabra con ninguno de los ancianos las pocas veces que se cruzaba con ellos.

—¡Desde luego que no! —farfulló el anciano con su voz asmática—. Todos lo hemos notado. Somos viejos, pero no estamos muertos. No tenemos nada más que hacer que observar. ¿Me entienden?

—Le entendemos —respondió Olivia.

—¿Puedo coger una galleta? —dijo, renqueando hasta la mesa. Manfred se puso de pie para ofrecerle su asiento—. Gracias, hijo, no me vendrá mal sentarme un momento. —Y se dejó caer en la silla.

—Coja una, por favor —dijo Fiji—. Y un poco de té. —Llenó otro vaso y le pasó al anciano una galleta en una servilleta.

No era agradable verle comer la galleta, aunque él sí pareció disfrutar de ello, y no poco.

—Siempre nos dan bazofia sana para desayunar, copos de avena y claras de huevo —dijo, salpicando unas cuantas migas—. Te hace desear comer algo repleto de azúcar y grasas.

—Me llamo Fiji Cavanaugh. Las galletas las he hecho yo, y me alegro de que le gusten.

—En el hotel hay dos mujeres que preguntan si pueden venir a la juerga esa que hace los jueves por la noche —dijo el anciano—. A su clase, quiero decir.

Fiji pareció desconcertada.

—Por supuesto que sí. ¿Necesitarán ayuda para venir hasta aquí?

—Mamie sí. Suzie se mueve como un carro Abrams.

—Me aseguraré de que lleguen aquí y vuelvan —dijo Fiji—. Quizá mis amigos Manfred y Olivia puedan ayudarme.

El anciano se volvió para mirarlos con sus ojos brillantes.

—Usted es la chica dura de la tienda de empeños —dijo. Luego miró a Manfred—. Y usted es el psíquico telefónico.

Manfred asintió.

—Yo soy Tommy —dijo el hombre, tendiendo una mano arrugada y con manchas de la vejez—. Tommy Quick. Ahora ya no soy tan rápido. En los viejos tiempos era Carlo Bustamente.

—Vaya, los primeros años de Las Vegas, ¿verdad?

El anciano se rio resollando y retiró su mano de la de Manfred.

—¡Nunca ha habido «últimos años» en Las Vegas!

Fiji y Olivia miraron a Manfred, pero él se limitó a agitar la mano. El resto de la historia tendría que esperar a que Tommy se marchara.

—¿Cómo ha venido a parar a Midnight? ¿Perdió una apuesta o algo así?

De nuevo la risa con resuello.

—Se podría decir así, o también que he tenido suerte, hijo. Deja que te cuente. Resulta que estaba en un antro de mala muerte en Las Vegas, uno de esos lugares a los que no llevarías a tu madre. No conozco a tu madre, solo es una manera de hablar. Un sitio donde solo elegirían vivir viejos arruinados como yo, o jóvenes marginados o malnacidos... —Advirtieron que Tommy se quedaba esperando un gesto de confirmación, y todos asintieron, moviendo la cabeza como muñecos—. En todo caso —prosiguió—, pasó una mujer por el sitio este. Han de saber que, cada vez que salíamos por algún motivo, rezábamos para que no nos apuñalaran. —De nuevo hizo una pausa; obedientemente, todos asintieron—. La mujer nos dijo que había un lugar en Texas, en el quinto pino, donde podríamos vivir, nos darían tres comidas al día, nos limpiarían las habitaciones y estaríamos cómodos. Nosotros dijimos: «¿Dónde está la trampa?». «La trampa», dijo ella, «es que está en Texas y en el quinto pino». —Volvió a reírse.

Manfred solo consiguió sonreír ligeramente, pero Fiji lo hizo de oreja a oreja.

—Y entonces aceptaron, ¿no? —dijo, animándolo a seguir.

—Eso es. Yo, Mamie y Suzie. A la que nos dimos cuenta, ya estábamos en el hotel y nos presentaban a todos los visitantes. Hay otro viejo, Shorty Horowitz. Estaba en el hotel de al lado del nuestro, pero solo le conocíamos de vista. Aparte de nosotros, era el único tipo lo bastante arruinado para aceptar esta oferta absurda.

Manfred intercambió miradas con Fiji y Olivia. Al igual que él, ninguna de las dos sabía qué pensar de todo aquello.

—¿Y se supone que tienen que hacer alguna cosa a cambio de ese lugar seguro donde vivir? —preguntó, por fin, Manfred.

—Aún no nos han dicho nada —respondió Tommy, sin mostrarse sorprendido por la cuestión—. Si se supone que tenemos que hacer algo, no debe de ser nada urgente. Estamos aburridos; mano sobre mano. Así que me he acercado aquí para preguntar qué pasa con el chico.

Diederik salió con su ropa nueva, vaqueros cortos y una camiseta de rayas, y esperó tímidamente a que repararan en su presencia.

—¡Te sienta genial! —alabó Fiji—. Esta tarde iré por más ropa, no sea que vuelvas a crecer.

El chico, que cada vez era menos chico, le sonrió.

—Es muy amable —dijo con su extraño acento—. Estaré encantado de devolverle el favor trabajando.

—Cuando tenga alguna cosilla que hacer la reservaré para ti, jovencito. De hecho, puedes decirle al reverendo que te he pedido que trabajes para mí y que almuerces conmigo.

El rostro oliváceo del chico se iluminó y salió corriendo en dirección a la capilla.

—Qué extraño —dijo Tommy, moviendo la cabeza—. Es algo así como el opuesto de un enano, ¿no?

—No sabemos qué le pasa al chico —dijo Manfred—, pero creemos que no es necesario preocuparse por ello.

—De acuerdo. Así que esta es una de esas cosas que es mejor que los Whitefield no sepan, ¿eh?

—¿No saben...? —La voz de Olivia se apagó.

—¿No saben que no somos viejos auténticos esperando una plaza en una residencia, con una querida familia y algo de dinero?

—Eso es.

—Creo que no. Mamie le dijo a la mujer, Lenore: «Aquí nos tienes todo el tiempo que duremos, cariño», y la señora Whitefield le contestó: «Solo hasta que consigan una plaza en Whispering Creek, señora Mamie». Pero no tenemos a nadie dispuesto a pagar para que vivamos en Whispering Creek;

que, además, según los folletos que hay en recepción, es una de esas residencias de mucho lujo. Algo así como un *spa*.

—¿Y cómo se siente por eso? —preguntó Fiji.

—Me gustabas más antes de decir eso —repuso el anciano—. Si quiero que sepas cómo me siento por algo, te lo diré. Este sitio está muerto, pero es seguro. Y al parecer, interesante. El traje de ese tipo del sombrero, por ejemplo, parece más viejo que yo. El chico crece de un día para el otro. Los dos hombres que llevan la tienda de antigüedades son pareja, ¿no? Fíjate qué modernos somos. Suzie se acercó a la tienda de empeños y dice que el tipo que la lleva es un macizo, y que en la tienda hay un montón de cosas raras. Ah, y su gato vino ayer, Fiji. Entró, se paseó y lo examinó todo con atención, como si tuviese pensado comprar el lugar. Luego vino esa Eva Culhane, y Harvey y Lenore subieron para hacerle la pelota, y ella dijo: «¡Nada de mascotas! ¡Esta es una zona libre de mascotas!».

—Oh, no —dijo Fiji, y recorrió la habitación con la mirada. Snuggly no estaba por allí; era un gato prudente—. Y entonces ¿qué más hizo Eva Culhane?

—Creo que solo estaba comprobando si aún seguíamos vivos. —Tommy soltó una de sus risas resollantes—. Fue ella la que nos recogió en Las Vegas.

—¿En serio? —Parecía que aquello le interesaba a Olivia, pero estaba claro que no sabía qué pensar al respecto.

—Ha sido divertido —dijo Tommy Quick, antes Bustamente—. Si quieren venir a hacernos una visita, traigan unas magdalenas, unos bollos de pasas o cualquier cosa. —Se incorporó y se dirigió, andando con cuidado, hacia la puerta.

Le oyeron bajar los escalones lentamente, y Fiji se levantó para asegurarse de que llegaba a la acera sin caerse.

—De acuerdo, ya va de camino al hotel —dijo, volviéndose a sentar—. Ha sido interesante.

—Veo que no habéis leído nada sobre la historia de Las Vegas —señaló Manfred.

Olivia y Fiji negaron con la cabeza.

—No en los primeros tiempos, los días de la mafia, pero sí poco después, Tommy Quick era un matón que trabajaba para el crimen organizado —dijo Manfred.

—¿Y tú cómo sabes eso?

—Mi abuela tuvo una tienda en Las Vegas hace muchos años, y sabía mil historias. Eso despertó mi interés, así que leí algunos libros.

—O sea que ahora tengo que preocuparme por el hotel —se lamentó Fiji, haciendo un gesto de frustración—. En este pueblo todo es un problema. ¡Y mi gato! Tuvo suerte de que no lo echasen a patadas, o lo atropellasen al cruzar la carretera él solo. ¡Será idiota!

—Lo he hecho otras veces —dijo una vocecilla con amargura. Snuggly salió de detrás del mostrador de Fiji, anduvo hasta el grupo de humanos y se sentó junto a la mesita, con su cola de peluche enroscada en las patas—. Miro y remiro y vuelvo a mirar, y luego salgo corriendo muy rápido.

Olivia, a quien el gato no le caía simpático, le echó una mirada desdeñosa; el felino se la devolvió. Ella fue la primera que desvió la vista.

—¿Por qué? —preguntó Fiji—. ¿Por qué fuiste?

—Sabía que eran ancianos reales, pero no ancianos desvalidos. Quería averiguar por qué estaban allí. Quería saber si tenían magia. —Snuggly empezó a lamerse la pata.

—¿Y la tienen? —se interesó Manfred, cansado de que le dejasen fuera de la conversación, aunque fuese con un gato.

—Qué va. Son viejos, y han hecho algunas cosas malas. No son perversos. Uno de ellos está chalado. Es correcto, ¿no? Es la palabra que solía usar tía Mildred: chalado.

Fiji pareció confundida. Al parecer, nunca había oído al gato referirse a su propia tía abuela como «tía Mildred».

—Claro, es correcto —dijo Manfred—. Así que nada de magia, ¿eh?

—Ninguna —respondió categóricamente Snuggly—. Sí hay varios fantasmas en el hotel, desde luego. Y mucha mala administración.

—¿Y eso qué significa? —Olivia lo fulminó con la mirada y el gato se la sostuvo con expresión neutra.

—Me voy a echar una siesta —dijo, y volvió detrás del mostrador, a la camita acolchada que le había puesto Fiji allí.

A Manfred le estaba costando recuperar el hilo del plan que habían estado evaluando antes de la aparición de Diederik, Tommy y Snuggly. Se cogió la cabeza entre las manos.

—El chico está creciendo a veinte veces el ritmo normal. Un antiguo gorila acaba de pasar por aquí para prometernos que guardaría silencio a cambio de bollos. Snuggly ha descubierto un fraude en la administración del hotel. Y yo aún tengo que limpiar mi nombre de esas acusaciones falsas de robo, que atraen la atención a Midnight y, por lo tanto, a ese otro montón de cosas que deben seguir siendo secretas.

—Es un buen resumen —opinó Fiji con voz afable.

—Volvamos a la parte en que ibas a paralizar a alguien —dijo Olivia.

—Bertha, la doncella —aclaró Manfred—. Y entonces tú y yo subimos por las escaleras, Olivia, registramos el estudio rápidamente, encontramos las joyas, llamamos a la policía y ya está.

—Salvo por lo de tener que explicarle a la policía cómo sabíamos dónde buscar. —Olivia se estaba paseando de un lado a otro en el reducido espacio. Cada vez que se daba la vuelta fijaba la vista con desagrado en un delfín de cristal o en un arcoíris de vidrio de colores—. Y la doncella le puede contar a la poli que Fiji le hizo algo que la paralizó.

—De acuerdo —dijo Fiji—. Entonces vamos cuando ella no esté. Cuando termine su jornada.

—Entonces no habrá nadie para abrir la puerta —repuso

Manfred—. Lewis vive en la casita de invitados. Aunque él estuviera en la casa y viniese a abrir la puerta, me conoce. Y, si lo paralizaras, se pondría a chillar como un condenado.

—Nos estamos persuadiendo de que se trata de algo imposible. —Los carnosos labios de Fiji se torcieron mientras pensaba.

—Es una pena que Lemuel no esté aquí —comentó Manfred—. Él podría hipnotizar a Lewis para que enseñara a la policía dónde están las joyas, una vez que las hayamos encontrado.

—Claro, Lem vive solo para hacerte la vida más fácil —replicó Olivia de malos modos—. Para tu información, Lem no puede hacer eso que dices.

Desconcertado por la vehemencia de Olivia, Manfred se la quedó mirando.

—Lo siento —dijo ella, sin saber de qué se estaba disculpando. Sin embargo, sabía que eso daba lo mismo: lo importante eran las palabras en sí. Él se preparó para otro comentario mordaz, pero Olivia se relajó—. Es solo que le echo de menos —añadió, evitando mirarlos.

«Las disculpas son contagiosas», pensó Manfred. Tanto él como Fiji se sentían un poco incómodos por el momento de ternura de Olivia. Pensó en darle unas palmaditas en el hombro, pero se planteó la posibilidad de quedarse sin brazo si lo hacía —o peor, que Olivia pudiera sentirse agradecida.

En ese momento, el bolsillo de Fiji emitió un débil chillido y todos se volvieron a mirar, incluida la propia Fiji. Sacó el teléfono y dijo: «¿Hola?». De pronto, se ruborizó. «Ah, hola», dijo; y, dando la espalda a Olivia y Manfred, se alejó por el pasillo hacia la cocina. A pesar de que aún podían oírla, Manfred supuso que tenía la ilusión de privacidad.

—Sí, yo también me lo pasé muy bien —estaba diciendo.

Olivia alzó las cejas con sorpresa. Echó un vistazo hacia la tienda de empeños y volvió a mirar a Manfred, que negó con la cabeza. Quienquiera que fuese el interlocutor de Fiji, no era Bobo Winthrop, cosa que habría sido fantástica.

—Estoy seguro de que me lo habría dicho —susurró Manfred.

—¿Se puede saber a qué demonios está esperando? —dijo Olivia, siseando como una serpiente—. ¡Fiji no lo va a esperar toda la vida! ¡Las mujeres también tienen necesidades!

—Sí, de acuerdo —estaba diciendo Fiji—. Tengo muchas ganas. Sí, marisco es perfecto. —Empezó a hablar más fuerte mientras volvía a la tienda desde la cocina. Nos vemos entonces. —Cuando se reunió con ellos estaba pulsando «colgar» en el teléfono.

—¿Quién es? —preguntó Olivia—. ¿Le conocemos?

Manfred se admiró del tono despreocupado de Olivia.

—¿Recuerdas al portero del Cartoon Saloon?

—¿De cuando fuimos allí todos? Claro. ¿El tío guapo?

—Ese mismo. —Fiji parecía orgullosa—. Bueno, lo llamé un par de semanas después, porque ya estaba cansada de quedarme en casa. Y, bueno, hemos salido algunas veces.

—¿Los porteros tienen noches libres? —Manfred no tenía ni idea de cómo funcionaban los horarios laborales de un portero profesional, pero pensó que tenía que decir algo.

—Tiene un trabajo de día como técnico de emergencias médicas; el trabajo de portero es los fines de semana —respondió Fiji—. Mañana por la noche iremos al cine, y a Little Fishes, en Marthasville. —Inspiró hondo—. Volvamos al problema original; lamento la interrupción.

—Si esto fuese una película de acción —comentó Manfred tras un silencio—, pondría un poco de explosivo plástico en la puerta de los Goldthorpe, lo haría explotar, entraría corriendo y esquivando balas y arrojaría al suelo todos los libros de los estantes de la biblioteca, para que lo primero que viese la policía al llegar fueran las cosas que faltan.

—No tengo ni idea de dónde conseguir explosivo plástico, ni de cómo utilizarlo, ni sé quién te iba a disparar porque en la casa no vive nadie, y no sabemos si la biblioteca está realmente llena de libros, ni si las joyas están dentro de uno de ellos. —Olivia se puso en pie—. Si tuviera que buscar en todos los libros, el primero que miraría sería un atlas, por la referencia al «mundo». No estamos llegando a ninguna parte. Voy a dar un paseo y a pensar —dijo mientras salía.

—Vale, de acuerdo —contestó Manfred. Se estiró y se giró, notando tirantez en los músculos y telarañas en el cerebro—. Te avisaré cuando se me ocurra algún plan, Fiji. Gracias por dejarnos compartir ideas aquí, aunque no hayamos alcanzado ninguna conclusión... de momento.

Fiji, que había vuelto a sentarse en la silla de despacho, no se movió.

—De acuerdo. Yo también pensaré en ello. A lo mejor se me ocurre algo.

—Eso sería estupendo —opinó Manfred—. Lo que es malo para mí acaba siendo también malo para Midnight. Que te lo pases bien en tu cita.

Fiji asintió, y Snuggly hizo acto de presencia, saltó en su regazo y se enroscó, formando una satisfecha bola dorada. Fiji empezó a rascarle detrás de las orejas y él se puso a ronronear, tan fuerte que Manfred podía oírlo. Por una vez, Snuggly parecía un gato normal.

Manfred salió al porche y recorrió el sendero enlosado hasta la acera. Decepcionado por no haber llegado a elaborar un plan, se alegró de irse de la tienda de Fiji. Mientras cruzaba la carretera, pensó que en realidad también estaba consternado porque Olivia no estaba actuando como cabía esperar: fuerte, despiadada, resuelta. Y Fiji también se comportaba de forma extraña; todo el mundo sabía (excepto el principal implicado) que hacía años que estaba secretamente enamorada de Bobo Winthrop, que consideraba a la bruja su mejor amiga. Sin embargo, salía con el portero, que, tal como lo recordaba Manfred, era más bien un tipo duro.

Para rematar su sensación de inquietud, cuando se detuvo al final del sendero del garaje y abrió el buzón, encontró una factura de Magdalena Orta Powell. La abrió y, al ver el total, hizo una mueca de dolor. Luego se sentó a su ordenador a trabajar con renovado ímpetu. «Si alguna vez tengo que llegar a juicio con esto, ya me puedo olvidar de comprarme un coche nuevo —pensó—. O una casa propia.» Se preguntó cómo sería la casa de Magdalena. Quizá tuviese grifería de oro.

A continuación pensó que, a pesar de que su coche era modesto, estaba pagado, y tampoco necesitaba una casa. Así que financiar las obras de ampliación de la casa de la abogada era mejor que ir a la cárcel.

Mucho mejor, de hecho.

17

Aquella mañana, Joe llegó más lejos que nunca en su carrera matutina. Le gustaba utilizar esas horas de tranquilidad para pensar; no es que Midnight fuese un lugar muy ruidoso, ni que la conversación de Chuy fuese inoportuna; pero a veces necesitaba la soledad del corredor. Aquella mañana, con el sol ya abrasándole la espalda, pensaba en su pequeño pequinés, Rasta, y en sus muchos problemas de salud. El perro se estaba haciendo viejo, y Joe sabía que se avecinaban tiempos difíciles. Él y Chuy hacía muchos muchos años que no envejecían, o al menos Joe era incapaz de percibirlo.

Eso no significaba que fuesen invulnerables. Justo cuando Joe pensaba en el corte que Chuy se había hecho la semana anterior con un cuchillo de cocina, vio una serpiente de cascabel delante de él, e intentó evitarla saltando de lado.

Caído junto a la carretera, Joe fue consciente de tres cosas. En primer lugar, que la serpiente no era un crótalo, sino una simple culebra que no habría podido inyectarle ningún veneno. En segundo lugar, que había puesto mal el pie y notaba un dolor de mil demonios en el tobillo. Y en tercer lugar, que no pasaba nadie en ninguna dirección.

—Vale —dijo en voz alta—. De acuerdo. Lo primero que tengo que hacer es incorporarme.

Se había rasguñado las manos y los codos, que sangraban. Era un mal menor, pero incómodo. Rodó hasta quedar de rodillas en el suelo y se impulsó hacia arriba. Echó un vistazo por si veía a la serpiente, pero se había ido.

A veces, durante su carrera matinal, Joe veía pasar a algún ranchero, o a alguien que iba hacia Magic Portal; pero hoy no era una de esas veces. Se dirigió renqueando hacia Midnight, tratando de no espetar los improperios que le venían a la cabeza.

El dolor le tentaba para romper una promesa que él y Chuy se habían hecho mutuamente mucho tiempo atrás. Miró el cielo azul, donde un buitre flotaba con las alas extendidas. Inspiró hondo y se dominó. Una promesa era una promesa. Cojeando, siguió su camino.

La primera persona que lo vio fue Diederik, que estaba junto a la casita del reverendo. El niño se acercó corriendo para ayudarle, al parecer encantado de ser útil.

—Necesita ayuda, ¿verdad? —preguntó el chico.

—Sí —contestó Joe—. La necesito, sin duda.

Le resultó muy fácil poner el brazo sobre el hombro que el chico le ofreció; ya casi era tan alto como Joe.

—¿Cómo te sientes? —le preguntó, aunque le pareció raro formular esa pregunta, precisamente él.

—Muy extraño —respondió el chico—. Es como si hubiese dos personas dentro de mí.

Joe no entendió a qué se refería, pero no era necesario para darse cuenta de que el chico estaba angustiado.

—Sé que echas de menos a tu padre —dijo.

—Él esperaba estar ya de vuelta —repuso Diederik, tratando de sonar despreocupado sin conseguirlo—. No creo que vuelva a tiempo.

Iban por la acera, y cruzaron la carretera hacia la tienda; Joe jadeaba por el esfuerzo. Al cabo, Diederik empezó a notar el peso de Joe.

—El reverendo está haciendo todo lo posible por cuidarte bien —dijo Joe.

—Echo de menos a mi padre y a mi madre. Pero mi padre me dijo que fuese valiente y que volvería.

Joe no tenía respuesta para eso.

Chuy estaba leyendo una revista en su sitio de trabajo cuando, torpemente, Joe y Diederik entraron en la tienda. Puso unos ojos como platos mientras pasaba la vista del uno al otro.

—El señor Joe vio una serpiente —explicó Diederik— y se cayó.

—Viene a ser eso, resumido —confirmó Joe, tratando de sonreír.

—Deja que lo mire —dijo Chuy mientras se arrodillaba a los pies de Joe.

Este, sintiéndose algo ridículo (aunque también ridículamente contento de ver a Chuy), sostuvo la pierna herida en alto. Chuy le quitó la zapatilla tan rápida y suavemente como le fue posible, pero el tirón dejó a Joe sin aliento. El tobillo ya se veía hinchado.

—Voy arriba por una bolsa de hielo —dijo Chuy. Y mirando al chico añadió—: Y algo de ropa para él. Para mañana. —Salió por la puerta y subió por la escalera exterior.

Joe pensó —no por primera vez— en lo agradable que sería que la escalera estuviera dentro del edificio, como en la tienda de empeños. Se distrajo pensando en cómo conseguirlo. Quizá durante el invierno...

Diederik se removió, inquieto, y Joe se dio cuenta de que ya era hora de que le aliviase de cargar su peso.

—Ayúdame a sentarme. Los dos estaremos mejor.

Diederik lo llevó hasta una de las sillas de manicura. Sudoroso como estaba, Joe no quería derrumbarse en una de las sillas antiguas. Y, además, el sillón de plástico tenía ruedas, lo que suponía una gran ventaja. Siguiendo las instrucciones de Joe, el chico acercó rodando la otra silla de manicura para que

Joe pudiese apoyar el pie en ella; luego se lo quedó mirando con fascinación hasta que Chuy regresó.

Lo primero que hizo fue envolver el tobillo con una toallita, rodearlo con bolsitas de hielo y sujetarlas con una venda elástica. Luego le dio a Joe una botella de agua, ibuprofeno y un abrazo, y le pasó a Diederik unos pantalones cortos y una camiseta.

—Para mañana.

—No creo que pueda crecer más —comentó el niño—. ¡Ya soy casi tan grande como ustedes! —Sonrió—. Pero gracias por la ropa, de todos modos.

Si algo podía ayudar a Joe a apartar el dolor de su mente, era esto.

—Al día siguiente de llegar, parecía tener unos once años —susurró—. Ahora tiene aspecto de quinceañero.

—Nunca he visto nada igual —contestó Chuy en voz baja—. Diederik, ¿dónde está el reverendo? —preguntó, subiendo el tono.

—Está cavando una tumba. Me ofrecí a hacerlo por él, pero me dijo que podía ir a dar un paseo, que era su deber sagrado. Y la señora Fiji no tenía nada que yo pudiera hacer esta mañana, ni más magdalenas o galletas. —Miró a Chuy con ojos anhelantes.

—Ah —dijo este—. Bueno, yo tengo unas magdalenas inglesas. Les puedes poner mantequilla y mermelada.

—Tengo hambre todo el tiempo —repuso Diederik.

—Puedes hacerle compañía a Joe mientras las preparo. —Chuy salió y subió por la escalera de nuevo.

El dolor del tobillo de Joe se había reducido a un palpitar sordo. Supuso que no tenía nada roto.

—¿Todo el mundo en Midnight es como yo? —preguntó de repente Diederik.

—No; solo el reverendo. —Habría preferido un poco de silencio, pero el chico estaba impaciente—. Tampoco hemos visto nunca a nadie como tú —añadió, cerrando los ojos mientras movía las sillas para ponerse más cómodo—. Creces muy rápido. Te he visto mirar a Grady. La mayoría de los niños crecen como él, no como tú.

—¿Soy... peculiar? —Diederik trató de usar una palabra que encajase. Su acento ya no era tan marcado como el día que llegó a Midnight. En los pocos días que llevaba allí también había crecido su dominio del idioma, aparte de todo lo demás.

—¿Peculiar? —Joe pensó un momento—. No. Al menos, no en el sentido de extraño o raro. Pero no creo que haya mucha gente como tú.

Diederik se movió, inquieto, y finalmente fue a buscar la escoba y el recogedor y barrió la zona de la manicura —que ya estaba limpia— hasta que llegó Chuy con las magdalenas y un vaso de zumo. Diederik se abalanzó sobre las magdalenas como si estuviese famélico y se bebió todo el zumo. Luego se sentó con cuidado en una de las sillas antiguas y enseguida se quedó dormido.

—¿Dónde está Rasta? —preguntó Joe. Ambos intercambiaron una mirada de sobresalto.

—¡Estaba aquí conmigo cuando entrasteis! —Chuy se puso en pie y empezó a buscar—. ¿Creéis que podría haber salido cuando yo fui arriba?

—Quizá Snuggly se coló dentro —dijo Joe. Rasta y Snuggly estaban históricamente enemistados, aunque lo normal era que Rasta se pusiese a ladrar y dar saltos alrededor de Snuggly cuando este se le acercaba. Nunca antes se había escondido.

—¡Rasta! ¡Ven aquí! —llamó Joe, en voz baja pero con tono de apremio, porque no quería despertar al chico.

Entonces oyeron un quejido lastimero.

—Mira —dijo Chuy, señalando el viejo escritorio, a unos tres metros. Una carita asomaba por detrás del mueble, con las orejas gachas.

—Está asustado —observó Joe, que reconoció la mirada y la actitud.

—¿De qué tiene miedo?

Joe alargó la mano y tocó a Chuy en el brazo. Cuando este le miró, Joe hizo un gesto hacia el chico dormido.

—De él.

Durante un rato se quedaron pensativos. Nadie entró en la tienda y el teléfono no sonó. Ninguno de los ancianos del hotel pasó tampoco por allí, lo que, en cierto modo, era un alivio; las visitas de los recién llegados formaban una parte cada vez más frecuente (y no siempre bienvenida) del día. El chico siguió durmiendo. De vez en cuando se movía en sueños, con movimientos espasmódicos, o se llevaba la mano a la cara, como si algo le molestara.

—Es como el reverendo —dijo finalmente Joe, en voz tan baja que Chuy tuvo que hacer un esfuerzo para oírle.

—Pero el reverendo es el único que queda.

—Eso es lo que él pensaba. Pero ¿y si estaba equivocado?

—Entonces, el chico está a punto de... —Chuy puso unos ojos como platos.

—Exacto. Ve a mirar en el ordenador. —Chuy le dejaba a Joe la mayor parte de los trabajos electrónicos, pero era tan capaz como cualquiera de consultar un calendario.

—Luna llena dentro de tres noches. ¿Qué podemos hacer para estar preparados?

Joe se encogió de hombros.

—Quedarnos en el piso de arriba y atrancar la puerta con llave y cerrojo —respondió.

Se quedaron callados y miraron a Diederik.

18

Olivia estaba en la capilla. Podía contar con los dedos de una mano las veces que había entrado en el viejo edificio. Tampoco se había perdido nada. Construido con tablones gruesos —quizá cortados a mano, especuló al mirarlos bien—, era un edificio rectangular muy sencillo, con tejado inclinado y una torre sin gracia en la parte superior. Estaba pintada de blanco por dentro y por fuera, pero no le hubiera venido mal otra mano de pintura. El suelo de madera también estaba pintado, de un gris oscuro. Los bancos eran sólidos pero bastos. Había electricidad, muy básica, aunque el reverendo casi nunca encendía la bombilla. También había un altar, pero nada de vitrales ni bellas vestiduras sacerdotales, ni manteles de altar, ni velas ni incienso. Sí había tres cuadros: el más viejo, encima del altar, siempre había estado allí, y dos óleos de estilo naíf que representaban dos escenas bíblicas: Daniel en el foso de los leones y Noé en el arca. Los cuadros nuevos eran una donación de Bobo. El propietario, que, según Bobo le había contado al reverendo, era el propio artista, no había vuelto a rescatar las pinturas, y Bobo había pensado que eran del estilo del reverendo. Y tenía razón.

Cuando Olivia entró, el reverendo los estaba mirando con una expresión de fascinación.

Ahora, Emilio Sheehan estaba sentado en un banco frente a Olivia. Se miraban mutuamente. El reverendo, menudo, oscuro y fibroso, era duro como el cuero. Aunque Olivia se consideraba igualmente formidable, estaba algo nerviosa. No recordaba haber mantenido nunca una conversación con el reverendo. Pero sabía que no le gustaba la charla insustancial, y a ella tampoco, así que fue directa al grano.

—Sé que a todo el mundo le cae mejor Fiji. Y también sé que ella es mejor persona que yo.

El reverendo inclinó la cabeza y esperó; sus ojos oscuros brillaban en el sombrío interior de la capilla.

—Pero yo tengo mis propios puntos fuertes. Y mis debilidades.

—Eres una luchadora —dijo el reverendo, asintiendo.

—Mi padre es uno de los hombres más ricos de América —prosiguió ella, inspirando profundamente.

La expresión del reverendo no cambió.

—¿Y? —La sílaba sonó áspera, como el graznido de un cuervo.

—¿Sabe lo que me hizo ese hombre cuando yo no era más que una niña?

De forma sutil, el reverendo pareció prepararse para escuchar algo desagradable.

—¿Te desvirgó?

—No; eso hubiera sido demasiado fácil. Lo que hizo fue dejar que mi madre hiciese lo que quisiera conmigo. Me alquilaba a sus novios. Y él hacía la vista gorda. —Frunció los labios en una mueca de asco—. Les cobraba dinero para que tuvieran sexo conmigo. Para ella era como dinero de Monopoly. Y yo era como una ficha de juego. —Se encogió, tratando de ocultarse entre sus hombros. Parecía más pequeña de lo que era.

El reverendo no pareció captar las referencias al Monopoly.

—¿Está viva? ¿Puede pagar por lo que hizo?

—No, no lo está. Fue mi primera víctima.

—¿Qué le hiciste? —preguntó el reverendo, con un interés casi profesional.

—Me la llevé en su barco y la tiré al mar. Espero que los peces se la hayan comido.

—Desde luego, algo se la comió —comentó el reverendo, con tono de aprobación.

—¿Es eso lo que hace usted con los cuerpos? —preguntó ella con osadía.

—No —dijo él tras una pausa significativa—. A menos que sea luna llena, y como autodefensa. No soy ningún caníbal.

—Comprendo —dijo ella, viendo que el reverendo se había molestado—. Lo que quiero decir es que... yo mato a personas a las que es necesario matar, y no me preocupa hacerlo. Podría decir que mis padres me hicieron como soy, pero podría parecer que necesito una excusa; y no, no lo creo.

—Matas a los que ya están muertos por dentro —dijo el reverendo, a modo de diagnóstico.

—Exacto. —Pareció aliviada de haber encontrado a alguien que la comprendiese—. Sin embargo, no puedo dejar de preguntarme... ¿Cómo puede usted ser un reverendo y hacer estas cosas?

—¿Ocultar los cadáveres de asesinos? ¿Administrar justicia a los que perturban la paz de este lugar?

Olivia asintió.

—Porque ese es el motivo por el que estoy aquí. Es lo único que puedo decir. El Dios de Moisés y Abraham me trajo aquí para conservar y proteger Midnight. Es mi trabajo; y pienso cumplirlo tan bien como sepa. —Inclinó la cabeza enérgicamente, para indicar que no quería hablar más de ese asunto.

—Estoy tratando de ayudar a Manfred a resolver su problema —dijo ella—, pero aún no hemos avanzado nada. ¿Tiene algún consejo que darme?

—Utilizad todos los recursos disponibles. Hasta ahora no lo habéis hecho, y eso es más discreto, sí. Pero si no funciona, aplicad todo vuestro poder. —Y se reclinó, dando a entender que no añadiría nada más.

Ella pensó en una docena de preguntas más, pero ya no podía formularlas.

—De acuerdo —dijo—. Lo estoy haciendo lo mejor que sé.

—Entonces no te preocupes más, Olivia. —Tendió la mano sobre la cabeza de ella, sin llegar a tocarla, y exhortó con voz grave—: «Oh Dios, que reinas sobre las serpientes y los animales y las criaturas del mar y la tierra, bendice a tu sierva Olivia. Dale la fuerza y el coraje necesarios para completar su tarea. Amén».

Olivia se marchó de la capilla con la agradable sensación de haber recibido algo parecido a un cheque en blanco. Se le había ocurrido una idea.

Fue a la casa de Manfred. Este le hizo un gesto para que entrase y volvió rápidamente al ordenador y al teléfono. Se lo acercó a la oreja a la velocidad del rayo.

—No, Mandy, no creo que debas hacer eso —dijo Manfred—. No; pienso que quizá una estrategia más conservadora... ¿Que por qué? Porque si te adelantas a lo que dicen las estrellas, conseguirás que mis consejos no sirvan de nada. Espera a ver qué dice el veterinario antes de... Sí, estoy seguro. Espera y serás recompensada con información valiosa. —Al cabo de unas frases más, colgó—. Se proponía sacrificar su perro porque le encontró un bulto en el pecho. Pero el animal no tiene ningún síntoma alarmante. Quería ahorrarle dolor.

—Hablando de animales, acabo de pasar a ver los nuevos cuadros del reverendo. Y a pedirle consejo.

Manfred puso expresión de desagrado y se frotó los ojos.

—Gracias por venir a decirme que te importa un comino

lo que estoy haciendo —dijo. Se la quedó mirando—. ¿Qué pasa? —Sonaba cansado.

Olivia no entendía qué tonterías estaba diciendo.

—Mientras hablaba con el reverendo se me ocurrió una idea. Lewis no me conoce como Olivia, pero existe la posibilidad de que me reconozca; incluso Bertha y el jardinero podrían reconocerme, a pesar de la peluca. Lewis te conoce de vista, y a Fiji no se le dan bien las comedias; ya hemos dejado de lado la posibilidad de que hechice a alguien. Pero ¿y los viejos?

—¿Tommy y la gente del hotel? —Manfred no tenía la mente muy ágil ese día, pensó Olivia, se mostraba lerdo en comprender—. ¿Qué pasa con ellos?

—Los llevaremos a casa de los Goldthorpe. Podrían simular que conocían a Rachel, o a su esposo. La mayoría de la gente cree que todos los viejos se parecen, ¿no? Apuesto a que Lewis se lo tragará.

—Son mucho más viejos —opinó Manfred. Olivia lo miró y pensó que tenía aspecto de estar mosqueado—. Rachel tenía poco más de sesenta años. Tommy y sus amigos deben de tener veinte más.

—Morton era mayor que su mujer, ¿no? Quizá eran amigos de él.

—Muy bien, supongamos que decimos eso. Supongamos también que estos ancianos, a los que apenas conocemos, acceden a fingir que conocen a Morton. ¿Qué pasará entonces?

—Que podremos entrar a plena luz del día, sin forzar la entrada —respondió Olivia con una sonrisa—. Habremos enviado una carta con antelación diciéndole a Lewis que el señor Quick había prestado unos libros a su viejo amigo Morton Goldthorpe. Se ha enterado del fallecimiento de Morton y ha venido a recuperar los libros. Llevaremos a Tommy y a una de las señoras para hacer de esposa; eso nos permitirá meternos en la biblioteca y echar una ojeada.

—¿Crees que Lewis nos permitirá llegar hasta allí? Tú le conoces. ¿Te pareció el tipo de hombre que dejaría entrar a un extraño a su casa?

—Quizá no, pero los ancianos estarán con nosotros, así que ¿qué puede hacer él?

—Está chalado, es grosero y una mala persona, Olivia. No puedes contar con que vaya a comportarse como una persona con buenas maneras, sobre todo si me ve. Si yo estuviese ardiendo y él tuviera un extintor, no lo utilizaría.

—Esta idea se me ocurrió en una iglesia, así que tiene que ser buena, siempre que la adaptemos un poco. —La verdad, todo encajaba, y pensó que podría funcionar. Se sintió frustrada al ver que él no acababa de verlo así—. ¡Manfred, se trata de confundir al enemigo!

Él sonrió, aunque de mala gana.

—Es cierto, pero a mí me parece muy impreciso. ¿Quién va a ir con ellos?

—Por ejemplo, ¿Joe?

—Joe... ¿Por qué él?

—Porque inspira seriedad y confianza. Tú confías en él, ¿verdad?

—Ya. Es el residente más agradable de Midnight, aparte de Bobo. ¿Qué tal Bobo?

—No puede dejar su trabajo. Teacher solía sustituir a Bobo durante el día cuando este quería ausentarse. Pero ahora Teacher está atrapado en la tienda hasta que los propietarios encuentren a un sustituto permanente. Lem no está aquí para encargarse de la tienda de empeños por la noche, así que yo le estoy sustituyendo, aunque no puedo hacerlo todas las noches: tengo mis propios asuntos que atender.

—Creo que se lo deberíamos pedir primero a Bobo.

—¿Por qué tienes que ser tan terco, demonios?

—Porque sé que Bobo lo haría mejor.

—De acuerdo; ve y propónselo. —Y, dicho esto, Olivia

fue a la sala de televisión, se sentó en el sillón y se preparó para esperar hasta el fin de los tiempos, si era necesario.

Manfred echó un vistazo a su teléfono: el piloto estaba parpadeando.

—Debo trabajar —dijo—. Tengo facturas que pagar.

—¿Como la de tu abogada? Si no cerramos este asunto, no va a hacer más que crecer.

—Ahora vuelvo. —Manfred comprendió que no tenía más remedio que aceptar la situación.

En menos de un minuto estaba en la tienda de empeños.

A pesar de que el día era soleado, cálido y sin nubes, el interior de la tienda estaba oscuro y fresco. Bobo se encontraba detrás del alto mostrador, sentado en un taburete y escribiendo en un teclado.

—Malditas armas —despotricó—. El papeleo de las armas no se acaba nunca.

—Bobo, tengo que pedirte un favor.

—Ahora mismo estoy liado, Manfred, pero dime, a ver.

Cuando los ojos de Manfred se acostumbraron a la penumbra, vio que Bobo tenía aspecto soñoliento. De pronto, sintió que estaba siendo egoísta: le estaba pidiendo a su amigo y patrón que hiciese algo que era un abuso y una molestia.

—No importa —dijo.

—Vale, de acuerdo —sonrió Bobo—. En circunstancias normales te estaría fastidiando hasta que me dijeses lo que querías, pero tener al mismo tiempo a Teacher atrapado en la tienda y a Lemuel ausente me agobia. Y por algún motivo que no entiendo, ahora es cuando la tienda de empeños está más animada. —Como para poner el broche a sus palabras, en ese momento sonó la campanilla de la puerta y entró un hombre corpulento con una funda de guitarra. Bobo miró de reojo la pared donde se exhibía un montón de instrumentos musicales y suspiró—. ¡Voy enseguida! —exclamó.

—No pasa nada —dijo Manfred—. Veo que estás a tope de trabajo. —Se dio la vuelta para irse.

—Por cierto —repuso Bobo—, ¿es verdad que Fiji sale con el portero del Cartoon Saloon?

—Eso ha dicho.

—Pero parece un poco... —Bobo pareció vacilar, y agitó una mano como diciendo lo que no podía decir con palabras.

—¿Un poco qué? —preguntó Manfred, curioso por ver por dónde saldría Bobo.

—Bueno, un poco tipo duro.

—Sí, ya, es portero —respondió Manfred con prudencia—. Dice Fiji que también es técnico de emergencias médicas.

—Solo espero que sea buena persona. No parece que sea su tipo.

—Fiji es una chica sana y guapa. No puedes esperar que se quede sola en casa.

Y Manfred se fue, sonriendo para sí.

19

Olivia tuvo buen cuidado de sentarse en el mismo sillón cuando vio que Manfred regresaba, aunque, desde luego, había estado curioseando por allí. Por la forma en que Manfred caminaba, Olivia pensó que finalmente ella se iba a salir con la suya.

—De acuerdo, se lo pediremos a Joe —dijo él, nada más entrar—. A lo mejor podríamos ir a cenar esta noche a Home Cookin y hablar de ello; así no perderé más tiempo de trabajo.

—Tengo que preguntarles a los viejos si van a querer hacerlo.

—Adelante, hazlo. Toda esta locura se basa en que ellos, por algún motivo, digan que sí.

—Lo harán por dinero, como todo el mundo.

—¡Y piensa en algún otro nombre para ellos que no sea «los viejos»! —exclamó Manfred mientras Olivia salía.

Se sentía firmemente decidida y mucho más alegre. Mientras caminaba hacia el hotel se recogió el pelo en una coleta. Notó que empezaba a sudar y que acabaría por percibir cómo le bajaba por la espalda, y la sensación de cosquilleo desagradable cuando pasara por sus caderas. Pero le apetecía volver a hablar con Tommy. Era un verdadero granuja.

A Olivia le gustaban las personas mayores. Se sorprendió

al darse cuenta de ello, y se preguntó si no tendría algo que ver con su relación con Lemuel, que era la persona más vieja a la que nunca había conocido... aunque quizá llamarle «persona» no se ajustaba a la verdad.

Entonces recordó a su abuela materna. Le caía bien. Los escasos momentos de su infancia que no habían sido una desdicha eran los períodos que había pasado con la abuela. Así que entró en el hotel con una grata expectación. Dos ancianas estaban sentadas en el vestíbulo, donde había varios asientos confortables y un par de mesitas. Una de ellas hacía media mientras la otra escuchaba un iPod. Ambas levantaron la vista con interés cuando Olivia se acercó y se detuvo delante de ellas.

—Soy Olivia Charity. Conocí a Tommy el otro día. Ustedes son Mamie y Suzie, ¿verdad?

Resultó que Mamie era la que tejía y Suzie la que escuchaba música. Mamie tenía que utilizar un andador, y Olivia pronto se dio cuenta de que su conversación tendía a despistarse. Los pantalones de punto no le sentaban muy bien y llevaba calzado ortopédico, pero iba maquillada y, Dios mío, tenía un cabello tan blanco y rizado como lana de cordero. Suzie, para sorpresa de Olivia, era de origen asiático, a pesar de que su acento era totalmente norteamericano. Llevaba el espeso pelo gris cortado a la altura de los lóbulos, y gafas decoradas con bisutería. Suzie lucía una camiseta roja y unos pantalones pirata blancos con sandalias rojas. Parecía a punto de salir para un crucero de la tercera edad.

—Sí —comentó Suzie—, Tommy nos habló de usted. Voy a buscarlo. —Caminaba por sí sola con relativa facilidad.

Al quedarse a solas con Mamie, Olivia le preguntó qué le parecía el hotel.

—Es más seguro que el Five Aces —dijo la anciana. Sus ojos eran de un azul apagado, y los párpados, con la tenue sombra de ojos, parecían finos y delicados—. Allí nos habrían asesinado en la cama, o en la calle.

—Entonces ¿se alegraron de mudarse?

—¿Alegrarnos? Bueno, «alegrarse» no es la palabra. Nunca me ha gustado Texas y me encantaba Las Vegas. Pero quería vivir, más de lo que quería estar en Nevada. —Y añadió, examinando a Olivia con atención—: A ti te pasará lo mismo.

—Probablemente —repuso Olivia, aunque pensar en ello le causaba escalofríos. Tuvo una sensación de alivio cuando Suzie volvió con Tommy, que se movía despacio con el bastón. Suzie tenía algo que decirles:

—Le hemos pedido a la señora Whitefield si podemos utilizar lo que ella llama «la salita», y nos ha dicho que sí.

Olivia se quedó más tranquila. El vestíbulo era un espacio abierto, con varias puertas detrás de las cuales podía haber personas escuchando. En ese momento no había nadie más que ellos y un hombre que dormía en el asiento de la esquina, con un periódico en el regazo. Era mucho más joven que las personas a quienes Olivia había venido a ver. De hecho, parecía de la edad de la propia Olivia.

—Ese es el nieto de Shorty —aclaró Tommy, señalando con el bastón—. Llegó hace un par de días, a última hora. Saltó del coche y entró en el hotel como si estuviese en llamas.

—¡Chisss! —dijo Mamie—. Le vas a despertar. Creo que Shorty se entiende con la enfermera.

—¡Entonces este tipo debería estar en su habitación! —refunfuñó Tommy. Olivia se preguntó si Suzie le habría despertado también de la siesta.

«La salita» resultó ser una pequeña habitación a un lado del vestíbulo. Olivia miró atrás y vio que los ojos del joven estaban abiertos y la miraba fijamente. No estaba dormido; quizá no le apetecía hablar con las ancianas y había estado fingiendo. Parecía levemente divertido y le lanzó un guiño. Olivia casi sonrió. «Tiene unos ojos preciosos», pensó; castaños y grandes y enmarcados con unas cejas oscuras y perfectas. Parecía salido de un cuadro antiguo de la escuela española. Mientras pensaba esto, el joven parpadeó con sus largas pestañas, mirándola. Olivia sonrió, movió la cabeza y siguió a los ancianos.

Luego pensó: «Es como si supiese lo que estaba pensando. —Frunció el ceño—. Mejor dicho, lo sabía exactamente».

Apartó este pensamiento y les explicó el problema de Manfred. A continuación esbozó el plan que había urdido para solventarlo.

—No parece un gran plan, pero haría cualquier cosa por salir de este sitio durante un día, así que diré que sí —dijo Tommy—. ¿Chicas?

—¿No nos hará nada? —preguntó Mamie con prudencia.

—No. Si nuestro amigo Joe no puede ir con ustedes, alguno de nosotros los acompañará y no permitirá que les hagan daño.

—¿Hay escaleras? —Mamie quería asegurarse de poder superar todos los obstáculos.

—Hay tres escalones para llegar a la puerta principal, y un tramo de escalera en el interior; pero hay ascensor. —Olivia recordaba haber visto lo que le pareció la puerta de un ascensor al lado de la biblioteca—. Descuiden, me aseguraré —dijo para tranquilizarlos.

—Y entonces —preguntó Suzie, tras una pausa expectante—, ¿nosotras qué sacamos de todo esto?

Olivia ya había previsto esta pregunta.

—Doscientos dólares para cada uno.

—Dos cincuenta —dijo Tommy.

—Dos veinticinco.

—Hecho —dijo Mamie con su leve voz.

—¿Tengo que hablar de esto con la señora Whitefield? —preguntó Olivia.

—No es nuestra guardiana —contestó Tommy—. Podemos ir donde queramos.

—Hay que avisarla de que vamos a saltarnos una comida

—precisó Suzie—. Por cierto, no estaría mal almorzar o cenar en alguna parte, ya que vamos de excursión. Y no pagado de nuestros bolsillos.

—Hecho —dijo Olivia. Después de todo, había que comer—. Cuando hayamos terminado de organizarlo todo volveré para informarles.

—Y también queremos ir a la biblioteca de Davy —terció Mamie—. Necesitamos algo para leer y allí tienen audiolibros; llamamos para preguntarlo.

Olivia no era una gran lectora, pero no le parecía mal como pasatiempo, así que respondió:

—Me enteraré de si tienen algún tipo de biblioteca móvil; si no, les llevaré yo misma.

Todos asintieron, satisfechos de haber llegado a un acuerdo.

—Un placer hacer negocios con usted, Olivia —dijo Tommy.

Cuando pasó por el vestíbulo, el señor Ojazos ya no estaba allí. De camino a la tienda de empeños, Olivia se dijo que había sido un día provechoso. Avanzar siempre era una buena cosa, y un mal plan siempre era mejor que ningún plan. Además, todo valía para llenar el tiempo hasta el regreso de Lemuel, sobre todo porque no había tenido ocasión de centrarse en la propuesta que le habían hecho hacía unos días.

Se dio una ducha antes de ir a encontrarse con Joe para cenar. Como el restaurante Home Cookin era el único lugar de Midnight donde se podía comer, era una suerte para los habitantes del lugar que Madonna Reed fuese una cocinera excelente de platos caseros. Aquel día, Madonna había estado experimentando con pasteles de pollo, lo que significaba que tenía una buena cantidad de hortalizas y pollo sobrantes. Como el menú de Home Cookin solía ser bastante monótono, siempre era interesante un cambio.

Olivia se encontró con Manfred en la puerta. Joe les esperaba acompañado por Chuy —nada sorprendente—, que tenía a Rasta en el regazo. El pequinés solía acompañar a sus humanos en las comidas, pero Madonna había prohibido que le diesen de comer en la mesa o en el plato. Joe y Chuy habían fingido sorprenderse de que ella pensara que algo así fuese siquiera posible. En vez de sentarse a la mesa grande, en el centro del pequeño restaurante —el lugar habitual para los residentes del pueblo (y, hasta la reciente reapertura del hotel, todos cabían alrededor de ella)—, los cuatro se sentaron en uno de los reservados, señal de que tenían algo de que hablar.

Un jovencito de uno de los ranchos del sur de Midnight, que trabajaba como camarero, les llevó agua y tomó su pedido de bebidas. Chuy depositó a Rasta en el suelo y aparentó no sentir curiosidad cuando Joe preguntó:

—Y bien, ¿de qué queréis hablar?

—Bueno —contestó Manfred—, ya conocéis mi situación, con la ley y con Lewis Goldthorpe. —Joe y Chuy asintieron—. Y también sabéis lo que dijo Rachel en la sesión de espiritismo. —Ambos asintieron de nuevo—. Pues bien, a Olivia se le ha ocurrido un plan.

Joe escuchó pacientemente las explicaciones de Manfred; luego, Olivia les contó lo del trato con Suzie, Mamie y Tommy. Una vez comprendido el grueso de la propuesta, Chuy suspiró y miró sus cubiertos.

—No puedo hacerlo —dijo Joe—. Lo siento, pero no puedo ir con los ancianos.

Si Olivia había esperado algo, no era desde luego una negativa rotunda.

—¿Cómo? ¿Por qué? —preguntó, atónita.

—Olivia, no podemos implicarnos en esto, a menos que haya una amenaza directa a nosotros o al pueblo.

Olivia abrió la boca para protestar; Chuy levantó la mano.

—No somos lo que éramos, pero seguimos teniendo reglas —dijo.

—Pero esto es una amenaza directa —alegó Olivia.

—No para nosotros —le recordó Joe.

—Ni para Midnight —añadió Chuy.

—¿En qué se diferencia esto de lo de Connor Lovell? —preguntó Olivia sin alzar la voz, pero con la intensidad de un rayo láser.

Manfred inspiró hondo. Habría querido no volver a oír ese nombre, y sabía que Olivia había cometido un error.

—Déjalo correr —le dijo—. Están en su derecho, Olivia.

—Vale, de acuerdo —asintió ella, tratando de recuperar la compostura.

Manfred se dio cuenta con inquietud de que los ojos de Joe, que generalmente eran de un aburrido tono castaño, tenían un brillo extraño, y lo mismo pasaba con los de Chuy. Rasta se había subido al banco, junto a Chuy. A Manfred le alivió ver que los ojos del perro parecían normales.

—Ya se nos ocurrirá otro plan, chicos. No pasa nada —dijo, tratando de poner un toque alegre en su voz. Se hizo una pausa, que todos aprovecharon para calmarse un poco—. Olivia, ¿no me habías dicho que estabas buscando un escritorio para tu apartamento?

Ella le siguió la corriente.

—Gracias por recordármelo. Joe, es cierto que necesito un escritorio, si aparece alguno ni demasiado delicado ni demasiado caro...

—Justo ayer me llegó uno de aspecto antiguo y fabricación moderna —repuso él con una sonrisa—. Probablemente de los años sesenta, y muy robusto. Pero no sé si pasaría por la escalera para llevarlo hasta tu casa. Tendríamos que ir por el lateral y meterlo directamente por la puerta del este...

Ambos se embarcaron en una discusión técnica sobre la forma de trasladar el escritorio.

—Quizá pueda utilizar por una vez las matemáticas que aprendí en el instituto —comentó Manfred—. Sabía que había una razón para que exista esa asignatura.

Finalmente pasaron una cena bastante agradable, aunque Manfred estaba distraído tratando de discurrir un nuevo plan. Estaba tan ansioso por salir de su situación como un hombre perdido en el desierto por un oasis.

Olivia le dio un codazo justo cuando empezaba a pensar en demandar a Lewis por calumnia o difamación, o algo parecido.

—¿Qué pasa? —preguntó. Había un extraño en la entrada.

—Ese es el señor Ojazos, el nieto de Shorty Horowitz —informó Olivia.

El joven se quedó esperando a que lo llevasen a una mesa. Manfred le dijo:

—Siéntese en cualquier parte. Madonna o el chico le atenderán enseguida.

El joven hizo un gesto de asentimiento y se acomodó en una de las mesas para dos junto a la pared del frente. Por desgracia, era la mesa del reverendo.

—¡En cualquier parte menos ahí! —dijo Olivia. El joven alzó las cejas y señaló la mesa más próxima a la puerta. Todos asintieron. Olivia murmuró—: Seré idiota... Debería haber pensado eso mismo y ver si reaccionaba. Sé que me oyó cuando pensaba en lo bonitos que eran sus ojos, en el hotel.

El joven estaba mirando fijamente sus cubiertos.

—Es capaz de oír mis pensamientos —le dijo Olivia a Manfred.

Joe y Chuy se habían acercado a la barra para hablar con Madonna, mientras el chico nuevo iba al reservado con la tarjeta de crédito y la cuenta.

—Una vez conocí a una persona que podía hacerlo —dijo Manfred.

—Me tomas el pelo.

—Para nada. —Manfred firmó la cuenta, salió del reservado y se acercó a la mesa del recién llegado. El señor Ojazos, impasible, alzó la mirada—. Hola —dijo Manfred. Y luego—: ¿No conocerá por casualidad a una camarera de Luisiana que trabaja en un bar de un pueblo pequeño llamado Bon Temps?

Los cambios en el rostro del recién llegado fueron graciosos: en rápida sucesión puso expresión de sorpresa, alarma y pánico.

—¿Por qué quiere saberlo? —preguntó con una indiferencia poco convincente.

—Porque yo también la conozco, y aquí mi amiga cree que tienen un rasgo en común.

Olivia, que estaba de pie detrás de Manfred, se puso a su lado.

—Soy Olivia Charity. Usted es el nieto de Shorty Horowitz, ¿no es así?

—Se lo han dicho sus amigos —repuso el recién llegado. Era un hombre joven alto y esbelto, y parecía haber pasado buena parte de su vida mirando a su espalda y a las esquinas, esperando una encerrona—. Sí, soy Rick Horowitz.

—Manfred Bernardo. —Alargó la mano y, no sin cierta renuencia, Rick la estrechó.

—Así que conoce a Sookie —dijo—. ¿Es amigo suyo?

—Así es. Un día te hablaré de ella, Olivia.

—¿En este pueblo todo el mundo es diferente? —preguntó Rick en voz baja.

—Amigo, no se imagina —sonrió Manfred—. Si piensa quedarse unos días, pase a verme. No se va a quedar todo el tiempo en el hotel.

—No se suelen ver muchas caras nuevas por aquí, Rick —intervino Olivia.

El recién llegado miró a uno, después al otro, y pareció llegar a una conclusión.

—Por favor, si vamos a tener trato más allá del saludo, llamadme Barry.

Rick —o más bien Barry— le dijo a Manfred que pasaría a visitarle a la mañana siguiente, y echó una ojeada a la pantalla de su móvil; luego les dijo que tenía que pedir la cena.

—¿Tiene que ir a alguna parte esta noche? —preguntó Manfred.

—No exactamente —contestó Barry—. En Texas, nunca estoy fuera después del crepúsculo.

Ambos lo miraron con expresión de asombro, pero él no dio más explicaciones.

—No hay problema —dijo Manfred—. Nos vemos pronto. —El camarero estaba esperando para tomar el pedido de Barry, así que se despidieron y salieron de Home Cookin.

—¿Nunca está fuera después del crepúsculo en Texas? —murmuró Olivia mientras se dirigían andando a su casa.

—No le culpo. Creo que es vampirofóbico.

—¿Solo en Texas?

—Nos ha dicho toda la verdad en ese tema. Los vampiros le perturban, y mucho. Supongo que es una suerte que Lemuel no esté por aquí.

Olivia, a pesar de estar en franco desacuerdo, comentó:

—No hay más vampiros en trescientos kilómetros a la redonda. ¿Lo sabías? Quizá a este tal Rick, rebautizado Barry, le gustaría saberlo.

—No —dijo Manfred, sorprendido—. Nunca había sido consciente de... Bueno, de acuerdo. Escucha, ¿crees que podrías pedirle a este tipo que ocupase el lugar de Joe en tu plan?

—¿Tanta confianza le tienes? Acabas de conocerlo.

—Anda, deja de fastidiarme. ¿A quién vamos a pedírselo si no?

Para sorpresa de Manfred, Olivia se rio.

—Me gustaría poder pensar en alguien. Y tú, así de pronto, pareces más alegre.

—Es interesante tener gente nueva en el pueblo. Y creo

que tienes razón. Por lo que he podido captar de él, estoy casi seguro de que es telépata, y eso es aún más interesante. Aunque también un poco inquietante.

—¿Que alguien sepa lo que estás pensando? Ya lo creo. Si lo entendí bien, le estabas contando que conocías a otra persona telépata, ¿no? Te lo tenías bien guardado.

—Tú tienes más secretos que yo.

—Elemental, querido Watson.

Él volvió a reírse.

—Hacía años que no oía a nadie decir eso.

—Mi abuela... —Pero Olivia, para decepción de Manfred, decidió callarse lo que había pensado contarle.

—Aquí, demasiadas personas saben demasiadas cosas —dijo entre dientes—. Ahora empieza mi turno en la tienda de empeños. —Subió apresuradamente los escalones que llevaban a la tienda y le dio la vuelta al cartel de CERRADO para que se leyera ABIERTO.

Bobo salió de Midnight Pawn en cuanto Olivia entró.

—Eh, colega —dijo con desparpajo—. Estaba a punto de ir por algo de cenar antes de que cerrase Home Cookin. A veces Madonna no quiere que Dillon esté por allí, así que le envía a casa.

—¿Dillon?

—Dillon Braithwaite. El chico nuevo. El camarero.

—Nadie sabe cómo se llama; solo tú —dijo Manfred.

—¿Es que no se lo preguntaste? —repuso Bobo con tono de sorpresa y cierta reprobación.

—Ni se me ocurrió. Nunca lo haría en una ciudad, así que no pensé en hacerlo aquí.

—Oh. Vaya... —Bobo negó con la cabeza y se fue en busca de la comida.

Al pasar junto a su buzón, Manfred sacó un montón de sobres. También pensó si su falta de curiosidad por el chico hacía de él una mala persona. ¿Era una costumbre habitual suya hacer caso omiso de los camareros? Se encogió de hombros; no se veía capaz de preocuparse por eso.

Por el tamaño del montón, fue consciente de que hacía un par de días que no abría el correo. Se sentó en el escritorio, al lado de una papelera, para clasificarlo. Tiró unos cuantos folletos publicitarios, dos ofertas de tarjetas de crédito, una carta de un cementerio local ofreciéndole un tour y una parcela para su descanso eterno a un precio razonable, y una tarjeta Hallmark de su madre, que quería informarle de que estaba «Pensando en ti». A pesar de que Manfred quería a su madre, la verdad era que no pensaba demasiado en ella. Pero tenía que llamarla; era su deber, y ya había pasado demasiado tiempo. Echó un vistazo al calendario y vio que hacía tres semanas que no hablaba con ella.

Rebuscó el móvil e hizo la llamada; si no lo hacía en ese momento, lo postergaría una vez más. Rain Bernardo contestó al primer tono.

—Hola, mamá —dijo Manfred. Ella respondió con una intensidad casi bochornosa. Manfred le agradeció la tarjeta, le dijo que trabajaba muchas horas (como de costumbre), que le seguía gustando su casa y el pueblo, y estuvo a punto de hablarle de Rachel. Pero su vida y la de ella estaban muy lejanas; había mucho de que hablar antes de recorrer esa distancia. Finalmente, no le contó ninguna novedad.

Pero ella sí tenía algo que contarle.

—Me voy a casar —dijo con un tono casi desafiante.

Manfred se quedó tan atónito que no pudo decir nada.

—¡Vaya, genial! —soltó para llenar el silencio—. Supongo que con Gary, ¿no?

—Claro, con Gary.

—¿Y cuándo será?

—Íbamos a escaparnos cualquier fin de semana —dijo de forma evasiva.

—Asistiré —repuso él, seguro de que tenía que hacer ese esfuerzo. Se lo debía a su madre—. Confírmame la fecha.

—Bueno, aún no lo sabemos.

—¿Hay algo que no me estás contando?

—Eres demasiado perspicaz, hijo —suspiró—. Lo que pasa es que los hijos de Gary no están tan bien... dispuestos como tú a la idea.

—¿Por qué no? Eres una de las mujeres más agradables que he conocido —dijo Manfred sinceramente. Ella se rio.

—Eso ha sonado como si intentaras ligar conmigo en una fiesta, no como si fuera tu madre.

—Vale.

—Bueno, lo que pasa es que... pues que son unos estúpidos —espetó en un arranque de ira, tan inesperado como reconfortante.

—Soy yo —dijo él, comprendiendo de repente—. Yo no les gusto.

—Ni siquiera te conocen —repuso ella, aún con la ira a flor de piel—. No les gusta la idea de que seas médium. Qué estupidez, ¿verdad?

—Es una excusa. —Había tenido más experiencia con seres humanos que algunas personas que triplicaban su edad—. Lo que pasa es que no quieren que su padre se case, ni contigo ni con nadie. Apuesto a que, si yo fuese extraordinariamente rico, no tendrían problema con mi ocupación.

—No me gusta decirlo, pero creo que tienes algo de razón.

—Mamá, tienes poco más de cuarenta años, así que tu matrimonio con Gary puede ser largo y feliz. A por él. —Cuando Rain tuvo a Manfred, con menos de veinte años, no estaba casada, y nunca hablaba de su padre. Si su abuela Xylda lo hubiese sabido, no habría dicho una palabra. Manfred pensaba que Xylda no sabía con quién se había acostado su hija; en caso contrario habría encontrado la manera de hacérselo saber al chico sin decírselo de forma explícita. Xylda le había querido, quizá más de lo que había querido a su propia hija Rain, pero lo que realmente le gustaba eran las escenas teatrales.

—Es cierto que me merezco ser feliz —dijo Rain, como si empezase a creérselo, a pesar de que ya se lo habían dicho—. Me voy a casar con Gary. Y si decidimos no decírselo a sus hijos con antelación, quizá tampoco te lo digamos a ti. Iremos y lo haremos, y ya está.

Como ya le había dicho que eso era lo que quería, Manfred no pudo más que repetir que estaba de acuerdo y que le deseaba suerte.

—Dímelo cuando lo hayáis hecho. Te quiero, mamá. Si Gary es el hombre a quien tú quieres, adelante.

Cuando colgó, después de pensar sobre la conversación, Manfred se reclinó en el asiento y reflexionó unos minutos. Hacía seis años que Gary y su madre salían; durante aquel tiempo, Manfred había estado viviendo mayormente con su abuela. No conocía demasiado bien a Gary, pero se suponía que su madre sí le conocía, que era lo importante. Quizá debería informarse sobre Gary. No obstante, su madre llevaba mucho tiempo con él. Si a esas alturas no había descubierto si tenía o no antecedentes policiales, es porque no quería saberlo. Manfred decidió dejar correr el asunto.

Sería extraño que su madre tuviese un apellido distinto del suyo.

Pensando en ello se dio cuenta de que no podía recordar el apellido de Gary. Se rio en voz alta: el gran médium era incapaz de recordar el futuro apellido de su madre. «Redding; eso era.»

Una vez resuelto eso, Manfred dejó de pensar en ello. En cambio, activado por su interés en el nuevo tipo, Rick (o Barry) Horowitz, se puso a trabajar durante más de una hora antes de dejarlo y sentarse a ver un poco la televisión. Calculó que habría ganado suficiente para pagar a Magdalena Orta Powell... pero luego pensó que necesitaba algo más de ella. Y sabía que no podría conseguirlo de una forma directa.

Buscó la factura y la carta que había recibido de la oficina de Powell. La examinó y empezó a comparar tipos de letra en su programa Word.

—He enviado una carta certificada a casa de Rachel —le explicó a Olivia la mañana siguiente, después de pasar por la oficina de correos de Davy. Sabía que sonaba petulante, pero se sentía bastante optimista. Desde que Fiji le había lanzado el conjuro de «confianza», disfrutaba de momentos de pura certeza. Como si, aunque quisiera, no pudiera hacer nada mal y todas las ideas que tuviera fuesen buenas—. La entregarán mañana, y Lewis tendrá que firmar.

¿Debería preocuparle todo esto? No lo sabía, aunque solo debería preocuparle desde un punto de vista teórico.

—¿Por qué? —preguntó Olivia, sin comprender.

—He copiado el membrete de Magdalena. En su carta le anuncia a Lewis que irán los viejos, y que debe franquearles el acceso para que busquen sus posesiones en la biblioteca.

—¿Tienes una copia?

—Sí, aquí mismo.

—Enséñamela.

Así lo hizo, con una sonrisa.

—Parece oficial de verdad, ¿a que sí?

Olivia examinó la «carta» con atención.

—Eres un idiota —concluyó, pero no sonó enfadada, así que Manfred se lo tomó como un elogio.

—Resulta convincente, ¿verdad?

—¿De dónde has sacado que los abogados hablan así?

—¿Qué pasa, tanto sabes tú de la forma de hablar de los abogados?

—Al parecer, más que tú. —Olivia releyó la copia—. Bueno, no está tan mal; hasta puede que Lewis se lo trague y nos dé cierta aura de credibilidad. A menos que llame a la señora Powell. Lo has previsto, ¿no?

Manfred pensó que eso debía hacerlo sentir abatido, pero la verdad es que no fue así.

—No lo hará. Se pondrá tan furioso que no sabrá qué hacer. Recibirá la carta mañana, y nosotros debemos tener un plan para ir a la casa al día siguiente, o quizá incluso mañana por la tarde. ¿Qué crees que les vendrá mejor a los viejos?

—Digamos que pasado mañana a las nueve. Tendremos que hacer al menos una parada, porque tendrán que mear. Llegamos a Dallas, los llevamos a un Golden Corral o a un Outback o algo así, y luego vamos a Bonnet Park. Llegaremos a casa de los Goldthorpe entre la una y las dos, más o menos, y estaremos alrededor de una hora. Deberíamos estar de vuelta antes de la cena.

Manfred estaba seguro de que Olivia se había alegrado de que él tomase la iniciativa.

—Ahora tenemos que conseguir la ayuda de Barry. Necesitaremos dos coches. Él puede ir con uno de nosotros, y el otro llevará a los viejos.

—Iré a hablar con él —dijo Olivia.

—Yo me acercaré a ver a Fiji —dijo Manfred, para su propia sorpresa—. Hoy no la he visto.

Cuando Olivia salió hacia el hotel, Manfred cruzó la carretera para ver a la bruja local de Midnight.

20

Fiji estaba llorando. Manfred sintió una mezcla de vergüenza ajena y lástima. Se quedó de pie mirándola, impactado, y luego dijo:

—¡Ese Travis! ¿Te hizo daño anoche?

Fiji puso expresión de sorpresa, hasta donde podía hacerlo una mujer llorando.

—¡No! ¿Qué dices? Si lo hubiese hecho, le habría matado.

Manfred sintió alivio y se sentó en una de las sillas de mimbre.

—Entonces ¿qué pasa? —preguntó—. ¿Cuál es el problema?

—No me lo pasé bien. —Estaba tratando de dejar de llorar y su voz no salía demasiado inteligible. Más que voz, era un hipo con palabras.

—Así son muchas citas —dijo él, sofocando el impulso de reírse.

—¿Y cómo demonios iba yo a saberlo?

—¿Cómo podías no saberlo?

—Oh, Manfred... —dijo con tono de hastío.

Él enarcó las cejas.

—Lo digo en serio. ¿Cómo no ibas a saber una cosa así? ¿Es que solo tuviste una cita cuando ibas al instituto, o algo así?

—Soy gorda —replicó ella, como si estuviese diciendo una obviedad.

—No es cierto —repuso Manfred—. Tienes un cuerpo femenino, con tetas y culo. —Iba a seguir con «y aunque lo fueses, seguirías siendo guapa», pero fue lo bastante sensato para abstenerse.

Fiji pareció a un tiempo violenta y halagada.

—Eres muy amable.

—Digo la verdad, pequeño saltamontes —dijo él, serio. No sabía de dónde venía la referencia, pero a su abuela siempre le pareció muy gracioso, y tuvo la impresión de que a Fiji también se lo parecía—. Y bien, ¿qué fue mal en la cita con Travis, ahora que ya estamos de acuerdo en que tu aspecto no tiene nada de malo?

—Parece que no tenemos nada en común —contestó ella, y soltó un profundo suspiro. Se apoyó en los codos y se secó la cara con un pañuelo de papel—. Siempre hablamos del Cartoon Saloon y de la gente loca que va allí. Él me pregunta cómo van las cosas en la tienda y yo le contesto que bien. Anoche me preguntó qué tipo de gente venía a la tienda.

—¿Y se lo dijiste?

—Le dije que vendo productos para mujeres con estilos de vida alternativos, y que doy clases sobre cómo encontrar tu fuerza interior, y que era bruja y vendía algunas cosas relacionadas con la brujería, así que mi clientela era sobre todo femenina. Y que también la practico.

—¿Y qué dijo él?

—Pues me soltó: «¡Oh, una dama espeluznante!». Pareció desconcertado y me preguntó si tenía algún tatuaje.

—¿Después de decirle que eras una bruja, eso fue lo único que se le ocurrió? —Manfred sonrió, y al cabo de un momento los dos estaban riendo a carcajadas.

—¡Sí, es verdad! ¡Pero en aquel momento no tuvo ninguna gracia, más bien me pareció como el beso de la muerte!

—¿Cómo fueron las cosas después? —Manfred intentaba contener la risa. Estaba un poco sorprendido de que el portero no hubiese tenido la oportunidad de descubrir los tatuajes de Fiji por sí mismo.

—Más bien terribles. Yo no sabía qué decir sobre la subida del precio de la carne de buey, ni sobre echar el lazo a novillos, ni sobre montar toros (le encanta el rodeo), y él no sabía qué pensar de Midnight. Me contó cómo le había ido en su último turno con la ambulancia, que un tipo sufrió un ataque cardíaco y que tuvo que salvar a un niño de un accidente de coche. Finalmente, acabamos hablando de series de televisión; me da la impresión de que, si esos son los únicos temas entre nosotros, no hay más que decir. Aunque es cierto que se puede saber mucho de las personas hablando de eso —añadió.

—Reconozco sin problemas que yo he hablado de televisión —dijo él, tratando de mantener la seriedad; pero ambos se echaron a reír otra vez.

—Fue horroroso —dijo Fiji—. Suponiendo que me vuelva a llamar, creo que pasaré. Es lo que me sucede por salir con alguien de quien lo único que se puede decir es que está bueno.

—Bueno, pudo haber salido bien.

—Sí, pero no fue así. Perdí unas cuantas horas y un poco de amor propio. Y, además, no pude descubrir si había algo más, aparte de la pura fachada.

—La otra noche me encontré con Bobo y me dijo que sabía que estabas saliendo con Travis McNamara.

—Sí, yo misma se lo conté —dijo ella con una voz tan uniforme que se podría haber usado para calibrar un nivel. Se encogió de hombros—. Pareció satisfecho. —Ella trataba de parecer indiferente, pero los sentimientos se le transparentaban en el rostro. Desafío, cólera, tristeza.

—A mí me pareció preocupado. Pensaba que Travis era demasiado brusco para ti.

Alegrándose de golpe, Fiji se irguió en el asiento, inspiró hondo y dijo:

—Gracias por venir y escuchar mis paranoias. Pero seguro que tú querías hablar de algo, ¿no?

—Sí. La seguridad en mí mismo que me diste... fue genial.

—¡Bravo! —contestó Fiji, aún más animada que antes—. Era algo que estaba probando. ¿Cuánto tiempo duró el efecto?

—Ese es el único problema. Sigo teniendo *flashbacks* —respondió él, tratando de no sonar demasiado preocupado—. No soy capaz de decidir si un plan que se me ocurre es realmente una buena idea o solo me lo parece por el efecto del conjuro. Es algo parecido a lo que dice Olivia de que algo le parece una buena idea si se le ocurre en la capilla.

Fiji lo miró con expresión pensativa.

—De acuerdo... Entonces ¿lo que intentas decirme es que funciona demasiado bien? ¿Que crees que has perdido tu criterio?

Manfred asintió.

—Exacto.

—Entonces, tengo que encontrar la forma de suavizarlo. —Fiji sacó el viejo cuaderno que guardaba en el mostrador y cogió un bolígrafo del bote para lápices del escritorio—. Y dices que tienes *flashbacks*. Así que tendré que moderarme con... —Su voz se apagó mientras escribía—. Gracias por los comentarios, Manfred; me resultan muy útiles.

—¿Has conocido ya al tipo nuevo?

—¿Qué tipo nuevo?

—Puede que te diga que se llama Rick, pero también se presenta como Barry. Horowitz de apellido. Llegó por la noche hace un par de días. Es el nieto de uno de los residentes.

—¿Y se va a quedar? —Aún estaba esperando que Manfred aclarase por qué sacaba a relucir a ese tipo nuevo.

—Durante un tiempo —dijo Manfred—. Es una persona extraña, Fiji. Incluso para nosotros.

En ese momento entró Diederik muy sonriente. Fiji puso en el mostrador un plato con galletas caseras tapadas con film de plástico.

—Muchas gracias —dijo el chico. Y añadió más agradecimientos cuando Fiji puso un cuchillo y un plato con mantequilla y mermelada junto a las galletas.

Manfred y Fiji lo observaron con atención.

—Creo que no has crecido tanto —dijo Manfred—. Se está ralentizando.

—He comprado ropa más grande por si acaso, pero creo que tienes razón —dijo Fiji, acercando el plato a Diederik, que enseguida destapó las galletas. Se las ofreció a Manfred, pero cuando este negó con la cabeza pareció aliviado y se puso a engullirlas. Fiji puso un vaso de zumo junto al plato, y Diederik lo vació de un trago.

—¿Qué te da el reverendo para comer? —preguntó Manfred.

—Avena, todas las mañanas. Hoy añadió algo de beicon.

—No sé dónde lo metes —comentó Manfred.

Fiji lo miró con cierta compasión, como si entendiese perfectamente su impulso de comer.

—Siempre tengo hambre —dijo el chico—. Todo el tiempo. ¡Espero que no sea así toda la vida!

—No lo creo —respondió Fiji—. ¿Crees que tu padre tardará mucho en volver? —Le echó un vistazo al calendario del escritorio.

—Volverá en cuanto termine su trabajo —dijo Diederik. Perdiendo el interés de repente, apartó el plato—. Mi tía ya no podía quedarse más tiempo conmigo, y mi madre murió.

Manfred advirtió que Fiji estaba tan nerviosa como él. Recogió una tenue imagen de los pensamientos del chico y le preguntó:

—¿Tienes algún hermano?

—Tenía una hermana mayor que yo, pero murió antes de

nacer yo, según me contó mi madre. —Diederik pareció abatido de pronto.

—Lo siento —dijo Manfred. Había llegado el momento de cambiar de tema—. Escucha, Diederik, cuando termines de hacer lo que te encargue Fiji, ¿podrías pasarte por mi casa? Tengo un videojuego que te gustará.

—¡Vaya, claro que sí! —exclamó el chico con una sonrisa.

Manfred hizo un gesto con la mano y se dio la vuelta para irse. Al salir vio a Bobo cruzando la calle, en dirección a la casa de Fiji.

—¿Has dejado la tienda desatendida? —le preguntó, contento al pensar cuánto se iba a alegrar Fiji de ver a Bobo.

—He dejado un cartel en la puerta con mi número de móvil. Me estoy volviendo majara a la espera de que vuelva Lemuel y de que Teacher pueda quedar un poco más libre de la tienda. Espero que al menos gane un buen dinero.

—Parece que nadie tiene muy claro quién es el propietario de la tienda. Nadie excepto Teacher.

—Tampoco se lo he preguntado —dijo Bobo, encogiéndose de hombros.

Manfred se sentó al ordenador y volvió al trabajo. Pensó en tomarse un tiempo para investigar quién era el propietario de la tienda, pero el viaje a Bonnet Park ya le iba a suponer perder un día de trabajo. Con un suspiro, se puso de nuevo a resolver los problemas de personas a las que no conocía y a las que, probablemente, nunca conocería. Sus propios problemas tendrían que esperar.

21

Cuando Olivia entró en el hotel, todos los huéspedes estaban discutiendo. Se quedó de pie escuchando, un poco divertida y un poco exasperada. Uno de los «residentes temporales», que trabajaba para Magic Portal, la empresa de informática situada al este de Davy y Midnight, había descubierto al volver al hotel que (al parecer) Shorty Horowitz había forzado la cerradura de su habitación y (esto era seguro) había dormido en su cama. Shorty Horowitz, un hombre bajo y rechoncho con más pelos blancos en las fosas nasales y las orejas que en la cabeza, estaba furioso, el residente temporal estaba aún más furioso y Barry Horowitz estaba intentando que todo el mundo se calmase, incluida Lenore Whitefield, que parecía desconcertada. Harvey Whitefield no estaba presente.

—Mi abuelo estaba confuso y pensó que estaba entrando en su propia habitación —estaba explicando Barry. Olivia fue la única que notó que lo dijo sin haber hablado siquiera con el viejo.

—¿Y también fuerza su propia cerradura? —saltó otro hombre, un joven de la edad aproximada de Barry, que vestía una camiseta vieja y vaqueros; aunque, a juzgar por los accesorios, debía de ganar un buen dinero. La cartera que llevaba en el bolsillo de atrás se veía tan gruesa que (si a Olivia le importasen las personas) hacía temer por el estado de su columna. Lucía un reloj muy moderno, y las gafas de sol que llevaba apoyadas en lo alto de la cabeza eran unas Oakley de categoría.

—¿Y qué otra persona iba a saber hacerlo? —se lamentó Shorty, y Olivia tuvo que reprimir una sonrisa.

—¿Por qué no usan tarjetas llave, como el resto del mundo en este siglo? —gruñó el señor Temporal a la señora Whitefield.

Olivia pensó que era interesante ver cómo la grosería del hombre hacía que Lenore Whitefield se pusiese tensa.

—No sería acorde con la antigüedad del hotel —replicó—. Señor Lattimore, en su habitación no falta nada, ni nada de lo que había está deteriorado. Resulta claro que el señor Horowitz es anciano y tiene problemas de memoria. Estoy segura de que se llevó usted una sorpresa desagradable, pero el incidente ha terminado y nadie ha resultado perjudicado ni ha habido daño alguno.

Olivia decidió que la mujer era algo más de lo que ella había imaginado. Lattimore se desinfló, sobre todo después de amenazar con que les diría a los de Magic Portal que le buscasen otra habitación y la señora Whitefield le respondiese «Buena suerte».

El vestíbulo se vació rápidamente. Lattimore fue a su habitación refunfuñando, y se aseguró de echar el cerrojo y de que todo el mundo lo oyera. Barry guio a Shorty a su habitación en el piso de abajo; Olivia los siguió discretamente. Finalmente, Barry salió de la habitación de Shorty, con aspecto de estar agotado. No pareció sorprendido de que Olivia estuviese esperándole.

—He venido a hablar contigo —dijo ella.

—Ya me lo imaginaba. ¿A qué debo el honor?

—Tengo una propuesta de negocios que hacerte.

—¿Tiene algo que ver con vampiros?

—Hasta donde sé, no.

—Entonces, soy todo oídos.

La habitación de Shorty estaba en la parte de atrás del vestíbulo. De camino hacia la entrada, Olivia vio a Tommy, Mamie y Suzie jugando a las cartas en la habitación de Tommy, con la puerta castamente abierta. «Luego hablaré con ustedes», les dijo elevando la voz. Asintieron, levantando apenas las cabezas de sus cartas.

Barry le trajo una lata de Coca-Cola. Olivia la abrió por sociabilidad, pero las bebidas con gas no le gustaban.

—Parece que comprendes a las personas mayores —empezó con tono positivo.

—Lo que comprendo es que necesitaba averiguar lo que pasó cuando llegué al apartamento de Shorty en Nevada y descubrí que no estaba —dijo Barry, sombrío—. Como has visto, mi abuelo sufre fallos de memoria, pero parece que ha conseguido ocultárselo a quienes lo convencieron de que viniese a este sitio. Está claro que les dijo que no tenía parientes vivos. Los Whitefield se quedaron bastante sorprendidos cuando lo localicé.

—No tenía ni idea —dijo Olivia.

—Lo sé.

—A los otros tres los trajeron de la misma manera, pero al menos se conocían entre sí. No me extraña que tu abuelo esté tan desorientado. —Estaba en un lugar extraño y rodeado de personas extrañas.

—Para ser justos, esto es mucho más agradable que el apartamento en que estaba —opinó Barry—. Y hay alguien vigilándole a todas horas, aunque quizá no con la atención suficiente, como he descubierto hoy. Pero antes no había nadie que se ocupara de él, así que ciertamente es una mejora. Pero necesito saber por qué le han traído aquí, quién lo hizo y qué pretenden.

Olivia ya tenía previsto investigar esa cuestión después de resolver los problemas de Manfred, así que no le hizo mucha gracia ver que se lo colocaban en la primera página de la agenda, pero lo aceptó como un hecho inevitable.

—Supongo que tú no puedes hacerte cargo de él, ¿no?

—Imposible —respondió Barry—. Hace años que no me establezco en ninguna parte, y tampoco puedo quedarme en Texas.

—¿Tienes alguna historia en este estado?

—Sí, y la mayor parte es mala —respondió con tono lúgubre.

—Supongo que es un problema de vampiros.

Asintió.

—Se podría decir así. Habría preferido cualquier cosa antes que seguir la pista de Shorty hasta Texas, pero todos mis caminos parecen empeñarse en traerme aquí de nuevo. Tuve muy mala suerte en Dallas, sobre todo por culpa de mi propia estupidez. La población de vampiros de aquí ha... Bueno, digamos que tienen prejuicios contra mí.

—En esta zona solo hay uno, y no es nada normal. Además, no está aquí ahora mismo.

—Eso me alivia y me preocupa, y no a partes iguales.

—En verano, muchos vampis emigran.

—Claro, a lugares donde los días no son tan largos. —Barry parecía muy familiarizado con las costumbres de los vampiros.

—No eres un cazador, ¿verdad?

—¿Es que te parezco uno de esos idiotas con deseos de morir? —bufó.

Olivia negó con la cabeza.

—No, pero a veces las personas no son lo que parecen. Por ejemplo, nadie te echaría un vistazo y diría: «Es un telépata».

—Sin duda, no somos una especie común —repuso él, indiferente.

—¿Es que hay muchos más? —preguntó ella, sin ocultar su sorpresa.

—Al menos uno más. —Era obvio que no quería hablar de ello—. Bien, ¿qué necesitas? —fue al grano.

—De acuerdo —dijo ella con la misma brusquedad—. Necesito que acompañes mañana a Tommy, Suzie y Mamie en una excursión a una bonita casa en las afueras de Dallas. Manfred y yo os acompañaremos casi todo el camino, pero no iremos a la casa con vosotros. Te explicaremos con pelos y señales todo lo que necesites saber, para que estés preparado. Pero lo que necesitamos que hagas, si aceptas, es meterte en la casa, llevar a los viejos a la biblioteca y rebuscar. Allí hay algo escondido, y tenemos que saber dónde se encuentra. Ahora que sé lo que eres capaz de hacer, también quiero que te aproximes tanto como puedas a un hombre llamado Lewis. Saca todo lo posible de su mente y luego infórmanos.

—¿Cuánto? —fue lo único que Barry preguntó.

A Olivia le extrañó la necesidad de dinero de Barry. Era un hombre sano y bien parecido, y no era estúpido. Aunque, en realidad, no importaba.

—En efecto —dijo él—, no importa.

Tener un telépata cerca era un arma de doble filo.

—Vaya —suspiró Olivia tras una pausa—. Estoy acostumbrada a asumir que mi mente es opaca. Pero ya veo que tu especial habilidad es potente.

—Ya; hago amigos en todas partes con ella —ironizó él.

—Pero no has intentado disimularla.

—Aquí no. En cualquier otro lugar, toda mi vida, mi objetivo principal ha sido ocultar qué soy yo realmente. Aquí, en cambio... no tanto.

—Querría preguntarte...

—¿Qué?

—¿Has estado en el restaurante?

—Sí.

—¿Qué tienen de especial los Reed?

—¿A qué te refieres?

Eso era una evasiva. Olivia no necesitaba ser telépata para darse cuenta de ello.

—Siempre he sentido curiosidad por ellos. ¿Por qué están aquí? Son tan... Iba a decir «normales», pero tiene que haber un motivo para que estén aquí; no es puro azar. —Olivia tenía verdaderas ganas de saber el motivo.

—¿Te gustaría que les contara a ellos acerca de ti?

Olivia se inclinó hacia delante, echando chispas por los ojos.

—¿Tú qué crees? —siseó.

—Entonces no te voy a contar nada acerca de ellos.

Olivia se obligó a relajarse. Hasta ese momento no había sido consciente de cuánto desconfiaba de los Reed, y la reacción de él no hizo más que reforzar esa sensación.

—Es justo —dijo.

—Por cierto, no me has respondido. ¿Cuánto?

—Quinientos —dijo Olivia. Tenía esa cantidad en su habitación, y podía pasar por el cajero automático de Davy para sacar más; Manfred se lo devolvería.

—Siete cincuenta.

—Seiscientos.

—Seis cincuenta —replicó él.

—Hecho —dijo ella.

Él se puso en pie para darle la mano; ella también lo hizo. Cuando le tocó, tuvo la misma sensación que la primera vez que tocó a Lemuel.

—No del todo humano —comentó ella.

—¿Cómo?

—Ya me has oído. —Sonrió, satisfecha de haber podido estrechar su mano. Barry le sonrió.

—Siento lo de la psicópata de tu madre —dijo, y se marchó andando.

—Mañana por la mañana, a primera hora, bien despierto —le avisó ella mientras se alejaba. No pensaba dejar que fuese él quien tuviese la última palabra.

Ella era más fuerte. La más fuerte, siempre.

22

El día del viaje a Bonnet Park no empezó bien, en ningún aspecto. Mamie, Suzie y Tommy se habían levantado, lo que estaba bien, y habían desayunado, lo que también estaba bien, pero Mamie había pasado mala noche y se encontraba mal.

—No puedo ir —dijo—. No me veo capaz de soportar un viaje largo en coche. Quiero salir de este agujero y disfrutar un poco de la vida, pero las vértebras me están matando, maldita sea.

A Manfred le pareció que tenía razón. Mamie tenía un aspecto frágil y pálido, y se movía con dificultad. Tommy y Suzie discutieron con su amiga y trataron de convencerla para que fuera con ellos. Mamie, sin embargo, fue inflexible, para tranquilidad de Manfred.

Entonces, el obstáculo pasó a ser Lenore Whitefield. Se quedó consternada cuando descubrió que «sus» ancianos habían planificado una excursión. Era evidente que no se había imaginado algo así, y no estaba segura de si podía permitirlo.

—¿Permitirlo? —Olivia estaba de pie, con las manos en las caderas—. ¿Acaso están en la cárcel? ¿Quizá tienen que traer una nota de sus padres?

Lenore se ruborizó.

—Señora Charity, me lo está poniendo difícil. Desde luego que no, pero están a mi cuidado, y la responsabilidad de su bienestar es mía.

—La última vez que lo comprobé, yo era un adulto responsable por mí mismo —espetó Tommy—. No soy ningún niño de teta.

Suzie asintió vigorosamente y Lenore se ruborizó aún más.

—No es necesario hablar de esa manera, Tommy. Se perderá la visita de la enfermera.

—No voy a morirme hoy —dijo Tommy. La fuerza de su personalidad era demasiado para Lenore, que alzó las manos.

—De acuerdo, pues —cedió—. Por favor, no se excedan, y tómense su medicación antes de irse.

—Estaremos de vuelta esta misma noche —dijo Manfred, tratando de tranquilizar a la mujer. Tenía la inquietante sensación de que si Lenore llamaba a Eva Culhane, no podrían ni salir del edificio; por lo poco que había visto de esa mujer, era un enemigo formidable. Desde su primera conversación con Tommy, había sido consciente de que había alguna cosa extraña en todo el montaje del hotel.

En lugar de suplicar a los viejos, ¿por qué no llamaba Lenore a las familias de los residentes? Porque no tenían familias, y por esa razón los habían seleccionado para vivir en Midnight. Los habían elegido para que se sintiesen agradecidos. Shorty no estaría allí si hubiera tenido la coherencia mental suficiente para recordar que tenía un nieto.

Los problemas de Manfred le habían superado a tal punto que no había tratado siquiera de averiguar por qué se había reabierto el hotel. Mientras acompañaba a Tommy y Suzie a los coches que les estaban esperando se dijo que necesitaba dedicar una parte del tiempo que destinaba a pensar en sus preocupaciones a la situación del hotel Midnight. Barry podía haberle dicho que él y Olivia tenían pensamientos parecidos.

Manfred no estaba preparado para la negativa de Olivia cuando le sugirió que Barry fuese en el coche de ella.

—No —dijo tajante—. Él viaja contigo y se queda contigo. No me gusta tenerlo dentro de mi cabeza. Yo llevaré a Tommy y Suzie.

Manfred se veía incapaz de lidiar con más gente enfadada aquella mañana.

—De acuerdo. Cuando necesiten parar, llámame. Podemos comer en un restaurante Cracker Barrel. Ayer lo miré en internet.

—¿«Y a todos los viejos les encanta Cracker Barrel»? ¿Es eso lo que quieres decir? —protestó Tommy, desde el asiento del copiloto del coche de Olivia.

—A mí me encanta —dijo Suzie mientras se ponía el cinturón de seguridad en el asiento de atrás—. ¡Hagamos allí la parada!

—Es cierto que los desayunos están bien, y los puedes pedir todo el día —repuso Tommy, pensativo.

—Parece que a esos dos viejos sí les gusta Cracker Barrel —dijo Olivia.

Manfred se dio cuenta de que se esforzaba por contener su irritación: un nuevo factor del que preocuparse.

—¿Se puede saber por qué está enfadada contigo? —le preguntó a Barry después de haberse puesto en marcha.

—No quería que le leyese la mente. Pero no puedo bloquear a personas específicas. Nadie quiere que me sumerja en su cabeza —explicó Barry—, pero sí quieren saber lo que piensan los demás.

—¿Puedes leer mentes desde que naciste?

—Sí, y no es fácil crecer así, por decirlo suavemente. Sobre todo cuando eres pequeño y repites todo lo que oyes sin comprender las consecuencias que pueden derivarse.

Manfred intentó imaginarlo, pero la sola idea lo dejó tan consternado que solo acertó a decir:

—Eso es terrible...

—Qué me vas a contar a mí... —Barry se rio, pero no parecía muy divertido.

—Como ya te comenté —dijo Manfred, concentrándose en la carretera, en la que una camioneta se había cambiado a su carril—, conozco a otro telépata. Pero nunca había pensado en cómo debe de sentirse un niño con capacidad para leer mentes.

—Dijiste que conocías a Sookie, ¿verdad?

Manfred lo miró brevemente. Entretanto, el intermitente derecho de la camioneta de delante se encendía y apagaba monótonamente. El conductor no tenía intención de girar, desde luego; se lo había dejado puesto. «Menudo tonto», murmuró Manfred antes de seguir con la conversación.

—Sí, la conocí en Bon Temps. ¿Tú también eres de allí? ¿Pariente suyo? O sea, ¿lo que os pasa es hereditario, o genético, o algo así?

—Algo así —contestó Barry—. Creía que yo era el único del mundo hasta que conocí a Sookie en Dallas.

—No me la puedo imaginar en otro lugar que no sea Bon Temps.

—Antes preferiría vivir en una barraca en los suburbios de Ciudad de México —dijo Barry—. En Bon Temps pasé una de las peores épocas de mi vida, y eso no es poco decir. Me secuestraron y me torturaron.

—Eso es espantoso —reconoció Manfred—. Entonces, si llamase a Sookie y le preguntara por Barry Horowitz, ¿qué me diría?

—Probablemente me recordaría con un nombre distinto. Pero no lo voy a decir en voz alta en Texas.

—¿Por tu problema con los vampiros?

—Mi gravísimo problema con los vampiros.

Condujeron en silencio durante varios kilómetros.

—Pareces muy leal a tu abuelo —dijo Manfred al cabo.

—Si lo fuera, no me habría costado tanto localizarle. Mis propios problemas hicieron que le perdiese la pista. Y ahora que lo he encontrado no sé qué hacer. Mentalmente no está bien, y no es un viejecito bondadoso; pero es la única familia que me queda.

—Yo tengo a mi madre. A mi padre nunca lo conocí.

—Mis padres eran bastante normalitos, pero la madre de mi padre era una persona singular, por lo que recuerdo y por lo que me han contado.

—¿Una *outsider*?

—No como Shorty —dijo Barry, entre risas—. Shorty estaba siempre entrando y saliendo del calabozo. Era un ladrón no violento; nunca creyó que las leyes de la propiedad privada le incumbiesen. Mi abuela Horowitz era harina de otro costal; en cierta ocasión un sacerdote me dijo que creía que provenía de la simiente del diablo.

—Vaya, una opinión bastante radical. —Manfred pensó que le habría gustado conocer a una mujer así.

—Sí; solo estuve con ella un par de veces. Después, cuando yo estaba en la escuela elemental, desapareció.

Ambos habían tenido una infancia singular, pensó Manfred. Cuando volvió la vista hacia Barry, este asintió.

—Le diste un buen susto a Olivia —comentó Manfred.

—Guarda muchos secretos.

Siguieron en silencio hasta que Olivia llamó para decirles que Suzie necesitaba ir al baño.

23

Joe salió de la Galería de Antigüedades y Salón de Manicura y miró la calle a derecha e izquierda. Chuy, que estaba leyendo porque no tenía clientes, ni siquiera levantó la vista. Joe se había pasado toda la mañana inquieto, pero ahora sus nervios estaban alcanzando un nuevo nivel. Sostuvo la puerta abierta un momento e informó:

—El pueblo está vacío.

Con un suspiro, Chuy cerró el libro, lo dejó a su lado y se acercó a la puerta.

—¿Más vacío de lo habitual?

—Sí. Olivia y Manfred se han ido. También unos viejos del hotel. Y aquel joven que estaba visitando a su abuelo.

—¿Los has visto marcharse?

—Sí; pero lo habría sabido de todas formas.

Chuy miró a Joe, que notó que estaba preocupado. No trató de tranquilizar a su compañero, pero tuvo esa sensación de cuando las cosas están a punto de ir mal.

Chuy dijo con inquietud:

—Nuestros asesinos se han ido.

Eso era cierto; de todos ellos, Lemuel y Olivia eran los más despiadados, y también los más expeditivos.

—Voy un momento a la tienda —dijo Joe.

Chuy se quedó en la puerta. Joe caminó hacia el este, pasó por delante de un escaparate vacío y entró en la tienda de la gasolinera de la esquina. La campanilla de la puerta sonó y Teacher Reed, que estaba jugando al solitario en el viejo ordenador, levantó la mirada con gratitud.

—Hola, tío —dijo, bajando del taburete—. Pensaba que ya no iba a entrar nadie hoy. Bueno, quizá el atracador. ¿Sabes que han atracado tres tiendas en esta zona?

—Sí, lo he leído en el periódico del condado. Pero me sorprendería que pasase por aquí. No hay mucho negocio.

—Ya lo puedes decir. Algunos días estoy bastante ocupado, pero hoy no he visto a nadie desde que Olivia llenó el depósito a primera hora de la mañana. Si tengo que hacer este trabajo durante mucho tiempo, acabaré loco.

—¿Hay alguna perspectiva?

—Sí, aleluya y gracias a Dios.

A pesar de que Joe sabía que Teacher no hablaba en serio, le gustó oír esas palabras.

—Entonces ¿tienes noticias de la sede central?

—¡Sí, por fin! Hay un tío interesado en quedarse con el negocio. Están repasando su historial; si comprueban que su estado financiero y todo lo demás es correcto, quizá se traslade el mes que viene.

—¿Se instalaría en la misma casa en que vivieron los Lovell?

—Supongo que sí. —Teacher se encogió de hombros—. Me da igual donde viva, solo quiero que se encargue de esto.

—Tampoco era necesario que te encargases tú —repuso Joe con suavidad.

—Pero el sueldo era muy bueno —repuso Teacher con expresión compungida—. Lo suficiente para no poder rehusar; tengo que alimentar a Madonna y Grady.

—Creo que de la alimentación se encarga Madonna —dijo Joe.

Teacher se rio.

—No sueles hacer muchas bromas, Joe.

—El mundo no es divertido —dijo tras reflexionar sobre la afirmación de Teacher—. ¿Te has sentido un poco extraño hoy?

—¿Extraño? ¿En qué sentido? No; me he sentido inquieto y aburrido, pero ¿extraño? No. —Teacher miró a un lado y otro, como si fuese a descubrir alguna cosa rara asomando entre las bolsas de patatas fritas y los lavavajillas. La luz fluorescente de la tienda iluminaba la piel oscura de Teacher, haciendo aparecer sombras allí donde no debiera haber ninguna.

—¿Te sientes extraño? ¿Raro, o algo así?

—Sí —contestó Joe—. Me siento raro.

—¿Y eso qué significa? —Antes de mudarse a ese pueblo nunca habría hecho esta pregunta.

—¿Por qué viniste tú a vivir aquí? —No era una pregunta apropiada para hacer en Midnight, pero Joe sospechaba que los Reed no eran como los demás.

—En fin... —Teacher pareció apurado—. El café estaba por alquilar, Madonna pensó que podría encargarse de un sitio pequeño, y el hombre que nos lo alquiló nos puso como incentivo la caravana. No sé si habéis estado alguna vez en la casa al otro lado de la del reverendo, que es la casa con la que podríamos habernos quedado, pero está en un estado lamentable. Madonna dijo que ya había suficiente con que trabajase cada día arreglando las casas de otros, que no quería que llegase a mi propia casa para ponerme también a trabajar. En cambio, la caravana está impecable.

La explicación era más de lo que Joe habría querido saber. Madonna era una cocinera excelente, Grady era un encanto y Teacher era un verdadero manitas, capaz de reparar casi cualquier cosa. Pero estaba seguro de que los Reed no iban a quedarse mucho tiempo allí.

—Lo entiendo —dijo—. Cuídate, Teacher. Espero que el sustituto no tarde en llegar.

—Hasta luego, Joe —dijo Teacher, con un matiz cauteloso en la voz.

La última familia que había pasado por Gas N Go tampoco había querido quedarse. En aquel momento, Joe no había sentido ninguna curiosidad por saber por qué los Reed no habían asistido a la pequeña reunión que precedió a la marcha de los Lovell; se había limitado a aceptarlo. Pero ahora lo sabía. De vuelta a su propio negocio, se preguntó si Gas N Go sufría algún tipo de maldición. Se volvió a mirar hacia allí en el espectro mágico. El edificio estaba emborronado por una mancha de tristeza, aunque no permanente. Podía albergar la esperanza de que el siguiente encargado se adaptara perfectamente a la ciudad.

No tenía sentido acercarse a hablar con Lenore y Harvey Whitefield; no tenían nada fuera de lo normal, y a Joe no le caían especialmente bien. Sabía que Mamie y Shorty estaban en el hotel, que los dos estaban echando la siesta y que a Mamie le quedaba poco para pasar al otro lado del velo. También sabía que otras dos personas que se alojaban en el hotel (y que trabajaban para Magic Portal) estaban ausentes todo el día.

A pesar de que no se sentía cómodo con su presencia, Joe esperaba que no volviesen al hotel hasta tarde. Quizá conociesen a alguien divertido con quien pasar la noche y, cuando regresaran al hotel —esta noche, mañana por la noche, pronto— ya hubiese terminado todo.

Las esperanzas eran gratis.

24

Olivia apenas si logró soportar el almuerzo en el Cracker Barrel. Odiaba la tienda de recuerdos, odiaba la evocación de un pasado falso recreado en la decoración de las paredes, y odiaba a Barry y Manfred porque se mostraron indiferentes a los jerséis peludos, a los souvenirs estúpidos y a los artículos de granja falsos y se limitaron a disfrutar de la comida, igual que Suzie y Tommy. La camarera parecía agotada, pero no dejaba de sonreír, y Barry le dijo a Olivia que era madre soltera y tenía dos empleos para poder llegar a fin de mes.

—No quiero sentirme obligada a tener lástima de la persona que me sirve —dijo Olivia con brusquedad.

Barry volvió a mirar el menú con intención.

—Pues no la tengas. Solo pretendía que no te cabreases con ella porque ha tardado en traerte el café.

—¿Así que ahora eres don Compasivo? —replicó Olivia en voz baja pero cortante.

—No siempre. —Barry se estremeció.

—Ya me lo parecía.

—Escucha, sé que estás furiosa conmigo por algo que no puedo evitar. Pero intenta controlarte, al menos hoy, ¿de acuerdo? No temas, no le voy a contar a nadie ninguno de tus horribles secretitos.

Olivia tuvo ganas de soltarle un puñetazo en la cara.

—Cállate —le dijo a Barry, con una voz tan intensa que los demás se volvieron para ver—. Te lo digo en serio: cierra esa bocaza.

—¿Pasa algo? —terció Suzie—. ¡Eh, jóvenes! ¡Un poco de modales!

—Y lo dice una ex prostituta —susurró Barry. Olivia reprimió un impulso repentino de echarse a reír.

—Eh, Tommy, ¿quieres más té? —Manfred, sentado en el otro extremo de la mesa, había estado muy atento con Tommy y Suzie durante toda la comida. Quizá pretendía fingir que Olivia no estaba enfurecida.

Esta inspiró profundamente y se resignó al hecho de que no podía hacer nada con respecto a lo que Barry se había enterado de sus pensamientos. «Claro que siempre puedo matarle si se lo cuenta a alguien —se dijo, tranquilizándose—. Pero ¿y cuando se vaya? Podría buscar a mi padre y decírselo...»

Miró de reojo al hombre sentado junto a ella. No quería tener que matar a Barry, pero quizá tendría que hacerlo, y eso sería una pena, porque era consciente de que su don podía ser muy útil en muchas ocasiones. ¡Ojalá pudiese inmunizarse contra él!

—¿Hay alguna persona a la que no puedas leer? —preguntó, dando un mordisquito a un panecillo.

—A los vampiros. —Cortó un trozo de jamón—. Y es difícil leer a las personas que pueden convertirse en animales. Texas es mejor que Luisiana; no hay muchos ejemplares de ninguno de los dos.

—Y, sin embargo, aquí en Texas tienes enemigos.

—Enemigos con memoria de elefante —respondió él, mascando y tragando.

Le estaba recordando a Olivia que ella también tenía poder sobre él.

Seguía siendo cierto que, si no ibas en busca de vampiros,

lo más normal es que nunca te encontrases con uno de ellos; pero en todas las grandes ciudades había al menos un club nocturno orientado a los vampiros, y una o dos casas donde los vampiros anidaban. Ya solo por esas razones (la compañía de otros de su clase, la rentabilidad de ser un no-muerto y la seguridad que ofrece la fuerza del número), era difícil encontrar un vampiro que prefiriese vivir solo en una zona rural; Lemuel era una excepción. Pero lo era en más de un sentido. No necesitaba beber sangre: le bastaba con energía; un poco de aquí y otro poco de allá, lo suficiente para mantenerse. También podía tomarla de otros vampiros. Y defendía su territorio con vehemencia.

Por eso la mayor parte de los no-muertos ni se acercaban a Midnight, a menos que tuviesen que pasar por la tienda de empeños en busca de algún objeto muy especial. Lemuel nunca absorbería energía de un cliente.

—Mientras estés en Midnigth, no tienes que preocuparte de tus enemigos —dijo Olivia—. Al menos, no mientras esté Lemuel.

—Pero ahora no está. ¿Sabes cuándo piensa volver? Me gustaría quedarme para ver a mi abuelo establecido en una residencia, con más personas que lo vigilen. Pero no estoy dispuesto a morir para que eso suceda.

—Desde luego que no —repuso Olivia—. Él ya ha tenido su oportunidad.

—Tal como lo has dicho, no ha sonado demasiado bien.

—Pero es la verdad —dijo ella, alzando las cejas.

Barry se encogió de hombros.

—Supongo que tienes razón.

—Será mejor que acompañes a Tommy al lavabo. Nunca se sabe qué conversación puede surgir con otro cliente.

Barry lo hizo mientras Olivia iba al servicio de señoras con Suzie. Manfred se encargó de pagar la cuenta. Olivia echó un vistazo a los restos en la mesa y pensó: «No sabía que los ancianos pudiesen comer tanto». Recordaba a su abuela pico-teando comida de su plato. Pero su abuela estaba enferma. Su última enfermedad, de hecho.

Esta vez, Manfred y Barry subieron con Suzie y Tommy en el coche de Manfred y Olivia condujo sola. La soledad contribuyó a tranquilizarla. Escuchó a Yo-Yo Ma todo el camino hasta Dallas, y la música le aclaró la mente y la calmó. Cuando hicieron una parada en una gasolinera de Bonnet Park para dar el último repaso, se sentía mucho mejor. Y también había tomado una decisión.

—Tengo que entrar en la casa —dijo.

Todo el mundo se la quedó mirando, pero eso le dio igual; estaba acostumbrada a ello.

—Pero es posible que la doncella te reconozca; tú misma lo dijiste —le recordó Manfred—. Y estoy seguro de que Lewis me reconocería a mí.

—Dame diez minutos en una tienda de ropa usada y no sabrá quién soy —repuso Olivia.

—¿Y dónde vas a encontrar una tienda de ropa usada por aquí? —Barry hizo un gesto con la mano—. Me da igual si entras o no entras, pero yo tengo que estar fuera de Dallas cuando oscurezca, y no lo digo de broma. Así que si has cambiado de idea me da igual, pero ya puedes espabilarte.

—De acuerdo, estaré de vuelta en media hora. —Había visto una tienda de pelucas cinco manzanas hacia el sur.

Cuando salió de ella, llevaba el pelo corto y oscuro. A una manzana había una tienda de objetos de segunda mano, de donde salió con unos vaqueros muy ajustados, una camiseta de tirantes y sandalias. Mirándose en un retrovisor, se puso bastante maquillaje en los ojos.

Cuando volvió a la gasolinera, Tommy y Suzie estaban tomando algo frío y Barry estaba mirando, alternativamente, el cielo y el reloj. Aún quedaban horas de luz, pero no era difícil darse cuenta de que estaba nervioso.

Fuera lo que fuese lo que había hecho para generar ese nerviosismo, debió de ser algo bastante terrible. Barry resultaba cada vez más interesante. «Es una lástima que no pueda soportar estar en la misma habitación que él», pensó Olivia.

Manfred la miró con atención y Barry levantó una ceja admirativa. Suzie sonrió y Tommy le dijo:

—Tiene usted un aspecto tremendo, jovencita.

—Lo creas o no, cariño, yo solía llevar vaqueros como esos —dijo Suzie—. Claro que no era tan alta como tú.

—Bueno, ¿creéis que me reconocerá? —preguntó Olivia.

—No —dijo Manfred—. Con este aspecto, estoy seguro de que la doncella no te reconocerá.

—De acuerdo, pues. Recapitulemos —dijo Olivia enérgicamente. Ahora que sabía que podría intervenir personalmente, se sentía mejor. Si había una cosa que no se le daba nada bien era sentarse a esperar—. Vamos a la casa de los Goldthorpe. Tú, Tommy, le dices a la doncella Bertha, o al capullo de Lewis, que le habías prestado a Morton Goldthorpe unos libros; libros valiosos. Naturalmente, estarán en su estudio o biblioteca, o como quieran llamarlo. Lewis ya habrá recibido una carta del abogado de Manfred informándole de ello. No sé cómo reaccionará Lewis; después de todo, está un poco loco.

—¿Y cuando hayamos subido al segundo piso? —preguntó Tommy.

—En el ascensor —precisó Suzie.

—Cuando suban al estudio en el ascensor, tómense su tiempo para buscar. Elijan algunos libros y digan que son suyos. Rick estará leyendo la mente de Lewis, tratando de captar información sobre el paradero de ciertas joyas.

Esta información dejó a Suzie y Tommy bastante confusos. Él se quedó mirando a Barry como si tuviese dos cabezas, y ella emitió un sonido de escepticismo. A Olivia no le apetecía entrar en discusiones, así que decidió ignorarlo.

—Yo voy a estudiar el plano de la casa, a ver si puedo señalar sitios apropiados donde buscar si tengo que volver. —¿«Si tengo que volver»? Más bien «Cuando tenga que volver». Pasara lo que pasase, tendría que volver a la casa. De hecho, Olivia sentía cierta excitación pensando a quién se encontraría esta vez. Estaría lista para ellos. A punto.

Los mataría a todos.

Condujeron en silencio hasta la casa. Manfred se había quedado visiblemente inquieto. Suzie hizo un comentario sobre lo agradable que era el barrio; no tuvieron más remedio que estar de acuerdo. Tommy parecía ponerse cada vez de peor humor, como metiéndose en su papel de vejestorio desagradable (a Olivia tampoco le parecía que tuviese que esforzarse mucho para ello). Barry, a su lado, parecía distante. No estaba tan implicado en aquel asunto, y lo único que le interesaba era desempeñar su papel y largarse con unos cientos de dólares en el bolsillo.

Bertha abrió la puerta. Esta vez, el jardinero estaba subido en una escalera alta, en el vestíbulo, sustituyendo una bombilla de una lámpara que colgaba del techo del primer piso. Bertha parecía exhausta. Quizá tener como jefe a Lewis no estaba yendo demasiado bien. Con la paranoia de Lewis, a Olivia le sorprendió un poco que Bertha siguiese trabajando allí. Quizá la respuesta era el cartel de EN VENTA que habían visto en el jardín de delante.

—Soy el nieto de Thomas Quick —se presentó Barry, con una seductora sonrisa—. El señor Lewis Goldthorpe debe de haber recibido ayer una carta del abogado del señor Quick anunciando que el señor Quick necesitaba acceder a la biblioteca hoy.

Bertha se lo quedó mirando.

—No sé nada de eso. Consultaré con el señorito Lewis. No me ha informado de nada. Esperen aquí, por favor. —Cerró la puerta en la cara de Barry, que se volvió hacia Olivia.

—No se ha alegrado —dijo—. Lewis ha estado actuando como un chalado. Está siempre nervioso, y los visitantes no contribuyen a calmarlo, precisamente.

«No hace falta leer mentes para saber eso», pensó Olivia.

—Por cierto —dijo ella—, hoy me llamo Amanda. —No haber pensado en ello hasta ese momento había sido un descuido imperdonable por su parte.

—Un loco, ¿eh? —masculló Tommy—. ¡Quiero que me devuelva mis libros!

Al parecer, Tommy era un actor del «método».

—Y que lo digas —saltó Suzie—. Necesitamos que nos devuelva los libros. ¡Tienen su valor! ¿Por qué no recibimos un aviso del albacea de la herencia de Morton cuando murió? ¡Eso me gustaría saber a mí!

—Unos tipos duros —dijo Barry en voz baja, divertido.

—Lo viven, eso seguro —coincidió Olivia.

La puerta principal se abrió de nuevo, pero tan bruscamente que casi golpeó contra la pared. Era Lewis, con la doncella a su lado, con expresión de preocupación. El jardinero estaba bajando de la escalera de mano, y parecía aliviado de pisar otra vez tierra firme. Lewis blandió una hoja.

—¿Se puede saber de qué demonios va todo esto? —exigió, no exactamente a gritos, pero tampoco en tono amigable—. ¡Mi padre nunca tomó prestados libros de nadie, y mucho menos de usted!

—Señor —dijo Barry, con dignidad—, se trata de mi abuelo, Tommy Quick, que era amigo de su padre. Le gustaría recuperar lo que es de su propiedad. Ha quedado muy afectado al enterarse del fallecimiento de su amigo Morton, y lo descubrió leyendo la esquela de la viuda de Morton. Haga el favor de respetar su edad y su dolor.

Fue como si hubiese abofeteado a Lewis, que de repente se quedó quieto y callado. De hecho, fue tan repentino que resultó más sorprendente que su anterior agresividad.

—¿Dice que su abuelo era amigo de mi padre? —preguntó Lewis, dando un seco repaso a Tommy—. De acuerdo, pueden entrar. Fuera hace mucho calor. ¿Y estas dos señoras son...?

—Yo soy la hermana de Rick, Amanda. Y esta es la prometida de mi abuelo, Suzie Lee. —En el último segundo, Olivia se había dado cuenta de que no tenía ni idea del apellido de Suzie, así que dijo el primero que se le ocurrió. Suzie miró a Lewis con una sonrisa y Olivia no pudo menos que admirar la capacidad de adaptación de la anciana.

—Espero que no le importe que le haya acompañado —se disculpó Suzie, creando una corriente de simpatía tan densa que Olivia casi se vio obligada a apartarse.

—Permítanme que vaya a apagar el televisor —dijo bruscamente Lewis, y se alejó.

Cuando regresó, Bertha se dirigió a la parte de atrás de la casa. Estaba claro que la doncella había decidido desentenderse de la situación. Su hijo —debía de serlo, porque tenían la misma boca y los mismos ojos— estaba plegando la escalera de mano y escrutando a los recién llegados, empezando por los ajustados vaqueros de Olivia. Pero él también se marchó, transportando la escalera con precaución hacia la parte trasera. Perfecto; ahora, pasara lo que pasase, ya no habría testigos.

Lewis volvió de nuevo, tan distinto que parecía que hubiese inhalado gas de la risa. Se había transformado en el amable dueño de la mansión.

—Si lo prefieren, pueden tomar el ascensor, está aquí mismo. —Si hubiese llevado bigote, se habría retorcido las puntas—. Yo mismo suelo usarlo.

—Gracias —respondió Tommy secamente—. La señora tiene un problema con las escaleras.

Se había hecho todo lo posible para que el pequeño ascensor fuese discreto. Incluso la puerta parecía de madera real.

—Yo iré por la escalera —dijo Olivia.

Se encontró con ellos en el piso de arriba y pudo confirmar que la puerta del ascensor estaba junto a la del estudio. Cuando se abrió con un sonido de campanilla, les esperaba con una sonrisa en los labios.

La nueva actitud hospitalaria de Lewis puso en alerta máxima a Olivia, y su preocupación quedó confirmada al ver la expresión de Barry. A espaldas de Lewis, la miró con gesto de urgencia. No sabía exactamente qué quería decir, pero no era nada bueno. Olivia se puso en tensión.

Tommy salió del ascensor con precaución y se dio la vuelta para ofrecer la mano a Suzie, que la tomó con expresión agradecida. De algún modo, en la mansión Goldthorpe parecían más menudos y frágiles y menos amparados que en el hotel. Tommy pareció darse también cuenta de ello. Con tono condescendiente, opinó:

—Es una bonita casa, joven. —Miró en derredor en actitud altiva—. Hacía años que no estaba aquí —añadió, quizá pensando que, si era tan buen amigo de Morton, debía de haber estado allí unas cuantas veces.

—Me alegro de que le guste —repuso Lewis con suavidad.

Era obvio que sospechaba que no eran lo que parecían. Olivia no sabía lo que podía pensar, ni qué hacer al respecto. De momento, decidió seguir adelante con el plan. Lewis no era bueno fingiendo; ella, en cambio, sí.

—Siento mucho lo de su madre —dijo.

Lewis inclinó la cabeza y la fulminó con la mirada. Sus gafas lanzaron un destello. Y Olivia vio a Barry pestañear y apartar la mirada un momento. Por lo visto, Lewis era más peligroso de lo que parecía.

—Nunca se cuidó demasiado —contestó él con brusquedad—. Y empezaba a ser olvidadiza. Me ocultaba cosas.

—Ocultaba cosas —repitió Olivia en un susurro, con un leve deje interrogativo.

—Sí. Cada vez estaba más... se podría decir que paranoica,

me temo, y se empeñó en que yo pretendía quitarle sus joyas. Pobrecita —añadió, de manera poco convincente—, la echo mucho de menos.

—Desde luego —dijo Barry—. Abuelo, ¿ves los libros que le prestaste a Morton? Mira bien, no vaya a ser que te olvides alguno.

Tommy se había acercado a los estantes para iniciar su «búsqueda». Suzie inició una forzada conversación con Lewis acerca del impuesto de sucesiones que se desarrolló de manera irregular, porque Lewis no le quitaba ojo a Tommy. ¿Acaso pensaba que Tommy iba a empezar a meterse libros en los pantalones?

Olivia echó un vistazo alrededor, registrando un dato tras otro. No había demasiados muebles. Una ventana iluminaba la habitación, en especial el gran escritorio de madera brillante y su imponente asiento. Había una butaca junto a una mesita, con una lámpara; en una esquina de la habitación vio un enorme globo terráqueo. En su anterior visita no lo había visto desde la puerta.

Olivia se preguntó si la idea había sido de Morton Goldthorpe o si un decorador le había dicho que todos los hombres de bien debían tener un globo terráqueo en la biblioteca. Quizá fuese un poco de cada; en todo caso, era un objeto precioso. El escritorio también era elegante; de madera de cerezo, pensó Olivia. Los estantes en las paredes estaban cargados de libros, aparte de un par de trofeos de tenis, algunos premios de empresa y fotos de familia. En las fotos se podía ver que Morton había tenido al menos diez años más que Rachel. Aquellos retratos de otros tiempos reflejaban el orgullo que sentía por su esposa y sus hijos.

Mirando aquellos rostros, entre los que se encontraba el del chico que ahora estaba de pie junto a ella, convertido en un hombre inestable, malhumorado y avaricioso, Olivia tuvo una extraña sensación. No le cabía duda de que la pareja había sido muy feliz en aquellos tiempos, de que tenían ganas de conocer a sus futuros yernos y nuera, y de querer a los nietos fruto de aquellas uniones. ¿Cómo era posible que aquellas expectativas resultaran tan frustradas en el caso de Lewis?

¿Los padres de Olivia le habían prestado alguna vez ese tipo de atención? ¿Habían esperado que fuese el consuelo de su vejez, que les trajese a aquellas personas en miniatura que perpetuarían sus apellidos? «Mi madre no, eso seguro —pensó con certeza—. Ni siquiera ella habría sido capaz de llegar a ese nivel de hipocresía.» En cuanto a su padre, ¿cómo iba a saberlo? Había demostrado poder alcanzar una ceguera voluntaria tan grande que era imposible decidir hasta dónde podía llegar su autoengaño.

Y por primera vez, en mitad de un trabajo, en una habitación soleada de una mansión que nunca más iba a pisar, Olivia pensó: «Si hubiese tenido un mínimo de coraje, mi padre habría matado a mi madre cuando le conté lo que había hecho; no habría tenido que hacerlo yo misma». Aquella verdad se le reveló en el peor de los momentos.

—Veo que a su padre le interesaba Rex Stout —dijo entonces, un comentario al azar. No tenía ni idea de quién era Rex Stout, pero había muchos libros con ese nombre en el lomo, y parecían viejos.

—Tiene la colección completa de las primeras ediciones —dijo Lewis, con indiferencia—. Estoy intentando encontrarle un comprador.

—Son difíciles de encontrar —comentó Olivia, tratando de no traslucir que le importaba un pimiento.

—Sí. —La limitada paciencia de Lewis se estaba agotando.

El cerebro de Olivia le decía que lo dejase correr y pusiera pies en polvorosa, que aquello había sido un fiasco. Se preguntó si el de Barry le estaba diciendo lo mismo. Su postura, su actitud, la hicieron ponerse en tensión. A Tommy y Suzie, en cambio, no les debía de haber llegado esa información, porque siguieron rebuscando laboriosamente los imaginarios libros prestados.

Sonó el timbre de la puerta y Lewis hizo un movimiento brusco con la cabeza en esa dirección. Era una mañana ajetreada en casa de los Goldthorpe. Olivia oyó los pasos cansinos de Bertha cruzar el vestíbulo y abrir la puerta principal.

—¿Quién podrá ser? —se preguntó Lewis con un deje malévolo.

Tommy volvió la cabeza.

—Suzie, cariño, estos son los libros. —Sacó tres ejemplares de uno de los estantes inferiores; Olivia vio que eran tres volúmenes de una misma obra, con idéntica encuadernación.

—*Historia y geografía del judaísmo en Europa occidental* —leyó Suzie—. ¡Es verdad! Hace mucho tiempo que no los releo.

Sonó convincente, tanto que Olivia casi se creyó que Suzie se pasaba todo el tiempo libre leyendo. Un momento: había mencionado que quería pasar por la biblioteca de Davy, así que quizá fuese cierto. Acto seguido, calificó mentalmente esa información de irrelevante y se concentró en la tarea. El escritorio era un tópico para ocultar joyas; posiblemente tuviera un compartimento secreto, pero no solía ser muy difícil encontrarlos. Examinó con atención las librerías, aunque estaba segura de que Lewis ya las había repasado a fondo. Si sus hermanas ya habían hecho inventario de todo el contenido de la casa, cosa que no creía, Lewis probablemente querría hacer el suyo propio, porque estaba convencido de que la casa era suya.

—Me sorprende que quiera vender una casa tan hermosa —dijo Olivia, a lo que Lewis repuso:

—No es idea mía. Mis hermanas quieren venderlo todo y dividir las ganancias, aunque yo me ofrecí a comprarla.

«No al precio de mercado, claro», pensó Olivia, pero movió la cabeza, simulando sorpresa por la inexplicable testarudez de sus hermanas, al tiempo que pasaba la mirada del escritorio a las librerías. Los libros estaban alineados en la parte delantera de los estantes, no apoyados contra la pared, así que detrás de ellos había bastante espacio. Pero aquello no sería un lugar seguro para esconder nada. ¿No había dicho algo más Rachel en la sesión de espiritismo?

El sillón de cuero... no. Una mesita a su lado con un solo cajón poco profundo... tampoco. Había armarios debajo de los estantes de la pared detrás del escritorio; era un posible lugar donde buscar. O quizá algunos libros fuesen huecos...

De pronto tuvo una gran idea, una idea fantástica, y justo a tiempo: dos personas venían subiendo la escalera. El inspector Sterling, de la policía de Bonnet Park, entró en la biblioteca, seguido por otro hombre. Olivia lo identificó como policía al instante. Lewis sonrió de forma triunfal. Maldita sea, aquel no era su día.

Le había parecido tan importante ver la biblioteca por sí misma, que solo ahora se dio cuenta de que había sido una estupidez, aunque estaba segura de haber hallado el lugar donde Rachel ocultaba las joyas. Mientras se preguntaba si le sería posible pasar desapercibida, Lewis prácticamente se lanzó encima de los policías.

—Me alegro de verlos. —Lewis ensanchó su sonrisa—. Estoy encantado de que hayan venido tan deprisa. —Señaló a todos los venidos de Midnight con un gesto dramático—. Estas personas son unos timadores.

—Pero bueno... —saltó Suzie, inesperadamente—. ¿Cómo se atreve a decir una cosa así? Hemos venido a recuperar los libros de Tommy. ¿Timadores, dice? No hemos hecho nada incorrecto ni ilegal.

Si Olivia no hubiese estado tan furiosa consigo misma, se habría reído. Barry miraba fijamente a los policías.

—Siento que el señor Goldthorpe les haya hecho venir en

vano. Enviamos una carta con antelación, en la que le anunciamos nuestra visita y el motivo de la misma. Si tenía alguna objeción, el señor Goldthorpe podría haber llamado a nuestro abogado. —Barry parecía muy serio y en absoluto culpable de nada.

Olivia pensó: «Está leyendo sus mentes, siguiendo su pista». Trató de quedarse detrás de Barry; su intención era no llamar la atención ni resultar sospechosa. Era un equilibrio complicado.

Sterling se quedó desconcertado. Quizá había esperado encontrarse con culpa, bochorno y un grupo de flagrantes timadores; en cambio, allí había un grupo de enérgicos ancianos, un nieto indignado y una hermana tranquila, frente al inestable Lewis Goldthorpe. Así que hizo lo que la propia Olivia habría hecho: tratar de ganar tiempo para evaluar la situación.

—Somos los inspectores Sterling y Woodward, de la policía de Bonnet Park. ¿Y ustedes son...?

Todos se presentaron y se estrecharon las manos, todos ciudadanos honrados y sin tacha.

Sterling no tenía más remedio que seguir el procedimiento. A pesar de que Olivia, a diferencia de Barry, no podía leer mentes, sí podía decir que aquella situación confundía al inspector.

—El señor Goldthorpe tiene una queja sobre su visita —explicó—. Afirma que ninguno de estos libros fueron prestados a su padre, que murió hace ya algún tiempo. Como su madre ha fallecido hace muy poco, está especialmente sensible con los extraños que reclaman elementos de la herencia.

—Y yo estaría de acuerdo con él —dijo Tommy— si los libros que reclamo fueran valiosos. Pero estos libros sobre la fe de nuestro pueblo solo tienen valor sentimental, caballeros. Sentimental, no económico. Y ahora mismo le digo que si este hombre, Lewis Goldthorpe, me dice con sinceridad que leerá estos libros y aprenderá de ellos, no pienso interponerme en su camino. Suzie y yo estamos terriblemente ofendidos por esas acusaciones y nos iremos ahora mismo, con mis libros o sin ellos. ¿Así que ha llamado a la policía, joven? A su señor padre no le habría gustado su proceder.

A Tommy le salía bien el papel de dignidad ofendida. El grupo empezó a moverse hacia la puerta en formación cerrada. Suzie, con aspecto frágil y tembloroso, se colgó del brazo de Tommy; Barry puso su mejor expresión de resentimiento, y Olivia se esforzó por parecer invisible. Por un momento le pareció que Sterling la miraba con curiosidad. ¿La reconocería de Vespers?

Sin embargo, el policía no trató de detenerlos. Llegaron al ascensor, se metieron todos en la cabina y bajaron. Las puertas tardaron una eternidad en cerrarse, y Olivia estuvo soltando palabrotas entre dientes todo el rato.

Lewis empezó a vociferar a los detectives.

—Mala jugada, Lewis —murmuró Olivia.

Llegaron al piso de abajo y las puertas se abrieron. Bertha y su hijo no estaban por allí. Moviéndose algo más rápido de lo que deberían, considerando la sensación de dignidad herida que pretendían transmitir, salieron por la doble puerta principal mientras oían las voces de los policías, tranquilas, contrastando con el tono estridente de Lewis, que exigía que los detuviesen, los registrasen, los interrogasen y los metiesen en el talego. Finalmente salieron al exterior, al calor bochornoso.

—Vamos a calmarnos un poco —sugirió Barry—. Tommy, cójase a la barandilla, ¿de acuerdo? Suzie, deje que la ayude. —Ni Tommy ni Suzie protestaron.

Olivia se adelantó y se situó al final de los escalones, preparada para cogerlos si se caían. Sin embargo, a pesar de que ambos ancianos estaban visiblemente enojados —o puede que simplemente excitados—, no tuvieron problema para descender, y los cuatro se dirigieron hacia el coche por la gravilla. El vehículo de los policías estaba aparcado detrás del suyo.

Al abrir las puertas, una bocanada de aire caliente les dio en la cara, pero no estaban dispuestos a esperar a que el coche se refrescara. Montaron en él, Barry y Tommy delante, Suzie y Olivia detrás, y enfilaron la salida.

—Ufff... —dijo Suzie—. ¡Alguien le debería cortar las pelotas a ese cabroncete!

—Si es que tiene —añadió Tommy.

Olivia no pudo evitar reírse. Al cabo de un momento, Barry la imitó.

—Pero no averiguamos dónde están las joyas —dijo Tommy.

—Sí lo hicimos. —Olivia sonrió para sí—. Yo sé dónde están.

—¿Dónde? —preguntó Tommy—. ¡Tengo derecho a saberlo!

—Cierto, pero antes debo decírselo a Manfred. Ese fue el trato.

—¿Cómo vamos a hacernos con ellas, ahora que él sabe quiénes somos? —preguntó Suzie. De pronto, de ser un grupo de inadaptados que acababan de conocerse habían pasado a ser una banda de ladrones de joyas.

—Ya se nos ocurrirá algo —repuso Olivia.

—Después de largarnos de aquí —dijo Barry hoscamente; y todos estuvieron de acuerdo en que ya era hora de irse de Bonnet Park.

25

El reverendo estaba delante de la capilla, mirando al cielo. La tarde estaba tocando a su fin, pero el sol, implacable, seguía calentando el ambiente. Se quitó el sombrero y lo agitó en el aire; Joe no supo si era para secar el sudor de la cinta o para abanicarse un poco. El chico estaba con él y, por primera vez, parecían realmente hechos el uno para el otro. Diederik estaba detrás del reverendo, como si intentara situarse dentro de su exigua sombra, y ambos miraban la amplia bóveda azul, con los ojos entornados para protegerse del resplandor, leyendo las señales de lo que se avecinaba.

Chuy se había conectado a internet para hacer un pedido de laca de uñas, pero se acercó a mirar cuando Joe lo llamó.

—Vaya —dijo Chuy—. Deja que compruebe una cosa. —Volvió al portátil y escribió varias palabras en un buscador. Al cabo de un momento confirmó—: En efecto, la predicción es que no habrá nubes durante tres noches.

—Lo suponía —comentó Joe. Ambos pensaron en ello.

—Sin embargo —dijo Joe, pensando en voz alta por los dos—, mientras todo el mundo se quede en casa...

—Sí, pero ¿no está Manfred fuera del pueblo ahora mismo? ¿Con Olivia y dos viejos del hotel? —Chuy estaba inquieto.

—Es verdad. Aún no han vuelto.

—Será mejor que les envíe un mensaje de texto. —Chuy sacó el móvil—. ¿A los dos?

—Sí, será lo mejor.

Joe oía el débil sonido del teclado del teléfono. Comparados con el reverendo, él y Chuy eran unos ases de la tecnología. El viejo sacerdote no sabía nada de ordenadores y ni siquiera se sentía cómodo con el teléfono convencional. Si había aceptado, a desgana, ponerse un contestador automático en el de su casa fue porque no había podido hacer varios entierros de animales domésticos debido a que los desconsolados propietarios no habían podido ponerse en contacto con él.

En aquel momento, el reverendo y Diederik parecían muy a gusto en su propio mundo. Mientras Joe los observaba, el anciano miró al chico y le dijo unas palabras con expresión grave. El chico asintió, entre nervioso y excitado. Joe se percató de que ya era más alto que el día anterior. Parecía tener la edad de Dillon, el estudiante que hacía de camarero en el Home Cookin.

Eso le hizo pensar a Joe en la familia del Home Cookin.

—Chuy, tengo que hablar con Teacher y Madonna.

—Claro. Estoy ansioso de tener noticias de nuestros viajeros. Eh, llévate a Rasta, necesita hacer ejercicio.

Joe le puso la correa y el perrito se puso a dar saltos, ansioso por salir a pasear. La acera estaba demasiado caliente para las patas de Rasta, así que Joe lo llevó en brazos casi todo el camino, pero lo dejó en el suelo en una franja de tierra entre la acera y la calzada, donde Rasta tuvo unos momentos de felicidad olisqueando y meando antes de continuar.

Nada más abrir la puerta de cristal, Joe pensó que no recordaba haber entrado nunca dos días seguidos en Gas N Go. Teacher estaba devolviéndole el cambio a un cliente que había puesto gasolina. Después de que este se marchara en su camioneta, Teacher comentó:

—¡Qué honor! ¿Cómo estás, Joe?

—Hoy vas a tener que cerrar pronto.

—¿Qué dices?

—Cierra antes de que oscurezca, vete a casa, comprueba que Madonna y Grady estén contigo, cierra las puertas con llave y no salgas. Esta noche y las dos próximas.

—¿Qué problema hay? —Teacher no se sorprendió tanto como el año anterior, y no discutió.

—¿Lo harás? —quiso confirmar Joe.

—Claro que lo haré. ¿Saco el rifle también?

—Si no sales, no lo necesitarás. ¿Se lo dirás tú mismo a Madonna o quieres que me acerque al restaurante?

—Se lo tomará mejor si eres tú quien se lo dice.

Joe pensó que era un comentario extraño ya que, hasta donde él sabía, el matrimonio de Madonna y Teacher era muy afectuoso, pero no iba a cuestionar a Teacher. Asintió y se marchó. Cruzó la calle hacia el hotel y luego caminó en dirección al restaurante, aprovechando otra extensión de sombra para dejar que Rasta hiciese un poco de ejercicio. Madonna y Dillon estaban conversando sobre las características de una buena barbacoa, una discusión que, especialmente en Texas, podía durar eternamente. Madonna estaba sentada en uno de los taburetes, troceando tomates de manera relajada, y Dillon estaba limpiando las fundas de plástico de los menús.

Ambos volvieron la cabeza hacia la puerta cuando sonó la campanilla, y Madonna miró hacia uno de los reservados, donde Grady estaba tumbado, durmiendo. Dillon, siempre contento de ver a un cliente, sonrió con una expresión de leve asombro, porque aún no eran ni las cinco de la tarde.

—Hola, señor Joe. ¿Quiere una mesa? ¿O prefiere sentarse aquí, con nosotros? Puedo servirle un té frío.

Joe negó con la cabeza. Madonna puso el cuchillo en la mesa y se limpió las manos en el delantal.

—¿Quieres que te prepare algo para llevar a casa para la

cena? El rosbif aún no está preparado, pero puedo improvisar alguna cosa.

—No, gracias. ¿A qué hora cierras últimamente? —preguntó Joe.

—Sobre las ocho; a veces se hacen las ocho y media. De vez en cuando hay alguien que se entretiene hasta esa hora.

—Esta noche cierra antes. Por favor.

—¿Qué pasa, vendrá el Ku Klux Klan a quemar una cruz? —Mostró la dentadura con una sonrisa para indicarle al chico, Dillon, que estaba bromeando. Solo un poco. Como Joe no le devolvió la sonrisa, se puso seria—. ¿Hablas en serio, Joe?

—Sí. Ya se lo he dicho a Teacher.

Madonna le echó un vistazo a su hijo dormido.

—De acuerdo —dijo, asintiendo—. Cerraré a las siete y media.

Joe respiró aliviado de que no le hiciese más preguntas.

—Es una buena hora —contestó. El sol no se ponía hasta las ocho y media, más o menos, pero siempre era mejor pasarse que no llegar—. Dillon, tú has venido en coche, ¿verdad? —El muchacho lo miró con cara de perplejidad. «Claro», pensó Joe, «es un chico de pueblo. Lo más probable es que empezara a conducir a los trece». Joe recordó que Dillon había ahorrado para comprarse un Chevy todoterreno de segunda mano, y que lo mantenía todo lo limpio y brillante que podía estar un vehículo en la polvorienta Texas—. Claro que sí, en qué estaría yo pensando —dijo con una sonrisa de disculpa—. Cuando el restaurante cierre, vuelve directamente a casa. —El rancho Braithwaite se encontraba a quince kilómetros al sur de Midnight.

El chico pareció querer preguntar mil cosas, pero Joe sabía que, si respondía a una de ellas, le tendría allí otros diez minutos, así que había preparado una historia verosímil.

—Un cliente de la tienda me ha dicho que vio un puma en

su propiedad, a las afueras del pueblo. Dijo que estaba herido y que podría ser que atacara a las personas. Por lo tanto, tenemos que tomar precauciones serias hasta que lo atrapen.

Dillon pareció quedarse tranquilo con aquello. Para evitar más preguntas, Joe hizo un gesto de asentimiento hacia ambos y se fue. Una vez fuera, dudó un momento, tomó a Rasta y le rascó la cabecita. El perrito estaba jadeando, pero contento de haber salido a pasear con su humano.

—¿Y qué hacemos ahora? —dijo Joe, mirándolo. Justo estaba pensando en Fiji cuando oyó que lo llamaba. Miró más allá de ella y vio que Snuggly estaba sentado al borde de su jardín, vigilante.

Cuando Fiji se acercó, Joe vio que tenía el rostro demudado por la tensión. Llevaba una falda vaquera corta y una camiseta de tirantes.

—Esta noche va a suceder algo —dijo con ansiedad.

—Lo sé. Acabo de decirles a Madonna y Teacher que se retiren pronto, y te iba a llamar a ti.

—Me he acercado a la capilla a llevarles unas galletas al reverendo y Diederik. El reverendo no ha querido abrir la puerta, pero sé que estaban dentro. Solo tienen un ventilador de techo, sin aire acondicionado. Y tuve un escalofrío.

—Menos mal que te fías de tus sensaciones —dijo Joe con una sonrisa de aprobación.

Fiji trató de sonreír a su vez.

—Esta noche le va a pasar algo al chico. Estoy segura. Ha crecido mucho, y es tan distinto de los otros chicos... No sé lo que será, pero sí sé que después ya no será el mismo.

Joe asintió.

—No olvides decírselo a tu gato. —Joe había dejado el perro en el suelo y Rasta estaba dando saltitos alrededor de Fiji, excitado por el olor a gato en sus piernas y zapatos.

—Snuggly ya lo sabe. Me ha pedido que le ponga una caja de arena para esta noche; normalmente sale fuera.

—Nosotros vamos a sacar a Rasta en el último momento y luego lo encerraremos en casa. Recuerda, Fiji: sé que eres una mujer fuerte y poderosa, pero no salgas a recoger hierbas para la cena o a lanzar un conjuro a la luz de la luna.

—¿Es que te doy la impresión de ser una atolondrada? —Fiji movió la cabeza—. Descuida, te prometo que no intentaré rescatar a nadie. ¿Has hablado ya con Bobo?

Joe negó con la cabeza.

—Eso te lo dejo a ti, si tienes tiempo. Tengo que llevar a Rasta a casa; hace demasiado calor para él, con todo ese pelo.

—De acuerdo, me pasaré a ver a Bobo. Manfred y Olivia han estado fuera hoy, ¿verdad? ¿Les has enviado un mensaje?

—Ya lo saben —le aseguró Joe.

—Adiós, pues. Y gracias. Cuídate, Joe. —Miró a uno y otro lado, cruzó la intersección en diagonal, subió por los escalones de la tienda de empeños y entró por la vieja puerta.

El interior estaba oscuro, como casi siempre. Fiji se detuvo para que sus ojos se acostumbrasen.

—¡Hola, Feej! —gritó Bobo desde la trastienda, que era mucho mayor de lo que parecía desde fuera.

Fiji empezó a andar hacia allí, a tientas. Cuando llegó, ya podía ver.

Bobo estaba examinando un chaleco. Lo había extendido sobre una antigua mesa con patas labradas, que probablemente debería haber estado en la tienda de antigüedades de Joe en lugar de allí. Eso pasaba de vez en cuando.

—¿Es de cuero? —preguntó.

—Desde luego. Pero no sé de qué cuero se trata. Me refiero a que no sé de qué animal procede. Podría ser cualquiera.

—¿Incluso una persona? —Fiji arrugó la nariz.

—Supongo que sí. —A Bobo, la idea le pareció algo divertida—. Pero es muy bonito, así que espero que no. Quizá Lemuel pueda averiguarlo cuando vuelva.

—No quiero ni pensar en ello. Escucha, Bobo, he recibido un aviso de Joe.

—¿De Joe? —Esto logró captar su atención plena.

—Dice que esta noche, después de que oscurezca, nos quedemos en casa, pase lo que pase.

Bobo frunció el ceño.

—¿No te dijo por qué?

—No, pero tiene que ver con Diederik y el reverendo.

—¿Y qué hay de Manfred? Su coche no ha estado aquí en todo el día.

—Joe le envió un mensaje de texto. Supongo que está bien. Espero que se encuentre cerca.

—Quizá esté con Olivia; tampoco la he visto en todo el día, y creo que su coche tampoco está.

—Sí, fueron juntos a alguna parte, con un par de viejos del hotel. Y con el tipo joven.

—Qué raro. No parece propio de Manfred, ni de Olivia.

—Ya. Quizá ya le han contestado a Joe, pero a lo mejor le envío yo misma un mensaje a Manfred, aunque solo sea por tranquilizarme.

Finalmente, Manfred y Olivia estuvieron de regreso una hora y media más tarde, después de invitar a Suzie y Tommy a una suculenta merienda en una heladería. Mientras Manfred dejaba a Barry, Olivia acompañó a los otros dos al hotel.

Manfred había vuelto a Davy a recoger ropa de la tintorería, y había decidido pasar con el coche por la oficina de Magdalena Orta Powell, por pura curiosidad. La acera de delante no era de oro y la puerta no tenía incrustaciones de piedras preciosas. También compró comida mexicana para la cena; le apetecía llegar a casa y calentarla. Aunque eso hizo que se demorase más de lo que había previsto, estaba en casa con tiempo de sobra antes del toque de queda aconsejable.

Respondió al mensaje de Fiji en cuanto estuvo solo y tuvo un poco de tiempo.

—Ya estoy aquí —dijo cuando ella descolgó—. Mucho antes de que oscurezca.

Fiji estaba mirando por la ventana de delante. Llevaba así, mirando, desde que había hablado con Joe.

—¿Qué estás haciendo? —preguntó.

—Sirviéndome un refresco. ¿Por qué?

—El sheriff está aparcando en tu puerta.

—¡Oh, Dios...! —Manfred ya había soportado toda la tensión que era capaz de soportar en un día.

—Si me necesitas, llámame —dijo Fiji, y colgó, pero se quedó preocupada y se puso a pasearse por la tienda. Oyó que la portilla del gato de la cocina emitía su inconfundible ruido, y Snuggly se sentó a su lado.

—¿Van a arrestarle? —preguntó el gato, con un leve deje de curiosidad.

—Espero que no.

26

Unos cinco minutos antes de que Arthur Smith llegase a casa de Manfred, Joe le dijo a Chuy que se iba a correr un rato. No había salido desde que se había lastimado el tobillo, pero estaba tan inquieto a la espera de esa noche que no podía quedarse ni un segundo más en casa. Chuy miró el reloj, dubitativo.

—Has avisado a todo el mundo en el pueblo. ¿De verdad quieres arriesgarte tú?

—Sé a qué hora oscurece hoy —repuso Joe con impaciencia—. Sabes que lo máximo que puedo correr son cincuenta minutos. Así que no te preocupes, regresaré a tiempo.

Chuy le clavó la mirada.

—De acuerdo, pero nada de tonterías. Vuelve a casa a tiempo y no castigues demasiado ese tobillo.

—Señor, sí, señor —bromeó Joe, y fue a cambiarse y ponerse la ropa de deporte.

Al cabo de diez minutos, después de haber hecho unos estiramientos, empezó a correr. Durante los primeros minutos estuvo rumiando sobre el hecho de que había sido poco amable con Chuy, y se prometió compensarle cuando volviera. Luego estaba lo de que no tuviese sombra, porque estaba corriendo al final de la tarde, lo cual no dejaba de ser fascinante. Estaba acostumbrado a ver cómo su sombra le precedía, y continuamente sentía la tentación de mirar hacia atrás para asegurarse de que le seguía. Se dijo que era una bobada y siguió dando zancadas con decisión. Estaba contento por volver a correr; le había costado dejarlo por culpa del tobillo. Que, por cierto, estaba volviendo a palpitar.

Al principio trató de ignorar la molestia cada vez que apoyaba el pie en el pavimento. Luego la admitió, pero siguió corriendo, porque regresar significaría que era un inconsciente. Después reconoció que había dejado que su ansia le llevase a cometer una imprudencia.

Y al final volvió a caerse.

Estuvo en el suelo varios minutos. El tobillo le dolía más que la primera vez, que ya había sido mucho. Pero esto era terrible. Se preguntó si, por fin en su prolongada existencia, se había roto un hueso.

Cuando logró recobrar la presencia de ánimo y el dolor se redujo ligeramente, trató de ponerse de pie y fracasó.

Miró el reloj y empezó a arrastrarse de vuelta a Midnight.

Al cabo de diez minutos tuvo que reconocer que no iba a llegar a tiempo. Si no se producía una intervención del destino, estaría herido e inválido, sin ningún sitio donde esconderse cerca de Midnight cuando cayese la oscuridad.

Chuy podía aparecer en cualquier momento con el Suburban, pero no era seguro. Chuy esperaría hasta el último minuto, para no parecer un sargento de instrucción, como había bromeado Joe. No es que Chuy fuese excesivamente tiquismiquis, y, además, conocía muy bien a Joe; esperaría.

Joe pensó en vano si había alguna posible solución, aparte de la que se le acababa de ocurrir. Así pues, iba a tener que romper una promesa, y eso le hacía sufrir. Pero, junto con el sufrimiento y la culpa, sintió una oleada de excitación, y supo que se preparaba para la gloria.

Se sentó erguido y dejó que su otra naturaleza fluyera en

su interior y lo llenase. Fue más. Fue mucho más. Y sus alas se abrieron, blancas, resplandecientes e indescriptiblemente bellas. La oleada de felicidad que lo embargó lo dejó sin aliento, y ordenó a las alas que se moviesen.

Se elevó en el aire, casi dando un grito por la increíble sensación, y se encontró volando. Con cada aleteo flexionaba unos músculos de su espalda que hacía años que no utilizaba. No volaban ni siquiera en Halloween, cuando él y Chuy dejaban asomar las alas para la fiesta de Fiji, porque se habían prometido mutuamente que no lo harían. Ahora él estaba rompiendo la promesa y pagaría por ello, pero aquel instante era sublime. Joe describió círculos por encima de Midnight, mirando hacia abajo una y otra vez, y entonces vio a su amado salir a la acera en la penumbra cada vez mayor y mirar nerviosamente hacia el oeste. Con reticencia, supo que tenía que tomar tierra, y descendió detrás de la tienda.

Chuy debió de verlo de reojo cuando pasaba por encima de él, porque se acercó rápidamente, mirándolo con expresión de angustia. Vio a Joe tumbado en el suelo, quejándose, y se precipitó a ayudarle. Con esfuerzo, logró ponerlo en pie y, de algún modo, consiguieron subir la escalera exterior del apartamento mientras Midnight quedaba sumido en las tinieblas. A medio camino tuvieron que hacer una pausa para tomar un respiro; en ese momento, en la oscuridad cercana se oyó una especie de resoplido de algún animal de gran tamaño. Sin decir palabra, recorrieron el resto de los escalones con una velocidad de la que no se habrían creído capaces, entraron atropelladamente y cerraron la puerta con llave y cerrojo.

En ese momento, la única luz que quedaba era la de la luna llena.

27

—Rachel Goldthorpe fue asesinada —le decía el sheriff Smith a Manfred, en el mismo momento en que Joe se estaba poniendo la ropa de deporte. Manfred se sentó de golpe.

—¿Seguro? ¿Cómo?

—El examen toxicológico demuestra que tomó seis veces la dosis normal de su medicina para la presión sanguínea. Es casi seguro que no lo hizo a propósito; estaba disuelta en la botella de agua que llevaba.

—Bebió de ella delante de mí.

—Así es; fue ese detalle que usted reveló a la policía de Bonnet Park lo que les instó a buscar la botella. Al parecer, mientras usted intentaba atender a Rachel, la botella cayó de la mesa y rodó debajo del sofá. Un policía la encontró. El médico dice que desde el primer momento sospechó que se trataba de una sobredosis, y ahora se ha confirmado.

—Rachel dijo que el bolso se le había caído en el vestíbulo —explicó Manfred— y que algunas personas la habían ayudado a recoger sus cosas y volver a ponerlas en el bolso. Supongo —añadió conteniendo la respiración— que alguien podría haberle cambiado la botella en ese momento.

—No parece muy probable —contestó Smith, y Manfred respiró de nuevo—. Si alguien hubiese querido envenenarla, eso habría exigido tener mucha información de antemano: la clase de botella, con sus adhesivos de mariposas, el tipo de medicina que le habían recetado, la dosis que resultaría mortal...

—¿Qué medicina tomaba?

—El forense dice que la sobredosis fue de Cardizem.

—¿Y cuáles son exactamente sus efectos?

—Era su medicación para la hipertensión.

—Pero no la tomaría de esa forma, machacando las pastillas y disolviéndolas en agua. ¿Quién se tomaría una pastilla así?

—Algunas personas enfermas, sobre todo mayores, pueden olvidar que ya han tomado su dosis diaria y tomarse otra. Y puede pasar que, después de hacer eso, se vuelvan a olvidar. Pero Rachel no solo era comparativamente demasiado joven y lúcida para cometer ese error: las pastillas habían sido molidas. Sus hijas dijeron a la policía de Bonnet Park que no tenía problemas para tragar pastillas de la forma normal, así que la conclusión es que la asesinaron. Entre lo que se había tomado y lo que quedaba en la botella debía de haber unas diez dosis; suficiente para matarla.

—¿Se tomó una dosis así de grande aquella mañana?

—Así es. En algún momento de aquella mañana, Rachel Goldthorpe se había tomado al menos seis veces la dosis normal de un día de Cardizem. En consecuencia, sufrió un *shock* y murió.

—¿Podría la dosis normal haber tenido un efecto inesperado en ella porque estaba enferma?

—Fue una sobredosis deliberada. —Arthur Smith lo dijo con rotundidad.

—Me niego a creer que alguien quisiera matar a Rachel; sobre todo porque, por lo visto, quien lo hiciera tenía que haber sido alguien que la conociese muy bien. —Manfred negó con la cabeza—. Ella nunca se habría suicidado.

—Parece bastante seguro.

—Era una persona muy coherente —dijo Manfred. Era un alivio contarle todo esto al sheriff; hasta ese momento no era consciente de cuánto necesitaba hablar de Rachel—. Como ya le he explicado, no se sentía bien; estaba muy enferma. Y tenía aspecto de estarlo. Pero mentalmente estaba completamente lúcida. Lo único que le preocupaba era su hijo.

—Que sigue sosteniendo que usted le robó las joyas.

—Pero no lo hice. Por Dios, ¿qué iba yo a hacer con ellas? Quizá no le parezca admirable lo que hago para ganarme la vida, pero no soy ningún ladrón.

—Hummm —murmuró Smith—. Muchas personas dirían que utiliza medios fraudulentos para sacarles dinero, que miente al decir que puede predecir el futuro o aconsejar a sus clientes sobre la forma de mejorar sus vidas.

—Podría discutir eso con usted, pero no voy a hacerlo. Nunca cobraría con joyas, ni con acciones, ni con nada que no fuese dinero por mis servicios. Soy un hombre honrado. —Manfred, que había ocupado el asiento del escritorio curvo mientras Arthur se sentaba en el otro asiento, se levantó para mirar hacia el exterior—. Llega el crepúsculo. El ocaso. El anochecer.

—¿Intenta vaticinar alguna cosa? —preguntó Arthur, en tono divertido.

—No quiero parecer maleducado, pero tiene que irse enseguida. Esta noche, este pueblo no es seguro. —Se volvió y miró al sheriff—. No me haga preguntas, pues no tengo respuestas. Ya sabe que Midnight es un lugar extraño, con sus propias reglas. Esta no es una buena noche para estar aquí. ¿Le importa que sigamos con esta conversación mañana? Si quiere, puedo acercarme a Davy.

—¿Habla en serio? —El sheriff se puso a su lado junto a la ventana y miró hacia el exterior, curioso, pero no vio más que oscuridad creciente—. No veo a la Yakuza acercarse por la calle, ni a un lagarto gigante.

—Sheriff, le digo que esta no es una noche apropiada para hacer bromas.

La inquietud de Manfred finalmente tuvo su efecto.

—¿Quién le ha dicho eso? ¿Qué peligro hay?

—Una fuente muy fiable. Y aún no sé cuál es el peligro: solo sé que se aproxima.

—Si en la calle va a haber algo tan peligroso, a lo mejor lo que debería hacer es pedir refuerzos, ¿no?

—Eso solo serviría para ponerlos también en peligro —dijo Manfred. No estaba seguro de cómo sabía eso, pero lo sabía.

Hubo un ruido sordo en el exterior y ambos hombres volvieron a mirar por la ventana. Era el reverendo, que pasaba llevando una vaca de una cuerda atada al cuello. La vaca no parecía contenta.

—¿Qué demonios es eso? ¿Qué hace el reverendo con una vaca?

—Adiós, sheriff —dijo Manfred, con la esperanza de que eso bastase.

—De acuerdo, me iré, pero solo porque me lo pide —repuso con una sonrisa que indicaba que su intención era tranquilizar a Manfred.

—De acuerdo, nos vemos mañana. Vaya directo al coche. —Trató de sonar tranquilo y abrió la puerta de la casa. Si hubiese podido, habría llevado a Arthur en volandas hasta el coche. En cuanto el sheriff cruzó el umbral, Manfred entornó la puerta y lo vio alejarse por una rendija. El sheriff desbloqueó las puertas con el mando a distancia mientras se acercaba al coche. Luego subió y Manfred oyó el leve sonido que indicaba que las puertas se habían bloqueado automáticamente.

Con un suspiro de alivio, cerró la puerta con llave y echó las cortinas. Fue hacia la cocina para calentar su cena mexicana en el mismo momento, aproximadamente, en que Joe tomaba tierra detrás de la Galería de Antigüedades y Salón de

Manicura. La oscuridad era ya tanta como era posible en aquella noche de luna llena.

Manfred no volvió a mirar hacia fuera, ni siquiera cuando, una hora más tarde, oyó una especie de bramido. Pensó que su origen era cercano, quizá al otro lado de la carretera, y que sonaba como un animal aterrorizado. Pero solo levantó la vista un momento del libro y siguió leyendo con las mandíbulas apretadas. Mucho más tarde, en plena noche, se despertó. A pesar del aire acondicionado en la sala, que refrescaba toda la casa, se había destapado. Se sentó y buscó el extremo de la sábana para volver a cubrirse. Mientras rebuscaba, oyó pasar alguna cosa por el exterior de la casa; algo grande que emitió un extraño ruido, como de tos. Cerró los ojos y rezó, y lo que fuera pasó de largo. Se cubrió hasta la cabeza con la sábana de percal, como un niño.

Fuera lo que fuese lo que se había paseado alrededor de su casa, parecía moverse en dirección a la tienda de empeños.

En su apartamento del sótano, con ventanas al nivel del suelo, Olivia vio las garras pasar por el exterior. Tenía todas las luces apagadas; así se sentía más segura.

Encima de la Galería de Antigüedades y Salón de Manicura, Joe y Chuy miraban hacia fuera por las ventanas de delante. Estaban en silencio la mayor parte del tiempo. El tobillo de Joe dolía, pero estaba vendado, y había tomado unos analgésicos. Estaba todo lo cómodo que podía estarlo aquella noche. Habían acercado unas sillas y una mesita para poner las copas de vino, y Chuy le había traído a Joe un taburete bajo para reposar el tobillo.

Se quedaron sentados allí toda la noche, montando guardia a su manera, así que vieron todo lo que sucedió.

—Al menos otra noche, quizá dos —dijo Chuy, cuando ya la oscuridad empezaba a aclararse—. ¿Crees que podremos hacer esto dos noches más?

—Tendremos que hacerlo, siendo el chico tan joven. —Joe negó con la cabeza—. Cariño, tú puedes dormir si quieres; basta con que esté despierto uno de nosotros. El tobillo no me dejaría dormir de todos modos.

—No voy a dejar que vigiles tú solo —repuso Chuy.

Joe respondió cogiendo la mano de Chuy.

Encima de la tienda de empeños, Bobo Winthrop trataba de dormir sin conseguirlo. Había muchas cosas que le inquietaban. La primera, el hecho de que la tienda de empeños estuviese cerrada de noche durante la ausencia de Lemuel. Algunas veces Olivia podía encargarse del turno, otras no. Cuando un negocio no abría con un horario regular, los clientes dejaban de ir; y los clientes nocturnos eran los más rentables. ¿Qué pasaría si no podía mantener el negocio abierto? Se dio la vuelta para probar una nueva posición, pero su cerebro se negó a desconectar.

Suponía que Lemuel y Olivia podrían encontrar otro sitio donde vivir. Quizá Lemuel querría comprarle otra vez el negocio. Pero Bobo no quería irse de Midnight; le gustaba el pueblo, la región y Texas en general. Vivir allí tenía muchas ventajas: Fiji vivía al otro lado de la calle, así que podía verla con frecuencia; Manfred vivía en la casa de al lado; Joe y Chuy un poco más allá... Y estaba el restaurante Home Cookin, donde había pasado muchos buenos ratos comiendo y charlando.

En realidad, los meses anteriores habían sido una Edad de Oro. En cambio, ahora ya no entraba dinero, Manfred tenía problemas con la ley y había esa cosa grande y mala que los tenía atrapados en casa durante la noche. Por supuesto que se había dado cuenta de que había luna. Durante las dos noches siguientes, la luna estaría tan próxima a ser luna llena que no habría diferencia. Se preguntó si iba a tener que quedarse encerrado todo el tiempo o si podría arreglárselas para quedarse despierto la mayor parte de la noche para atender a los clientes que venían durante esa fase de la luna. Era Lemuel quien solía atenderlos, pero hacía semanas que no tenía noticias de él. Claro que quizá esos clientes corrían un excesivo peligro. ¿Qué es lo que hacía que esta luna llena fuese más peligrosa? Volvió a preocuparse por la tienda.

Lo peor de las noches de insomnio era la sensación de estar corriendo en una rueda de hámster, al menos mentalmente. Siempre, todo el tiempo, los mismos pensamientos... Siguió dando vueltas en la cama durante otra media hora, hasta que finalmente se durmió.

Los Reed bajaron todas las persianas de la caravana, se aseguraron de que las puertas y ventanas estuviesen bien cerradas y sacaron las armas, cargadas y listas para usar. Antes de ponerlo a dormir, Madonna abrazó largamente a Grady; luego dejó abierta la puerta de su habitación para poder oír hasta el menor ruido. Tampoco encendieron el televisor, cosa que les resultó difícil. Madonna consultó su Facebook y miró páginas web de recetas, y Teacher leyó revistas atrasadas de mecánica. A medianoche se habían relajado lo bastante como para meterse en la cama a dormir.

En el hotel Midnight, cada uno en su suite, Suzie y Tommy, agotados, durmieron como lirones, levantándose solo para ir al baño o beber un poco de agua. Un poco más allá, en su habitación, Mamie había tenido que tomar analgésicos para la cadera y estaba roncando en su cama. Shorty

Horowitz dormía de forma intermitente, con sueños confusos ambientados en su pintoresco pasado. Su nieto, en una habitación del piso de arriba, estaba inquieto por tener que pasar otra noche en Texas, y preocupado por encontrar un sitio donde su abuelo pudiera establecerse; ojalá tuviese un hermano con quien compartir la carga. Barry dormía con plata alrededor del cuello y las muñecas.

Lenore Whitefield también estaba exhausta. Se durmió en cuanto puso la cabeza en la almohada. Su marido se quedó despierto, mirando porno en el portátil sin que Lenore lo supiese —si lo hubiera sabido, le habría dado con el portátil en la cabeza.

Los dos contratistas estaban en sus respectivas habitaciones del piso de arriba, enfrentándose en un videojuego, algo perfectamente normal. No prestaban atención al pueblo, y no supieron que, de haber salido fuera aquella noche, era posible que los hubiesen devorado.

28

Manfred tuvo que dejar su trabajo durante el día siguiente para cumplir su promesa de ir a Davy a ver a Arthur Smith. A pesar de que, por dentro, se quejaba de no poder atender el trabajo, y sabía que tenía que pedir más explicaciones a Barry y Olivia sobre lo sucedido en casa de los Goldthorpe (aún no había tenido ocasión de conocer todos los datos), estaba ansioso por saber qué le iba a contar Arthur. Davy parecía toda una ciudad si se lo comparaba con Midnight. Aunque solo estaba a unos minutos en coche hacia el norte, en Davy había numerosos restaurantes y comercios, y también era la sede del condado, lo que se traducía en una acumulación de abogados en los alrededores del tribunal de justicia. Asimismo, Davy tenía un pequeño río donde se podía practicar el *rafting* y el remo en canoa, de manera que los turistas abundaban durante el verano y principios de otoño.

La oficina del sheriff, la cárcel y los tribunales estaban en el mismo edificio; el servicio de ambulancias estaba a una manzana de distancia, y los bomberos en la manzana siguiente. Manfred esperaba que todos aquellos servicios de emergencias y orden público estuviesen muy ocupados, pero no era así. No había fuegos, ni nadie que necesitase ser rescatado. La oficina del sheriff parecía igualmente tranquila. La cárcel tenía una entrada independiente en el otro lado del edificio, así que Manfred ni siquiera tuvo que compartir aparcamiento con los visitantes; no le apetecía comprobar si en el lado de la cárcel había más animación. Las celdas, así como las jaulas, le provocaban una especie de fobia enfermiza; no había ido al zoológico desde su primera visita al zoo de Memphis, con su clase del colegio.

El vestíbulo de la oficina del sheriff estaba impecable, gracias a la labor de un preso que lo estaba fregando con vigor. Otro estaba limpiando el polvo de las hojas de una planta de gran tamaño situada junto a la puerta. Ambos llevaban los tradicionales monos de color naranja.

Detrás de un escritorio había una agente uniformada. Manfred se desanimó al reconocer a la agente Gomez, que ya había estado en Midnight y se había mostrado muy poco comprensiva. Miró a Manfred con ceño y su gesto se endureció; al parecer le había reconocido. O quizá simplemente odiaba a los hombres menudos con piercings en la cara.

—Agente Gomez, encantado de verla. Espero que se encuentre bien. —Manfred ni siquiera intentó sonreír, pero al menos logró parecer cortés.

Arthur Smith salió por una puerta abierta detrás de Gomez justo a tiempo para oírla decir:

—Vale, capullo, ¿qué quieres?

Hubo un momento de silencio que habría podido calificarse de significativo. Manfred contuvo las ganas de sonreír. Gomez fue consciente de que había alguien a su espalda. Arthur puso mala cara. El preso que fregaba se rio burlonamente y el que limpiaba el polvo reprimió una sonrisa.

—Agente Gomez —dijo el sheriff con voz tranquila y suave.

—Señor —respondió ella sin atreverse a volver la cabeza. Mantuvo los ojos fijos en el teléfono del escritorio.

—Después de que hable con el señor Bernardo (contribuyente y ciudadano de este condado, que nunca ha sido acusado, y mucho menos condenado, de ningún delito), usted y yo mantendremos una conversación. ¿Ha quedado claro?

—Sí, señor.

Manfred observó la reacción de Gomez: no alzaba la mirada porque no quería encontrarse con la de Manfred. Temía que fuese triunfante, o maliciosa.

«No mucho —pensó él sonriendo mentalmente—. Apenas nada.»

—Por favor, pase a mi oficina, Manfred —dijo Smith con voz casi normal.

—Gracias; me alegro de verle. —Manfred intentó que su saludo sonara indiferente.

Una vez en el modesto despacho del sheriff, con la puerta ya cerrada, este preguntó:

—¿De qué iba eso? ¿Gomez se ha comportado de ese modo antes?

—Pues sí. No le gusta demasiado Midnight. Una vez respondió a una queja nuestra por unas motocicletas que armaban follón en las calles y, básicamente, nos envió al cuerno.

—Eso no me lo había contado.

—Al final acudió de mala gana y las motos se fueron en cuanto vieron acercarse el coche patrulla. Creo que comentarle a usted la actitud de la agente nos habría dejado como unos chivatos. Además, Fiji amenazó a Gomez con su gato.

—Me habría gustado verlo. —Smith sonrió.

—También pensamos que, a lo peor, la próxima vez que llamásemos también nos atendería Gomez, así que preferimos llevarnos lo mejor posible.

—Lo lamento. Mis agentes deben comportarse correctamente, es su obligación.

Manfred se encogió de hombros.

—Los polis son personas, con sus gustos y sus antipatías. Lo ideal sería que la agente Gomez fuese simpática y respetuosa; pero, mientras cumpla con su trabajo, no se necesita más. —Esta frase hizo sentir a Manfred noble y sorprendentemente adulto.

—No parece que aquel día cumpliese con su trabajo adecuadamente.

—Eso se lo tendrá que preguntar a ella.

—Lo haré, descuide. —Smith asintió enérgicamente, como si diese por cerrado el asunto.

—Bien —dijo Manfred en tono agradable—, anoche me contó cómo había muerto Rachel, pero no me aclaró una pregunta.

—Adelante.

—¿La dosis habría sido fatal si ella no hubiese estado enferma?

—Sí, probablemente. No he leído el informe de la autopsia ni he hablado con el forense, pero es lo que dicen los policías de Bonnet Park.

—Entonces ¿lo que sufrió fue un episodio mortal de hipotensión aguda?

—Así es, en esencia. —Cogió unos papeles del escritorio y volvió a dejarlos—. Lo importante para usted es que, a menos que el metabolismo de Rachel Goldthorpe estuviera muy alterado, la medicina la ingirió antes de llegar a su habitación; entre cuarenta y cinco minutos y una hora antes, aunque pudo ser un poco más tarde.

Manfred sintió una oleada de alivio.

—¿Cómo lo sabe? —preguntó.

—Porque murió menos de quince minutos después de llegar a su habitación. Según el toxicólogo, hay una certeza casi total de que la ingirió antes.

—Entonces, estoy libre de la sospecha de haber disuelto pastillas en su botella de agua, pero aún no del robo de sus joyas.

—Si nos basamos en las palabras de Lewis, no. —Smith se

reclinó en el asiento, que crujió, y ambos reflexionaron unos momentos.

En el exterior se oyeron pasos, sonó un teléfono, se oyeron voces en una conversación, un hombre se rio como si le hubiesen contado el mejor chiste de la historia. Manfred tuvo la sensación de que la vida fluía a su alrededor, de que estaban en una isla en mitad de un río, una sensación curiosamente reconfortante.

—¿Debo preocuparme por lo de las joyas? —inquirió Manfred.

El sheriff alzó las manos.

—Lewis actúa de una forma tan irracional que la policía de Bonnet Park no lo soporta; pero tienen la obligación de tomarse en serio lo que diga. Y las joyas no están en la casa; concretamente, faltan seis piezas. Están aseguradas por una cantidad bastante respetable.

—Como declaré a los policías, Rachel me dijo que había ocultado las joyas para que Lewis no las encontrase.

—Pero él asegura que las llevaba en el bolso y que usted se las robó cuando murió. Es su palabra contra la de él.

—Pero registraron la habitación, mi equipaje, su bolso y hasta el cadáver de la pobre mujer.

Arthur hizo un gesto tranquilizador.

—Mientras no aparezcan, yo me preocuparía. Es una pena que no tenga una grabación de la señora Goldthorpe diciendo esas palabras. —Se puso de pie—. Bien, Manfred, acaban de traer a un sospechoso de los atracos a las tiendas y tengo que interrogarlo.

—Gracias por las buenas noticias. —Aunque no eran lo bastante buenas. Manfred esperaba que su conversación con Olivia y Barry fuera productiva. Tenía ganas de sentirse libre otra vez.

29

Para sorpresa de Manfred, cuando volvió de Davy le estaba esperando una persona, y estaba furiosa. Magdalena Powell aparcó su coche en el mismo momento en que él se apeaba del suyo y Olivia salía por la puerta lateral de la tienda de empeños para cruzar la reseca extensión de césped de delante.

Magdalena prácticamente se abalanzó sobre él:

—¡Falsificó mi membrete para enviar una carta falsa! ¡No lo niegue! Estoy pensando en demandarle por ello. Cuando acabe con usted, no podrá salir de la cárcel en la vida.

—Hola, señora Powell —dijo Manfred con impostada calma—. Antes de que se enfade más, deje que le explique las circunstancias.

—Señora Powell —intervino Olivia con una voz tan encantadora que Manfred la miró boquiabierto—, no fue Manfred. Fui yo.

Era difícil decir quién se quedó más atónito por la confesión de Olivia.

—¿Y usted quién es?

—Olivia Charity, la vecina de Manfred. He estado muy preocupada por él. En mi deseo de sacarlo de la terrible situación en que está metido, reconozco que me excedí. Pero cuando oiga el resultado de mi maniobra, creo que me perdonará. Únicamente pensé en el bienestar de Manfred. —Y lo miró con intención, dándole a entender que ahora era su turno.

Él se esforzó en cerrar la boca y dijo, aturdido:

—Pase, por favor. Tenemos que hablar.

—Desde luego —repuso Magdalena, aunque su tono había cambiado. Se dirigió con gesto indignado a la casa cuando Manfred se apartó. Él miró a Olivia con expresión interrogativa; ella se limitó a sonreír. Magdalena se dio la vuelta en la puerta y el momento terminó.

—Por favor, pase y siéntese —la animó Manfred. Últimamente había tenido muchas visitas, y empezaba a preguntarse si Midnight era lo bastante aislado. Cuando se dio la vuelta para cerrar la puerta vio pasar a un hombre desnudo por la acera, al otro lado de la calle. Se quedó paralizado: el hombre era Diederik, y tenía el tamaño de un adulto. Cerró la puerta antes de que Magdalena pudiese ver nada y pensó: «¿Qué demonios está pasando?». Se volvió para mirar a sus invitadas, que afortunadamente no habían visto nada—. ¿Les apetece un vaso de agua, o quizá un café o un té? —ofreció solícito; su voz sonó extraña, lo que no le sorprendió demasiado.

—Bastará con una explicación —respondió Magdalena con su voz de abogada.

—Por favor, vayamos al salón —dijo Manfred, y las condujo hacia el intèrior de la casa. Lo que fuera para alejarlas de la ventana delantera.

Magdalena se sentó en una butaca para poder mirar a Manfred y Olivia al mismo tiempo.

—Bien —dijo, las manos sobre las rodillas—, ¿qué tiene que contarme?

Manfred prefirió dejar las explicaciones a Olivia, ya que no tenía ni idea de lo que ella pensaba decir. Se sorprendió cuando Olivia ofreció a Magdalena un relato objetivo de su viaje a Bonnet Park del día anterior; objetivo, claro, si uno creía en la telepatía y conocía la amplia experiencia de Olivia como una especie de agente encubierto.

Había que reconocerle a la abogada el mérito de escuchar con máxima atención e interés. Quizá su leve sonrisa se fue haciendo cada vez más tensa, pero Manfred ya se lo esperaba.

Al final de la narración de Olivia, Magdalena dijo:

—Supongo que es consciente de que lo que me ha contado no es más que un montón de tonterías, ¿verdad?

—Sé que a la mayoría de los abogados le sonaría a cháchara de una perturbada. Pero también sé que usted ha asesorado legalmente a mi... novio, Lemuel Bridger.

—Bueno, Lemuel es una persona normal con la que he hablado en más de una ocasión —repuso Magdalena—. No es un lector de mentes, ni un médium.

—Pero sí es un vampiro que absorbe energía —dijo Manfred alegremente.

Magdalena miró hacia el suelo, como si hubiese oído un chiste malo. No obstante, reconoció:

—Lemuel es... singular.

Olivia ni siquiera trató de ocultar su sonrisa de satisfacción.

—Bueno, es una manera de decirlo. Pero lo importante es que Manfred solo ha dicho la verdad. Y si no hubiésemos entrado en la casa para verlo por nosotros mismos, yo nunca habría sabido dónde están las joyas. Pero ahora sí lo sé.

Eso es lo que Manfred quería saber. Aún no había tenido oportunidad de hablar con Olivia a solas.

—¿Dónde? —preguntó con impaciencia.

—¿Dónde? —Magdalena se inclinó hacia delante.

—Están en el globo terráqueo —contestó Olivia con una sonrisa triunfal, apoyándose en el respaldo—. ¿Recuerdas? Bueno, quizá no lo recuerdes, pero Rachel nos dijo que veía el mundo. ¿Lo pillas?

—El globo terráqueo —repitió Manfred, inexpresivo.

—El globo que se halla en el estudio de Morton Gold-thorpe.

—¿Cómo lo ha averiguado? —Magdalena parecía, cuando menos, escéptica.

—He visto otro globo terráqueo de las mismas caracterís-ticas, diseñado para esconder armas —respondió Olivia—. Tiene un compartimento interior ajustado de forma que no se muevan ni hagan ruido cuando alguien hace girar el globo.

—Pero ¿tuviste ocasión de abrirlo para confirmar esta hi-pótesis tuya?

—No, no pude hacerlo. Lewis estaba allí, y seguro que nos hubiese acusado de poner las joyas allí para librarte de la acusación.

—Como los dos habéis estado en la casa, esa es la conclu-sión que sacaría un policía. —Magdalena se había calmado, pero la información de Olivia tampoco la había dejado dema-siado contenta. Estaba evaluándola—. Digamos que tiene ra-zón y las joyas están en el globo terráqueo. ¿Cómo se podría demostrar de manera que usted no resultase implicado?

—Añadiré un nuevo detalle —intervino Manfred, con la sensación de que esas mujeres iban a resolver su futuro en función de lo que dijese—. Acabo de llegar de Davy, de hablar con el sheriff.

—¿Ha ido a hablar con el sheriff sin que yo estuviese pre-sente? —La temperatura de Magdalena volvía a elevarse.

—No es de la policía de Bonnet Park, así que sí, he habla-do con él. Tenía algo que decirme que no había quedado claro ayer. Como vino aquí a verme, me pareció que era lo menos que yo podía hacer. Y lo que me dijo fue que, al parecer, Ra-chel fue asesinada.

Ambas mujeres se quedaron estupefactas. Manfred, que miraba a Olivia, se dio cuenta de que su asombro era auténti-co. A pesar del alivio que sintió, tuvo cuidado de no demos-trarlo.

—¿Cómo? —preguntó Olivia—. ¿Cómo la asesinaron? Cuando la vi en el vestíbulo, no parecía encontrarse muy bien, pero desde luego tampoco parecía estar moribunda.

—Es probable que alguien machacara varias pastillas de su medicación para la hipertensión y las echara en la botella de agua que llevaba. Supongo que hay una posibilidad remota de que lo hiciese ella misma, pero estaba del todo cuerda y no tenía ideas suicidas.

—Alguien que tuviera acceso a las pastillas y la botella —dijo Magdalena—. Eso limita bastante las posibilidades —sonrió—. De hecho, significa que tiene que haber sido su doncella o su hijo, ¿no?

—No exactamente. Ojalá las cosas resultasen así de claras. Cuando se le cayó el bolso en el vestíbulo, su contenido se esparció por el suelo, incluida la botella de agua —explicó Manfred—. Así que es posible que alguien le diera el cambiazo en ese momento. Era bastante peculiar: una botella negra rellenable con dibujos de mariposas. Si sucedió, tuvo que ser un cambiazo, porque nadie podría haber vertido la medicina en la botella que ella llevaba, en público, con tantos testigos. Por no hablar de las cámaras de seguridad, de tener que hacer que se le cayera el bolso y de que bebiera suficiente cantidad del agua contaminada antes de llegar a mi habitación, según ha revelado la autopsia.

—Yo la ayudé a recoger sus cosas —dijo Olivia—. Rachel estaba muy agitada e incómoda. Le di todo lo que reuní, pero no recuerdo ninguna botella de agua. Quizá la pasé por alto, o fue otra persona quien la recogió. —Pareció abstraerse, como recreando mentalmente la escena—. Había varias personas ayudándola, incluso un policía. Tomó más tiempo del que se podría pensar; algunas cosas habían rodado debajo de los sofás.

Manfred se permitió creer que Olivia era inocente, y comentó:

—Dado que Lewis será sospechoso del asesinato de su madre, ¿es razonable que nos sigamos preocupando por el robo de las joyas?

—Desde luego que sí —respondió Magdalena, con el tono de estar hablándole a un idiota—. Aún no lo han arrestado; y, aunque así fuera, tiene un buen abogado, como usted debe de saber, señor Bernardo.

Manfred hizo una mueca.

—Sí, me birló a mi último abogado; pero estoy encantado con la letrada que me representa ahora —sonrió débilmente.

Magdalena no se molestó en agradecer el cumplido y prosiguió su razonamiento.

—Además, sus huellas dactilares podrían estar en la botella sin que eso lo convirtiese en sospechoso, como también las de la doncella. Puede que Rachel tuviese la botella en el frigorífico de su casa y que ellos la moviesen de un lugar a otro de forma inocente. Ambos tenían acceso a las pastillas, pero son miles las personas que toman la misma medicina. Las pastillas podrían haber sido introducidas en la botella mucho antes; a lo mejor hacía tiempo que no la usaba. Dice usted que estaba recluida en casa, enferma, y quizá solo se llevaba la botella cuando salía en coche. Seguramente hubo multitud de ocasiones en que había personas en la casa antes de que Rachel saliese para encontrarse con usted. Toda su familia, sin ir más lejos, entró y salió de ella casi con seguridad durante su enfermedad. Todas esas personas podrían tener una razón para quererla muerta; quizá sus hijas estaban impacientes por recibir la herencia.

Manfred se preguntó si se notaba hasta qué punto se sentía consternado.

—Nada de eso es verdad —protestó débilmente.

—Pero podría serlo —replicó la abogada—. Hay mucho espacio para la duda. A menos que se pueda reforzar la acusación contra Lewis (por ejemplo, si la doncella Bertha dijese que le vio poner algo en la botella de agua de su madre, o si Lewis tuviese una novia que le hubiera grabado confesando que había matado a su madre), podría no haber pruebas suficientes para acusarlo del crimen.

—Me temo que es así —asintió Olivia—. Claro que Lewis es tan impredecible que podría confesar él mismo; pero no lo creo. A Lewis solamente le importa Lewis, y conseguir todo lo que se le debe y algo más de propina.

—¿Así que no ha mejorado mi situación? ¿Ni siquiera ahora que parece probable que Lewis haya matado a su madre?

—No, no lo creo. —Magdalena resopló—. Además, ahora estoy furiosa con usted, y por un motivo de peso, a pesar de que su amiga Olivia se culpe a sí misma. Y aún tenemos que decidir cómo lograr que la policía compruebe el globo terráqueo.

—¿No le bastaría con mis más sinceras disculpas por intentar un truco que, en ese momento, me pareció muy útil? —preguntó Olivia.

—Puede disculparse, pero no creo que sea suficiente.

Manfred fue al grano.

—¿Qué podemos hacer, Magdalena? —Después de que Olivia cargase con la culpa, tenía que incluirla en el desagravio.

La abogada suspiró y dirigió su mirada a la distancia.

—Puede hacerle una lectura a mi madre. Una lectura personal.

Olivia apartó el rostro para ocultar una sonrisa. Manfred la vio, pero mantuvo la seriedad.

—¿Su madre es seguidora mía? Me siento halagado.

—Lo es. En otros aspectos, es una mujer sensata y racional, activa en su comunidad y en su iglesia. Pero es fan del Asombroso Bernardo. Cada vez que usted anuncia en su página web que va a hacer lecturas personales a alguna ciudad, ella calcula el coste de viajar allí y pagar la lectura y, finalmente, no se decide a gastarse el dinero. Pero si le hace una lectura personal en su casa, le perdonaré su engaño y la falsificación de mi membrete. Y le culpo a usted, no a la señora Charity, porque lo que ella hizo fue en su nombre. Si vuelve a hacer una cosa así, tenga por seguro que le demandaré.

—¿Dónde vive su madre? —Manfred aceptó sin problemas y con alivio, y no le importó que Magdalena se diese cuenta. De hecho, le gustó que lo hiciera.

—Mi madre se llama Agnes y vive en Killeen. Tendrá que concertar una cita con ella; yo le diré que es mi regalo retrasado del día de la Madre.

—Estaré encantado. —Manfred se preguntó a qué distancia estaría Killeen en coche; por su parte, estaba dispuesto a ponerse en marcha en ese mismo momento. Tenía el presentimiento de que sin duda se reuniría con la madre de Magdalena, así que viviría al menos un poco más. Se acercó a la ventana de delante, que tenía echadas las cortinas, para ver qué estaba sucediendo fuera. El reverendo estaba junto a la capilla, tirando de una larga manguera hacia la valla del cementerio de animales. No llevaba su habitual chaqueta negra. El chico (¿u hombre?) no andaba por allí, gracias a Dios.

—Bien, ahora que hemos llegado a un acuerdo —dijo Magdalena con voz cortante en demanda de atención—, ¿se les ha ocurrido algo sobre la forma de decirle a la policía dónde deben buscar?

—¿Una llamada anónima?

—¿Desde dónde?

—Podría ir a algún pueblo entre aquí y Dallas y buscar una cabina —dijo Olivia, con tono dubitativo.

—Sí, pero ya no queda ninguna que se pueda suponer que funcionará. Hay algunas en las áreas de descanso, pero suelen tener cámaras de vigilancia.

—Es verdad. Bueno, los móviles están descartados. Podríamos comprar uno desechable, pero supongo que tienen un listado de los números de serie. —Olivia tenía un teléfono desechable en su apartamento, pero no iba a admitirlo delante de una abogada—. ¿Y una carta anónima?

Manfred hizo una mueca. Su abuela había recibido varias cartas anónimas, y el recuerdo no era agradable. La crueldad que destilaban, la cobardía de las personas que se negaban a revelar sus nombres, le producía náuseas.

Claro que, en su caso, el contenido no sería una acusación, sino una afirmación. «Las joyas de la señora Goldthorpe están en el globo terráqueo de la biblioteca de su marido, en su propia casa.» Algo simple y directo. Pero seguía siendo un último recurso. A regañadientes, Magdalena dijo:

—Tengo un cliente... La policía dice que trapichea con drogas, yo digo que no han podido demostrarlo. Pero me dijo que en su teléfono tiene una aplicación que puede hacer que funcione como un desechable. Podría pedírselo prestado.

Manfred exhaló.

—¿Y piensa verlo pronto?

—Tiene que venir a mi bufete esta misma tarde.

Manfred no era consciente de lo difícil que se había vuelto ocultarse. Cámaras de vigilancia, registros de móviles que revelan dónde estabas cuando hiciste una llamada, avances en las pruebas de laboratorio... Pero se preguntó cuánta tecnología (que debía de ser cara, tanto los equipos como los técnicos que supieran utilizarlos) podía permitirse un departamento de policía normal. ¿Cualquier condado del montón podía tener acceso a un laboratorio forense capaz de decir dónde se había vendido la remesa correspondiente a un papel de un listado informático? ¿Serían capaces de visualizar horas de vídeos de vigilancia para determinar quién era el comprador? Manfred era escéptico. Había visto muchas series de televisión en que los departamentos de policía no solo podían descubrir información muy específica, sino incluso hacerlo de forma instantánea, pero no creía que eso fuese posible. Así que quizá esa fuera la mejor forma: que su abogada hiciese una llamada anónima. Era bastante simple.

—De acuerdo, hagamos eso. Por mi parte, no veo la hora de superar este trance y proseguir con mi trabajo; sobre todo ahora que le debo más dinero a mi abogada. —Manfred sonrió, aunque no de felicidad.

—Entonces ¿eso es todo? —preguntó Olivia—. Después de todas las molestias que nos tomamos, ¿así acaba la cosa?

—¿Qué más quiere hacer? —preguntó Magdalena—. ¿Partirle el cuello a Lewis?

Olivia la miró con una expresión que dejó paralizado a Manfred.

—Eso estaría bien para empezar —dijo Olivia.

—No es necesario —intervino Manfred, aunque a veces él mismo habría querido estrangular a Lewis. Esto se había convertido en una cuestión personal para Olivia, aunque no estaba seguro del cómo ni del porqué—. Tenemos un plan, y si Magdalena hace esa llamada, pronto veremos los resultados.

—Decidido —dijo la abogada, poniéndose en pie—. Por cierto, hoy le enviaré el número de teléfono de mi madre, y usted, por su honor, la llamará y concertará una cita para verla en persona.

—Por mi honor —aceptó Manfred. No estaba seguro de haber oído nunca a nadie decir algo así.

Magdalena se fue.

—Ni siquiera ha aireado el coche —observó Olivia—. Una mujer de hierro. —Empezó a dar vueltas, inquieta—. ¿Has hablado con Barry desde que volvimos ayer?

—No, pero parece que lo haré ahora, porque viene hacia aquí.

Barry llamó a la puerta justo antes de que Manfred la abriese.

—Hola, tío. Mira, quería hablarte de lo de ayer.

—Adelante. Precisamente, Olivia me estaba diciendo que querías contarme algunas cosas. Y, además, tengo que pagarte.

—Me alegro de poder hablar de esto con personas que realmente me creen. —Barry se desperezó y bostezó—. Mi abuelo entró en mi habitación anoche para despertarme. Decía que quería irse a casa.

—¿Y adónde es eso? —preguntó Olivia.

—El asunto es ese; ha vivido en unos veinte lugares: Texas, Nevada, California... En Las Vegas es donde ha estado más tiempo; era crupier de *blackjack* en un casino, hasta que Eva Culhane se lo trajo aquí.

—Me pregunto por qué lo haría. Es como si Tommy, tu abuelo y las señoras fuesen una especie de camuflaje para alguna cosa.

—Luego podemos hablar sobre eso, pero deja que primero me libre de mi carga. —Barry hizo un gesto con la mano para indicar que estaba impaciente.

—De acuerdo, adelante.

—Esto es lo que averigüé en nuestra excursión de ayer a Bonnet Park. En primer lugar, la doncella, Bertha: Lewis la tiene aterrorizada. Cree que un día de estos la va a matar. Lewis está cada vez más ido, mental y emocionalmente, y se vuelve cada vez más exigente. Por ejemplo, quiere el té en un vaso determinado, con una ramita de menta con exactamente tres hojas, y tonterías así. De modo que Bertha tiene miedo, y está encantada de que él duerma en la casa de la piscina y así no tener que verlo a todas horas. Cree que no es digno de heredar nada de sus padres; de hecho, cree que su propio hijo es mejor persona.

—Entonces, no tiene ninguna lealtad hacia Lewis —dijo Olivia.

—Al contrario: no puede soportarlo. Pero también está decidida a conservar su trabajo todo lo posible, porque quiere descubrir qué trama Lewis. Por algún motivo, cuando murió el señor Goldthorpe, el hijo de Bertha no obtuvo lo que ella esperaba. Pensaba que recibiría lo suficiente para poner en marcha su propio negocio de jardinería, comprar un par de vehículos y segadoras y contratar personal. Pero fue su mujer, Rachel, la que se lo quedó todo. Es una situación de equilibrio precario. —Mientras relataba esto, Barry había cerrado los ojos, como para ayudarse a recordar mejor los pensamientos de Bertha.

—Así que Bertha estaba esperando un legado que nunca recibió —comentó Manfred—. ¿Alguna otra cosa relevante?

—Ahora viene lo bueno. Cuando entramos en la biblioteca y Lewis se puso tan furioso, estaba pensando en su madre y en el miedo que le había dado la posibilidad de que le dijese algo al médium (a ti, Manfred) sobre Bertha. Y se preguntaba si Bertha figuraría en el testamento de Rachel.

—¿Por qué iba a figurar? —Manfred reflexionó un instante—. ¿Cuál es la relación? ¿El hijo de Bertha le ha tirado los tejos a una de las hijas de Rachel? Pero las dos están casadas...

—Y tienen unos quince años más que él, a juzgar por su aspecto —dijo Olivia—. Quizá el hijo y Lewis estuviesen liados, aunque no puedo imaginar a nadie interesado en Lewis desde un punto de vista sexual.

—Tampoco yo —opinó Barry con una sonrisa burlona.

—Tú puedes oír los secretos más ocultos de las personas —dijo Olivia—, Manfred puede hablar con los muertos. Comparada con vuestras habilidades, me siento de lo más vulgar.

—Mis aptitudes tienen sus puntos débiles —puntualizó Barry—. A menudo las personas no piensan ordenadamente sobre un fondo de datos anteriores. Así que lo que captas está lleno de lagunas, y hay que tener cuidado con la tentación de llenarlas uno mismo.

—Tu vida debe de ser una larga serie de desencantos —opinó Olivia.

—No vas errada —asintió Barry—. Es una forma correcta de verlo. —Manfred estaba tratando de pensar en algo positivo que decir cuando Barry se puso de pie—. Muy bien, creo que esto es todo. Solo quería decíroslo y recoger mi dinero. Tengo que volver con Shorty, que no está teniendo un buen día. Moverlo de Las Vegas fue un error. La señora Whitefield dice que desde que llegó está confuso. Cuando le llamaba a Las Vegas no estaba así de despistado.

Manfred sacó la cartera (otra de las cosas que había hecho en Davy fue aprovisionarse de efectivo) y entregó a Barry la cantidad convenida. En cuanto el telépata salió por la puerta, Olivia dijo:

—A saber qué decidirán hacer con Shorty cuando se den cuenta de que realmente necesita una residencia y no pueden mantenerlo en el hotel durante más tiempo. Si los viejos no son más que un decorado, ¿qué les va a impedir llevárselo y dejarlos en mitad del desierto? ¿Cuál es la finalidad última de todo esto?

Manfred asintió.

—Estoy casi seguro de que Lenore Whitefield no es una persona malvada. Ella cree realmente que su misión es velar por los huéspedes hasta que los trasladen a su destino definitivo. Bueno... eso ha sonado más macabro de lo que pretendía. Me refiero a que no tiene planes ocultos con ellos.

—De acuerdo, pero el hecho es que los únicos huéspedes reales del hotel, los únicos que pagan, son los contratistas de Magic Portal, aparte de los escasos chalados que pasen por Midnight y quieran pernoctar aquí. Supongo que el hotel podría convertirse en una especie de destino turístico, ahora que lo han reconvertido, pero nunca será un hotel clásico; no es más que una versión moderna de un motel metida en un viejo cascarón.

—Todo este pueblo no es más que un cascarón —dijo Manfred.

—¿Por qué lo dices?

—Hay más escaparates tapados con tablones que abiertos. ¿Cómo vive una persona aquí? ¿Cómo puede seguir abierto Home Cookin? ¿Cómo se las arregla el reverendo para sobrevivir con lo que gana enterrando perros y gatos y celebrando bodas? ¿De dónde salen los beneficios de la Galería de Antigüedades y Salón de Manicura? Tú tienes que salir de aquí para ganarte la vida. ¿Por qué no los demás?

—Te has olvidado de Fiji y Bobo —apuntó Olivia.

—Fiji heredó la casa; apenas tiene gastos. Y vende conjuros por internet, aparte de los cacharros que tiene en la tienda. Además, están las clases de los jueves por la noche.

—¿Vende por internet? ¿En serio?

—Sí, yo mismo la ayudé a montarlo hace unos cuatro meses, y un amigo diseñó una página web para ella.

—Estás lleno de sorpresas. —Olivia no pareció decirlo como algo agradable. Hizo una pausa y añadió—: A veces me da que pensar. Pero no tengo forma de saber cómo se lo toman los demás, ni pienso preguntárselo. En este pueblo no se hacen demasiadas preguntas, y eso me gusta. Llámame si la policía acaba por entrar en la casa y encontrar las malditas joyas en el globo terráqueo. Tengo cosas que hacer. —Y se marchó.

—Mierda —dijo Manfred. Se había decidido a decir en voz alta algo que llevaba meses reflexionando (y a decírselas a Olivia, nada menos), pero ella le había ignorado y se había ido sin mirar atrás.

30

Al llegar el crepúsculo, el pueblo volvió a sumirse en el silencio. Todo el mundo actuó igual que la noche anterior, a pesar de que parte de la tensión se había disipado. Fiji llamó a Manfred para ofrecerle un poco de pan casero; él dijo que sí y se encontraron en mitad de la carretera Witch Light. Aún había bastante luz y charlaron un rato. A pesar de que el pavimento irradiaba calor, todavía era agradable estar fuera, en la confianza de que no había nada merodeando... de momento.

—Snuggly está en un rincón de mi dormitorio y se niega a moverse —comentó Fiji—. Está en modo gato aterrorizado.

—¿Crees que aún nos queda una noche más? ¿Después de la de hoy?

—Sí, creo que sí.

—¿De qué estamos tan asustados, exactamente?

—Bueno, hay luna llena. —Lo miró con elocuencia, esperando que Manfred comprendiera.

—Ha habido luna llena muchas veces desde que me instalé aquí y nunca había tenido que actuar así.

—Entonces deberías preguntarte qué ha cambiado esta vez —contestó ella, pacientemente—. Aquí está el pan y una cerveza. Disfruta. —Y echó un breve vistazo a la tienda de empeños, quizá esperando que Bobo se asomara. Luego se volvió para regresar a su casa, despidiéndose por encima del hombro.

Manfred se llevó el pan a la nariz y lo olisqueó: el aroma era exquisito. Se preguntó si algún día podría incluir entre sus aptitudes el cocer pan, porque haría cualquier cosa para que su casa oliese así. Captó un movimiento con el rabillo del ojo: un coche de policía pasaba lentamente por la calle. El conductor miraba a un lado y otro. Manfred reconoció al acompañante: Shorty Horowitz.

—¡Mierda! —renegó. Le hizo una señal al coche, que se metió en el sendero de entrada a su casa. Aunque no conocía al conductor, llevaba el uniforme del departamento del sheriff.

—¿Conoce usted a este hombre? —le preguntó el agente.

—Sí; ¿dónde estaba?

—Lo encontré en la carretera de Davy, al norte de aquí. Dice que su nieto vive aquí. ¿Puede ser? ¿Alguien llamado Barry Bellboy? —El agente lo dijo con precaución, como si sospechara que le estaban tomando el pelo.

—Sí, se aloja en el hotel. Seguro que está muy preocupado por su abuelo.

Volvió la vista hacia el hotel y vio a Barry en la puerta, mirando a izquierda y derecha, visiblemente inquieto. Manfred agitó los brazos y señaló hacia el coche patrulla. Barry cruzó corriendo la intersección como si el tráfico no existiera y, jadeando, se quedó de pie junto al coche.

—¡Le ha encontrado! Se lo agradezco, de verdad.

—¿Es usted Barry? ¿Esto le pasa a menudo? —preguntó el agente.

«Al menos no es Gomez», pensó Manfred.

—Soy Barry Horowitz. No, nunca ha hecho nada parecido —contestó—. Dios mío, no lo encontraba por ningún lado. Estaba realmente asustado. —Se inclinó y miró a Shorty, el caballero andante—. Abuelo, ¿dónde has estado? ¿Por qué te fuiste? —La voz de Barry sonó amable, ya liberada del miedo.

—¿Barry? —Shorty miró a su nieto. Parecía no entender nada.

—Eso era parte del problema —explicó el agente—. Me dijo que su apellido era Bellboy, y yo emití un aviso de búsqueda de alguien con ese nombre. Desde luego, no hay nadie en la zona que se llame así.

Barry pareció quedarse sin habla.

—Bien, ¿listo para llevarse a su abuelo a casa? —lo urgió el agente.

Barry recuperó el uso de las cuerdas vocales.

—Muy bien, abuelo, ¿nos vamos al hotel?

—Vale. Pero solo si me dan pastel para cenar y me dejan echar la siesta.

—A la señora Whitefield no le importará darte un trozo de pastel, y seguro que puedes echarte una siesta en tu habitación.

—Mi nieto sí se echó la siesta —dijo Shorty—. Y ya es hora de que yo vuelva a casa.

—Ese fue mi error —explicó Barry, que parecía haber recuperado la presencia de ánimo—. Anoche me despertó hablando de esa fantasía de «volver a casa», y esta tarde me quedé dormido. Empeora a medida que se acerca la noche. «Síndrome del crepúsculo», creo que lo llaman.

—«Crepúsculo» —dijo Manfred con intención. El agente lo miró frunciendo el ceño, pero Barry entendió lo que Manfred había querido decir. La caída de la noche se acercaba inexorable.

—Se lo agradezco mucho, agente... —dijo Barry.

—Me alegra haber sido de ayuda y haber localizado al anciano antes de que se hiciese daño.

Tras unos bienintencionados consejos del agente Nash y más agradecimientos por parte de Barry y frases inconexas de Shorty, Barry y Manfred sacaron al viejo del coche y se despidieron del agente, que puso rumbo a Davy.

—¡Vamos, rápido! —dijo Manfred—. ¿O queréis quedaros en mi casa? —Hizo la oferta con cierta reticencia, pero la hizo.

—Aún tenemos tiempo —respondió Barry—. No sé a qué viene tanta urgencia, pero estaremos en el hotel dentro de cinco minutos. —Y empujó suavemente a su abuelo hacia el hotel, con la promesa de pastel, helado y siesta.

Manfred se quedó mirándolos desde la puerta de su casa. Finalmente, el hombre alto y el hombre bajo alcanzaron la doble puerta de cristal del hotel.

Entonces oyó un sonido procedente de algún lugar cercano, un sonido profundo que no logró identificar, pero que de nuevo le recordó al zoológico. Al cabo de un instante había entrado en la casa y cerrado la puerta tras de sí. Con llave. Luego echó las cortinas.

Cuando recuperó el control de la respiración, se dio cuenta de que el móvil parpadeaba indicando que tenía un mensaje. Tenía dos mensajes, de hecho. El primero, Magdalena Powell: «He hecho lo que dije que iba a hacer. ¿Ha llamado ya a mi madre?». El segundo, de Fiji: «¿Qué diablos pasa con el coche de policía?».

Manfred la llamó.

—¿Sí? —contestó Fiji.

—El abuelo de Barry se había escapado —explicó él—. La poli lo ha encontrado y lo ha traído de vuelta. El agente Nash estaba confuso porque Shorty insistía en que su nieto se llamaba Barry Bellboy. Qué extraño, ¿verdad?

—Barry va a tener que tomar alguna decisión sobre Shorty.

—Sí, seguro que lo tiene presente.

—¿Le contaste a Barry que le llamaba «Bellboy»?

—Lo hizo el agente; Barry se puso histérico. —Manfred pensó y rectificó—: No; en realidad tuvo miedo.

—Qué raro. En fin, que pases una buena noche; y disfruta del pan.

31

El día siguiente fue extraño desde que Manfred despertó. Comprobó su agenda y vio que tenía una cita con la dentista en Marthasville. Aborrecía ir al dentista casi tanto como a los zoológicos. Se suponía que esta dentista de Marthasville era experta en tratar con pacientes nerviosos; cuando él oyó hablar de ella, pensó que lo intentaría antes de que su dentadura se pudriese del todo. La cita era bastante pronto, y rogó que la ansiedad que le provocaba no terminase por arruinarle el día entero.

Cuando regresó a Midnight ya eran las diez de la mañana. La dentista había sido muy amable y competente, pero él estaba hecho polvo, y lo único que quería era beber algo frío y relajante y sumirse en su trabajo. Los últimos días había acumulado bastante retraso.

Manfred vio varios coches junto a la tienda de Fiji, y se alegró de que tuviese un poco de clientela. También había un coche parado junto a la tienda de Joe y Chuy, y otro al lado del hotel. Era extraño ver tantos visitantes en Midnight un día cualquiera.

Al abrir la puerta de su casa, tuvo otra sorpresa: Olivia le esperaba, sentada en la cocina.

—¿A quién están buscando? —preguntó ella al verlo entrar, levantándose.

El corazón de Manfred le dio un vuelco, y le costó procesar lo que acababan de preguntarle.

—Olivia, me molesta que hayas entrado en mi casa por las buenas —dijo, tratando que su voz se mantuviese equilibrada. No quería que se diese cuenta del susto que se había dado.

—Me disculparé más tarde —espetó ella—. ¿A quién buscan?

—No te entiendo. —Manfred se sirvió una bebida con mucho hielo y dejó que enfriase su dolorida boca.

—Hay gente en Midnight —dijo Olivia, apretando los dientes—. ¿Qué están haciendo aquí? Están buscando a alguien. Quiero saber a quién.

—No es más que gente que ha venido de compras —repuso él, sin creérselo realmente.

—¡Y una mierda! —Olivia avanzó un paso y Manfred se estremeció—. ¿Cuándo has visto tú cuatro coches al mismo tiempo en Midnight, parados y con forasteros dentro?

El teléfono de Manfred sonó y él se lo llevó a la oreja.

—¿Sí?

—Hola —dijo Fiji con voz alegre e impersonal. Manfred supo de inmediato que algo no iba bien—. Señor Bernardo, he investigado un poco, y la reacción fue la correcta.

Tardó un segundo en descifrar esa frase. El miedo de Barry había sido razonable: el nombre «Bellboy» se había hecho público.

—Ya —repuso—. Entiendo. ¿Es por eso por lo que tienes visitas?

—No soy la única comerciante de Midnight que opina lo mismo.

—Ya —repitió él—. ¿Te encuentras bien?

—Por supuesto —contestó ella con una sonrisa en la voz—. Lo llamaré más tarde, cuando pueda hablar. —Y colgó.

—Tienes razón —le dijo Manfred a Olivia—, no han venido aquí para comprar. Pero no te buscan a ti, sino a Barry.

—Se acercó a la ventana, evaluando la situación. Al otro lado de la calle, en la puerta de la capilla, había un letrero—. ¿Puedes leer qué pone ahí, Olivia?

Ella se puso a su lado.

—Pone «CERRADO hoy y quizá MAÑANA». «Cerrado» y «mañana» están en mayúsculas.

Ahora había otro coche en Home Cookin; pero el restaurante aún iba a tardar un poco en abrir. Una mujer —a esa distancia, lo único que podía decir de ella es que era alta, delgada y pálida— cruzó la carretera Witch Light después de dar la espalda a Home Cookin. Vaciló ante la tienda de Joe y Chuy y siguió andando hasta Gas N Go. Manfred la vio abrir la puerta de cristal y casi pudo oír el zumbido electrónico.

—Están por todas partes —comentó Olivia.

—No sé quiénes son estas personas ni qué están haciendo aquí. Probablemente Barry sí lo sepa, y estoy casi seguro de que es porque su abuelo senil está metido en un lío; no creo que tenga nada que ver contigo.

—Cuéntamelo. —Olivia pareció calmarse un poco.

—En suma, su nombre real no es Barry Horowitz, sino Barry Bellboy, que es un nombre bastante extraño. Supongo que no es el nombre que tenía cuando nació. Anoche, su abuelo se perdió, le dijo al agente que le encontró el nombre de su nieto, el agente difundió el nombre para saber dónde tenía que llevar al abuelo y, al parecer, la persona de la que Barry tiene miedo se enteró. Ahora están en la tienda de Fiji. ¿Pensabas que te estaban buscando a ti?

—Pues sí, eso pensaba. Llegarán aquí en cualquier momento. Busquen a quien busquen, pasarán por todo Midnight.

—¿Vas a dejar que te vean?

—¡Para nada! Me voy a esconder en la cocina y escucharé lo que te digan.

—Gracias —dijo Manfred con ironía—. No te olvides de acudir corriendo a salvarme la vida, ¿vale?

—No van a matarte; bueno, probablemente no lo hagan. Pero si se ponen agresivos, actuaré.

Manfred pensó que el hecho de que no dijese cómo iba a actuar no presagiaba nada bueno. Quizá se refería a huir por la puerta trasera. Sintió una especie de alivio cuando la vio poner sobre la mesa una pistola. No sabía nada sobre armas y no le gustaban; era como tener una serpiente encima de la mesa. Pero al menos ahora sabía que ella no iba a dejarlo indefenso.

Olivia se sentó con los brazos cruzados, esperando. Eso se le daba mejor que a Manfred.

Él se sentó al ordenador con su bebida fría y empezó a contestar correos electrónicos personales. Normalmente no tenía demasiados; pero hoy había recibido noticias de su madre Rain, y era un mensaje importante: se había casado con Gary. «Como no parecía que la situación con sus hijos fuese a cambiar y cada vez nos hacemos mayores, ¡decidimos fugarnos y casarnos!», escribía. Manfred suspiró profundamente. Rain Redding; iba a tener que acostumbrarse a ello. Y también tendría que comentarlo con Fiji para hacerles un regalo de boda apropiado. Intentó redactar una respuesta, pero, tras dos intentos fallidos, decidió que la llamaría más tarde. Más tarde, sin especificar. «Cuando se acabe todo esto», pensó.

Finalmente, se puso a trabajar. Conectó el teléfono de la línea de contacto psíquica, como la llamaba, y empezó a recibir llamadas. Entre una llamada y la siguiente contestaba los correos electrónicos de pago. Y aún tenía mensajes por contestar de la página web del Asombroso Bernardo. Se dejó llevar por la rutina y casi se olvidó de Olivia, escondida detrás de él, y de las personas extrañas buscando por todo Midnight, y trabajó. Después de todo, la factura de Magdalena sería alta, y su coche era cada vez más viejo.

Al menos no tendría que tomar un avión para asistir a la boda de su madre.

Su concentración se vio interrumpida por un golpe en la puerta. Envió el correo electrónico que estaba escribiendo («Tu novio me genera unas vibraciones inquietantes. Debes preocuparte por tu seguridad ante todo») antes de ir a abrir. Y mirar hacia abajo.

El hombre medía menos de metro y medio y, a los ojos de Manfred, parecía indio. No podría haber especificado qué clase de indio, ni su lugar de origen, pero era de complexión robusta y piel oscura. El blanco de los ojos no era realmente blanco, sino más bien amarillento.

—Hola, ¿qué desea? —preguntó Manfred, con la esperanza de que Olivia estuviese preparada para «actuar».

—¿Cuál es su nombre, señor?

La voz del indio no era grave y estruendosa, como Manfred había esperado, sino tirando a tenor. Manfred se sintió ridículamente tímido, y fue incapaz de decidir una respuesta inocente a lo que sin duda era una pregunta curiosa.

—Es usted el que ha llamado. Yo trabajo aquí y ahora no dispongo de tiempo. —Empezó a cerrar la puerta, pero una pequeña bota se interpuso en el camino de la hoja.

—Disculpe, quizá no he sido lo bastante cortés o lo bastante claro. Estoy buscando a una persona y necesito hacerle algunas preguntas.

—Quizá haya sido yo quien no ha sido lo bastante claro —replicó Manfred—. Estoy trabajando, y no tengo obligación alguna de responder a sus preguntas. —Otra vez intentó cerrar la puerta, pero la bota no se movió.

—¿Hay alguien más en la casa? —preguntó el indio.

—No, nadie más.

—¿Puedo entrar a mirar?

—No. —Manfred lo dijo con determinación.

—¿Ha pasado por el pueblo un extraño últimamente? ¿Alto, más de veinte años, quizá con el apellido Bell o Bellboy?

—Si ha pasado, yo no me he cruzado con él, pero suelo

estar casi todo el día aquí, trabajando, que es lo que tengo que hacer ahora. —Manfred dio una patadita a la bota, apartándola, cerró la puerta de un golpe y echó la llave.

Luego fue al escritorio y se dejó caer en la silla para que crujiese y rodase ruidosamente por el parquet, y esperó. Al cabo de unos largos treinta segundos, el indio se marchó. Manfred exhaló de forma lenta.

—¿Lo has oído?

—Sí. Creo que es un diurno que trabaja para un vampiro.

Manfred se dio la vuelta. En ese momento Olivia se parecía más a la mujer que él conocía que antes, cuando volvían a casa. Se había librado de alguna emoción desagradable y la había sustituido por sentido práctico.

—¿Por qué lo piensas?

—¿Llevaba algo al cuello?

—Sí, un pañuelo de estilo antiguo, como si fuese parte del elenco de un espectáculo sobre el Viejo Oeste.

—De acuerdo. Pues es un adicto a los colmillos.

—No sé mucho de vampiros, la verdad —dijo Manfred—. Solo he estado una vez en Luisiana, y era de día.

—En casi todas partes procuran no dejarse ver, sobre todo desde el desastre de los hombres lobo. Sí sé que hay una colonia especial en Dallas. Creo que son los que enviaron a las personas que están buscando en Midnight. Supongo que llegaron todos al mismo tiempo, que son todos forasteros y que andan haciendo preguntas, entrando en todos los comercios del pueblo. Están buscando a Barry, así que deben de estar resentidos con él por algún motivo, y él lo sabe. Como es a él a quien buscan y no a mí, me largo. Tengo cosas que hacer en Dallas. —Y se marchó.

A Manfred apenas le dio tiempo de darse cuenta. Antes de que pudiera reflexionar, llamó a Barry.

—Hola —respondió Barry. Hablaba con precaución, en voz baja.

—Alguien ha estado aquí.

—Los he visto por la ventana —dijo Barry—. Si me encuentran, soy hombre muerto.

—¿Estás bien escondido? Un tipo bajo con un pañuelo en el cuello pasó por aquí. Fue muy insistente.

—Se llama Alejandro. Nunca debí volver a pisar Texas, ni siquiera por mi abuelo.

Manfred sentía curiosidad por conocer toda la historia, pero este no era el momento para pedir explicaciones.

—No vamos a dejarte solo —dijo, consciente de haber bajado la voz, igual que Barry.

—No vais a tener opción —susurró Barry—. Me encontrarán y me llevarán a Dallas. Esta vez no lograré librarme. Lo mejor es que os mantengáis al margen. —Y colgó.

A Manfred se le ocurrió una idea. Tenía una tremenda desventaja, pero podía funcionar, y se lo debía a Barry, Rick o como fuera que se llamase. Le había hecho un gran favor. Cierto que le había pagado por ello, pero Barry lo había hecho de buena gana.

Manfred estuvo un rato al teléfono, hablando con Magdalena Powell. Luego avisó a los demás habitantes de Midnight. Cuando apareció una furgoneta de periodistas, todos estaban ya tan preparados como era posible. Como él esperaba, Magdalena aprovechó con avidez la oportunidad de aparecer en televisión. Sería una pequeña conferencia de prensa, quizá la más pequeña de la historia de Texas: un reportero del periódico de Davy, uno de un canal de televisión local y el corresponsal para la región de un periódico de Dallas. Manfred, con el permiso de Fiji, eligió celebrarla frente a La Mente Inquieta. Se le ocurrió que a ella le vendría mucho mejor la publicidad que a él. Además, el cuidado jardín, con plantas en flor por todos lados, era un escenario más agradable que la yerma entrada de su casa.

Snuggly decidió colaborar sentándose en el porche y añadiendo un toque pintoresco. Uno de los reporteros casi lo pisó y luego dio un salto, mirando confuso alrededor en busca de la vocecilla que le había dirigido un mordaz comentario.

Manfred, nervioso y casi arrepentido del impulso inicial, pasó la mirada por las calles de Midnight. Los forasteros empezaron a salir de los edificios del pueblo y a converger frente a la tienda de Fiji, exactamente como él había pretendido.

Magdalena echó un vistazo al reloj, luego a los reporteros, y dijo:

—Es hora de empezar.

Manfred habría preferido esperar dos o tres minutos más, pero no quería despertar sospechas en Alejandro, que estaba de pie, como una lamentable estatua, junto a uno de los rosales de Fiji.

—Quiero anunciar hoy —dijo Manfred con voz clara— que soy inocente de todas las acusaciones lanzadas contra mí por Lewis Goldthorpe, acusaciones relacionadas con la desaparición de unas joyas pertenecientes a su madre. Además, tengo entendido que Lewis Goldthorpe ha estado insinuando a sus contactos en el mundo de la prensa que también tengo alguna responsabilidad en la muerte de su madre, mi amiga Rachel Goldthorpe. La sola idea me repugna, y quiero hacer público aquí que, si Lewis sigue diseminando ese insidioso rumor, me veré con él en un juzgado en compañía de mi abogada, Magdalena Orta Powell. —Se sintió aliviado, sobre todo después de lo de «me repugna», y añadió—: La letrada Powell podrá arrastrar a Lewis por el barro, desde el punto de vista legal.

Hubo algunas risas, y Magdalena, que habría querido darle un puñetazo, optó por sonreír glacialmente. Manfred dio gracias de que no lo echara a patadas del porche de Fiji.

—Abogada —dijo el hombre que casi había pisado la cola de Snuggly—, ¿cómo piensa arrastrar a Jess Barnwell por el barro?

—Barnwell es un buen abogado —dijo ella con gravedad—, pero su cliente no es de fiar.

—¿Comparado con un psíquico?

—Vaya, tocado —sonrió Manfred—, pero me han dicho cosas mucho peores —añadió, mientras pensaba: «¡Barry, sal ahora mismo!».

No estaba seguro de que Barry pudiese captar su patrón de pensamientos específico, pero se dio cuenta de que se ponía en marcha, y vio un coche salir del callejón de la parte de atrás del hotel y girar a la izquierda para enfilar la carretera Witch Light en dirección oeste. Eso le llevaría hasta la carretera más próxima hacia el norte, lo que le permitiría llegar a Oklahoma al cabo de pocas horas. Manfred volvió a prestar atención al entorno inmediato.

—Puede que, en efecto, yo sea un psíquico, entre otras cosas, pero no hago acusaciones falsas ante la policía o los medios de comunicación.

—¿Quiere decir que Lewis Goldthorpe le ha difamado?

—Lo que digo es que debería ser consciente de la viga en su propio ojo —dijo Manfred, y pensó que a Magdalena le iba a dar algo—. Quizá él viva en Bonnet Park y yo en Midnight. —Hizo un gesto teatral señalando a su entorno—. Puede que él sea el hijo de un millonario y yo el nieto de una psíquica famosa. —Era justo atribuirle el mérito que se merecía a su abuela Xylda—. Pero cuando Lewis hace afirmaciones que mancillan la memoria de su madre, renuncia al derecho de merecer mi respeto y consideración.

Estas palabras despertaron mucho interés, y hubo un animado intercambio entre Manfred y los periodistas antes de que Magdalena lo interrumpiese agradeciéndoles a todos su presencia. La pequeña multitud se empezó a dispersar: los adictos a los colmillos se reunieron para cambiar impresiones en voz baja y los reporteros se dirigieron a sus coches y se fueron.

—Creo que ha sido una buena idea —dijo Magdalena—. ¿Qué es lo que le ha decidido a hacerlo? —Para convencerla de que hiciese acto de presencia, Manfred había tenido que decirle que iba a convocar a los periodistas, con o sin ella. En lugar de perder el cliente, Magdalena pensó que tampoco estaba tan mal aparecer en televisión.

—Fue una maniobra de distracción. Además, me apetecía tirárselo a la cara a Lewis. Él me está acusando de ser un ladrón; pues bien, quizá él sea un asesino. Haría bien en preocuparse de sí mismo.

—Me desconcierta —dijo Magdalena mirando a su cliente con cara de frustración—. Y si cree que este trabajo lo he hecho gratis...

—No se me habría ocurrido —repuso Manfred honradamente—. Espero recibir su factura por correo. Una cosa: ya que está aquí, ¿le gustaría cenar en el Home Cookin?

La expresión de la abogada fue de pura estupefacción. Vaciló.

—¿Un encuentro «normal»? —preguntó, tratando de averiguar la textura social de la cena. Manfred la comprendía.

—Casi siempre hay solo gente de Midnight, pero voy a llamar a Arthur.

Eso terminó de decidirla, como Manfred pensaba. Magdalena echó un vistazo al reloj.

—Ya he acabado mi jornada laboral, así que... De acuerdo, mientras tenga claro que solo somos abogada y cliente.

Magdalena era atractiva, pero Manfred pensó que antes saldría con una barracuda.

—Por eso no se preocupe —contestó.

Fiji salió de su casa, donde se había encerrado durante la conferencia de prensa. Manfred captó que aquel día se sentía guapa, aunque para él siempre lo estaba.

—Fiji, ¿vienes con nosotros? —le preguntó.

—Creo que sí —respondió con una sonrisa—. No me

apetece cocinar ni aumentar la temperatura de mi cocina, la verdad. —Su sonrisa se iluminó al ver a Bobo salir de la tienda de empeños, cruzar la carretera y acompasarse a su lado.

—Hola, Magdalena —saludó.

Manfred no se sorprendió de que Bobo conociera a su abogada.

—Eh, Feej, ¿no le vas a cobrar a Manfred por haber usado tu jardín como decorado para su conferencia de prensa?

—Bah, no creo. Además, me parece que mi cartel aparecerá en las fotos.

Snuggly se frotó contra los vaqueros de Manfred antes de desaparecer en el jardín trasero con su misterioso estilo gatuno. Pasaron junto a la capilla cerrada y su letrero; ninguno de ellos dijo nada, aunque Magdalena lo observó con curiosidad. Manfred, que había estado enviando mensajes de texto, anunció, alegre:

—Arthur vendrá dentro de unos minutos.

—Genial —dijo Bobo—. Hace meses que no charlo con el sheriff.

—Vale. Me cae bastante bien —añadió Fiji; sonó levemente sorprendida, como si no fuese costumbre suya que le cayesen bien los agentes de la ley.

Fiji y Bobo se adelantaron. Cuando Manfred y Magdalena no podían oírle, Bobo preguntó:

—Por curiosidad, ¿puedes acceder a los términos del testamento de Morton?

—Son documentos públicos —contestó ella—. Si estás dispuesto a pagar por mi tiempo, puedo conseguir una copia, sí.

—Lo estoy; y cuanto antes.

—Se lo diré a Phil mañana.

Cuando estaban a punto de cruzar la carretera vieron a Chuy y Joe salir de su comercio; ellos también iban a comer fuera aquella noche. Ahora que ya se habían ido los forasteros y también Rick Horowitz (antes Barry Bellboy), todo el mundo era más feliz, con la posible excepción de Shorty Horowitz. Manfred se alegraba de que Barry fuera a ponerse a salvo; se alegraba de que no fuesen a venir vampiros a Midnight. Crisis superada.

También era un alivio, tenía que reconocerlo, que el telépata se hubiese ido, por grande que fuera su curiosidad sobre lo que Barry «captaba» de sus compañeros.

—Por cierto... —dijo Magdalena.

—¿Qué?

—El único motivo de que aceptase lo de su pequeña conferencia de prensa fue que la policía de Bonnet Park ya me había llamado para decirme que habían encontrado las joyas; en otras palabras, acababa de quedar limpio. Así que podía negar todas las acusaciones en público.

Manfred se la quedó mirando, con la boca abierta.

—Debí haber pensado más en por qué aceptaba. ¿Sabe qué? Estoy contento de que se haya terminado. Yo no pude haberla matado, no robé nada, y ahora es público y notorio. —Sentía un extraordinario regocijo.

El menú de aquella noche incluía pollo con bolas de masa hervida y tilapia al horno. Eran platos nuevos, así que todos prestaron a su comida más interés del habitual.

Manfred no fue el único que se dio cuenta de que Arthur eligió sentarse al lado de Magdalena, o quizá fue esta la que lo organizó para que quedase disponible ese asiento en particular. Después de todo, era abogada y estaba acostumbrada a planificar estrategias. Pero, cuando el sheriff ya había pedido la cena, su teléfono zumbó y tuvo que salir fuera para contestar la llamada. Dillon había ido a la cocina a buscar otra jarra de té helado y Madonna estaba cocinando.

Manfred captó la tensión en la forma en que su casero se sentó. Bobo quería decir alguna cosa y, como no podía deshacerse también de Magdalena, se inclinó hacia delante con súbita decisión.

—Me pregunto dónde están nuestros compañeros ausentes —dijo Bobo. Como estaban todos sentados alrededor de la gran mesa redonda que dominaba el pequeño restaurante, le oyeron sin necesidad de que levantase la voz. Se refería al reverendo y a Diederik.

—Otra noche, nada más —dijo Fiji, aún más indirecta.

Manfred no estaba seguro de querer saber de verdad qué tramaba el reverendo.

—Yo creo que lo sabremos si se supone que debemos saberlo —opinó, y tomó un trozo de pan de maíz de la cestilla que había en el centro de la mesa.

Arthur volvió a entrar. Magdalena dejó de mirar a unos y a otros como si esperase que se pusieran a hablar en lenguas desconocidas, y Dillon atravesó con garbo la puerta de vaivén de la cocina con una jarra de té. Llenó los vasos, pero su aspecto era apagado. Manfred tuvo un momento de vacilación. ¿Era contagioso el ambiente de Midnight? Dillon siempre le había parecido un joven despreocupado; ahora se lo veía inquieto.

—Dillon, ¿estás bien? —preguntó Bobo, justo antes que Manfred.

—Sí, es solo que acabo de romper con mi novia —repuso Dillon, sonriendo levemente—. La hice enfadar, le dije que había visto... —Vaciló y su sonrisa se desvaneció—. En fin, da igual. El caso es que se enfadó conmigo. Hablaremos cuando se le pase.

—Es un buen plan, Dillon —lo animó Bobo—. Dale tiempo para que se calme.

Dillon agachó la cabeza.

—¿Queréis que os traiga más pan? —El cesto de panecillos y pan de maíz estaba casi vacío.

—Sí, gracias —respondió Manfred, no porque quisiera más, sino por darle a Dillon un motivo para irse. Arthur se quedó mirando al chico y, por un momento, pareció absorto en sus pensamientos.

La conversación de sobremesa de Magdalena fue inesperadamente amena. Sabía unas cuantas historias —Manfred sospechaba que eran las que siempre contaba— y anécdotas que mantenían el ambiente: clientes terribles, jueces terribles, demandas graciosas. A Arthur le interesaba más aquel mundo que a los demás, y fue quien más se rio. Eso lo inspiró para contar anécdotas sobre arrestos. Y Bobo contó algunas sobre «objetos extraños que trae la gente para empeñar»: el ataúd usado, la granada de mano, las lápidas sin nombre.

Para una cena en Midnight, aquella fue realmente divertida. Manfred miró los rostros sonrientes de todos: Joe y Chuy, que se lo estaban pasando muy bien; Fiji, que se reía a carcajadas; la sonrisa comedida de Olivia y la expresión animada de Bobo. Dillon trajo una tarta de mantequilla; les dijo que Madonna quería que todos la probasen, porque era una receta nueva. Ya estaba cortada en porciones, y cada uno cogió una. Era deliciosa, aunque Manfred la encontró demasiado dulce. Pero Madonna era una mujer formidable, así que no dijo nada.

A las ocho y media, los comensales se retiraron a sus respectivas casas, como si hubiesen escuchado una alarma. El cielo lucía con un color entre rosa y dorado, y las sombras de Magdalena y Manfred les precedían en el camino de vuelta a casa de él, donde estaba aparcado el coche. No hablaron; hacía calor y estaban ahítos, y Manfred tenía mucho en lo que pensar. Y, al parecer, su abogada también.

Magdalena abrió la puerta del conductor, dejando salir una ráfaga de aire caliente como un horno. Era imposible apoyarse en el metal, así que se quedó parada, moviendo el peso de un pie a otro; los zapatos le apretaban, no había duda.

—¿Ha llamado ya a mi madre? —preguntó.

—No; mañana, seguro.

Ella pareció reflexionar con la mirada en los pies, como si pudiese calmar el dolor con solo mirarlos.

—La gente de aquí es muy extraña —dijo por fin, y se fue.

32

El sol pareció desplomarse, la luz desapareció de repente y únicamente el fulgor de la luna iluminó Midnight. De vez en cuando, las nubes la ocultaban. A pesar de lo que había oído Chuy en el pronóstico del tiempo hacía un par de días, el ambiente presagiaba lluvia.

Fiji se quedó de pie en el porche de atrás, mirando al jardín, hasta que la noche se hizo cerrada. Vio un relámpago cortar la oscuridad a kilómetros de distancia, hacia el sur. Se percató de que un fragmento de oscuridad se movía en los arbustos, y se encontró con Snuggly a sus pies.

—Entra en casa —le dijo con su vocecilla de cascarrabias—, mujer inconsciente.

Fiji, que se había quedado como hipnotizada con el relámpago, abrió la puerta trasera y entró deprisa; Snuggly pasó como un rayo a su lado. Cerró la puerta con llave mientras el gato examinaba el bol de comida y el de agua. La miró con sus ojos grandes y tristes, y Fiji casi pudo imaginarlo llorando.

—Chantajista —le dijo, no sin un deje de afecto, y abrió una lata de comida para gatos.

Puso la mitad en el bol de comida y lavó y llenó el de agua. Durante unos momentos se hizo el silencio, mientras Snuggly se zampaba la comida con una celeridad que hizo que Fiji moviera la cabeza con incredulidad. Cuando terminó, el gato procedió a lamerse las patas. Luego comentó:

—¿Sabías que Joe tiene alas?

—Sí. Sospecho que es un ángel.

—Todo el mundo cree que son falsas —añadió el gato, y siguió acicalándose—. Las alas, quiero decir. Las que él y Chuy «llevan» en Halloween.

—Lo que pasa es que no siempre son visibles. —Se sentó en una silla junto a la mesa de la cocina y se frotó la cara con las manos—. ¿Has visto alguna otra cosa ahí fuera que yo debería saber?

El felino asintió.

—El reverendo y Diederik están por ahí. Todos los demás, aparte de ti, están dentro de casa.

—Y ahora yo también lo estoy —repuso, decidida a no dejarse reprender por el gato.

—El gran hombre ya está casi de vuelta. Diederik estaba hablando con él por teléfono.

—¿El padre de Diederik? Eso es fantástico. El chico estará feliz. ¡Ha crecido tanto! Me pregunto si su padre sabía lo que le iba a pasar. —Fiji miró al gato con una mirada alegre.

—Le dijo a su hijo que sentía haberse perdido su primera luna. Tengo el oído muy fino.

—Me alegro de que vuelva.

—Esta noche va a ser muy muy peligrosa.

La sonrisa se desvaneció del rostro de Fiji.

—¿Más que las últimas dos? ¿Por qué?

—No necesitas saberlo —murmuró Snuggly—, mientras te quedes en casa como una criatura razonable.

—¿Por qué no iba a hacerlo?

Susurrando algo desagradable para sí, el gato se fue hacia la sala de delante con gesto de agravio. Pasó entre las vitrinas, las sillas y la mesa, se acercó a la ventana y saltó sobre un taburete acolchado que Fiji le había puesto especialmente para él. La luz estaba apagada en la sala; Fiji entró detrás del minino para mirar fuera. En Midnight no había farolas, y el semáforo y la luna eran las únicas fuentes de iluminación.

Fiji contuvo la respiración: en mitad de la carretera (justo entre su casa y la de Manfred) había un tigre. Era enorme.

Finalmente, espiró y susurró:

—Un tigre de Bengala. ¡Por la Diosa, mira qué dentadura!

—Te lo dije —repuso Snuggly.

—Pero ¿ese es...?

Al primer tigre se le unió otro aún mayor.

—¿El reverendo? ¿Y Diederik? —preguntó Fiji, respirando con esfuerzo.

—Quizá su padre ya haya llegado. No puedo distinguirlos si no los huelo.

—¿Me... me reconocerían si salgo?

—¿Es que quieres arriesgarte a que no te reconozcan? —repuso el gato mordazmente.

—No.

—Entonces quédate en casa.

—Lo haré.

Se alegraba de que la luz de la tienda estuviese apagada porque, aunque no creía que los tigres la viesen en la ventana, tenía la sensación de que era mejor evitar su atención que atraerla. Hombro con hombro, los dos enormes felinos deambularon calle abajo hasta llegar a la casa vacía dos puertas más allá de la de Manfred, donde simplemente desaparecieron en las sombras. La suavidad de sus movimientos, el silencio, las gigantescas cabezas volviéndose de lado a lado, escudriñando la noche... Era algo a la vez inquietante y poderoso, más de lo que Fiji había visto nunca.

Quizá oyeron venir el coche y por eso se ocultaron. La carretera estuvo vacía durante unos segundos antes de que apareciera. Era un clásico, con grandes aletas en los intermitentes traseros. Fiji no tenía ni idea de la marca ni del modelo, y tampoco le interesaba. No conocía al conductor, que parecía una figura casi irrelevante dentro del coloso que conducía. Era un hombre bajo y regordete con una espesa cabellera rubia y mucha cólera. Fiji la veía brillar en la noche como una nube roja, a punto de estallar. Se metió en el sendero de Manfred, bloqueando la salida de su coche, bajó del vehículo y se aproximó con rapidez a la puerta delantera, gesticulando enérgicamente con los brazos. Llamó con el puño y empezó a gritar.

—Oh, no —dijo Fiji—. ¡Oh, no! ¡Es terrible! —Corrió hacia la puerta, pero, de repente, sintió como unas agujas se le clavaban en la espalda. Gritó.

—¡No se te ocurra abrir esa puerta! —siseó Snuggly, que había saltado del taburete a la espalda de Fiji, donde se agarraba con las zarpas.

—¡Tengo que detenerle! ¡No sabe nada! ¡Maldita sea, quítate de mi espalda!

—Retrocede hasta el taburete y me dejaré caer —dijo el gato.

Torpemente, Fiji lo hizo. Snuggly se soltó sobre el taburete y se irguió de nuevo, tan dignamente como le fue posible.

—Idiota —espetó.

—No puedo dejar que... —Un ruido la hizo mirar por la ventana.

Uno de los tigres había asomado la cabeza por la esquina de la casa de Manfred y miraba al recién llegado, que seguía golpeando la puerta y vociferando. Encima de la tienda de empeños, en el apartamento de Bobo, se encendió una luz. Bobo abrió la ventana y Fiji vio la silueta de su cabeza.

—¡Vuelve al coche, tío! —gritó Bobo.

—¿Qué? —El hombre retrocedió y miró hacia arriba.

—¡Que vuelvas al coche y te largues ahora mismo! —El tono de Bobo era muy serio.

—¿Lo ves? —dijo Snuggly—. Entre él y los monstruos hay todo un piso de distancia. Deja que sea él quien hable.

—¡No quiero! —El hombre casi temblaba de indignación. Fiji también abrió su ventana.

—¡Vuelva al coche, estúpido! —gritó—. ¡Está en peligro!

—¡No me amenace! —gritó el hombre a su vez, y golpeó de nuevo la puerta de Manfred.

El primer tigre apareció, caminando suavemente, por la esquina de la casa. Quizá el hombre olió el tigre, o lo vio moverse con el rabillo del ojo. Volvió la cabeza para mirar y se quedó paralizado. Fiji esperó que esa fuera una buena reacción.

El tigre hizo un ruido similar a una tos que, en la noche de Texas, sonó espeluznante. Estaba tan fuera de lugar como la risa de una hiena. La impresión hizo que Fiji se quedase en silencio; tampoco se oía el menor sonido por parte de Bobo.

Nunca había leído ningún folleto que le dijera lo que tenía que hacer en caso de encontrarse con un tigre suelto. O dos.

El segundo tigre se unió al primero. Fiji sentía el miedo que irradiaba el forastero. Se había acumulado a su alrededor en forma de una densa bola negra. Los dos tigres se acercaron al hombre un par de pasos y en ese momento sucedieron varias cosas en un instante más breve que un parpadeo: la puerta de Manfred se abrió, Manfred sacó su brazo tatuado, agarró al hombre por la pechera de la camisa y tiró de él hacia dentro.

En teoría, esto debería haber funcionado perfectamente y terminado con la puerta cerrada en el mismo hocico de los tigres. Lo que sucedió en realidad fue que los pies del forastero se enredaron y acabó tendido en el portal, con la puerta abierta de par en par.

Fiji se inclinó por la ventana y gritó:

—¡Eh! ¡Tigre!

Bobo hizo lo mismo, en el mismo momento.

Ambos tigres volvieron la cabeza: uno miró hacia Bobo y el otro, volviéndose ligeramente, hacia Fiji. Mientras ambos estaban distraídos, el hombre fue arrastrado hacia dentro y la puerta de Manfred se cerró.

—Cierra la ventana —ordenó Snuggly.

Fiji se dio cuenta de que se había escondido en algún lugar de la habitación, pero no consiguió ver dónde. Sin embargo, le bastaba con oírlo. Cerró la ventana y la bloqueó.

—Me pregunto quién será ese imbécil —dijo, dejándose caer en una silla.

—Si no me equivoco —respondió el gato—, es Lewis Goldthorpe.

33

El silencio en la casa de Manfred solo se veía roto por la respiración forzada del hombre tendido en el suelo. Lewis Goldthorpe se había meado encima. Manfred pensó que era una reacción comprensible cuando uno se enfrenta a dos tigres, pero no hizo más agradable el ambiente y enfureció aún más a Lewis.

—Espero que te mueras —sollozó.

—Debí haberte dejado ahí fuera para que te devorasen. —La abuela de Manfred le había advertido de lo que pasaba cuando ayudabas a otros. Habría debido escucharla.

—¿Por qué hay tigres aquí? ¿Qué problema hay en este lugar? —Lewis consiguió sentarse.

—Lo único que le pasa a este lugar es tu presencia —dijo Manfred—. ¿Qué demonios haces aquí?

—La policía volvió a casa y desmontó el globo terráqueo. Dentro encontraron lo de mi madre.

—Así que ahora sabes que yo no las robé, y que será mejor que me dejes en paz. Yo no le deseaba ningún mal a tu madre. Me caía bien.

—La engañaste —espetó Lewis, empezando a levantar la voz—. La engañaste.

—¿Engañarla, para quitarle qué? ¿Horas de soledad? ¡Te acabo de salvar la vida, gilipollas!

—Cuando mi padre murió, ella debió de haberse apoyado en mí. —La voz de Lewis se había transformado en un gruñido, y algo en su rostro hizo que Manfred se asustara un poco. Lewis estaba tirado en el suelo, hecho un guiñapo, y sus expresiones eran confusas: miedo, ira, unas lágrimas, una tonelada de frustración. Era ridículo. Pero también daba miedo.

—¿Y no lo hizo? —La voz de Manfred sonó más amable; le costó un esfuerzo titánico.

—No; cada vez era más «Lewis, tienes que aprender a valerte por ti mismo» y «Lewis, tienes que encontrar otro trabajo».

—¿Y tú pensabas que ella no tenía razón? —Manfred llevaba años hablando con personas frustradas y furiosas, así que logró que su voz sonara tan comprensiva y amistosa como la de un buen terapeuta; pero no le fue fácil.

—Desde luego que no. Necesitaba a alguien de inmediato, alguien que mantuviese alejados a los depredadores; a gente como tú, o como esa zorra de Bertha.

—¿Bertha? ¿La doncella?

—Sí, Bertha la doncella. —Lewis trató de hacer una imitación cruel de Manfred, pero solo consiguió sonar como un tonto.

—Siempre pensé que Bertha parecía... —¿Qué era lo que pensaba? La verdad era que nunca había mirado a Bertha con interés. Era la doncella y punto.

—¿Parecía qué? ¿Codiciosa? ¿Posesiva? ¿Fértil, quizá? —Prácticamente escupió la última palabra.

—No parecía nada —dijo lentamente Manfred—. Parecía parte del decorado.

—¡Eso es! ¡Exacto! —Con la confirmación de su juicio, Lewis se pavoneó, triunfante—. Siempre allí. Siempre a la derecha de mi padre, esperando, susurrando. Siempre con John merodeando.

—¿John?

—Sí, John —dijo Lewis, burlón—. Supongo que no podía llamarlo Juan; quería ser norteamericana.

—¿Es que no lo es?

—¿Bertha? Supongo que sí, técnicamente.

Manfred suspiró.

—¿Y por qué te molestó que el hijo de Bertha, John, fuese a la casa?

—Porque Bertha quería que mi padre le diese su cariño. Porque quería que lo quisiera más de lo que me quería a mí. Y cuando mi padre murió, empezó a trabajarse a mi madre. ¡Pero no le dijo la noticia importante, no! ¡Esperó a que lo hiciesen los abogados!

Manfred enarcó las cejas.

—¿De qué estás hablando?

—¡John es hijo de mi padre!

—¿Me tomas el pelo? —Manfred se quedó patidifuso.

No es bueno preguntarle a un loco si te está tomando el pelo. Manfred se pasó los cinco minutos siguientes escuchando un resumen de la aventura entre Bertha y Morton Goldthorpe. Y lo peor fue que no podía saber si era real o fantasía, porque Lewis se lo creía a pies juntillas. Pensó que el hijo de Bertha, John, era el fruto de una relación antigua.

—Cuando mi padre murió, el testamento establecía que su legado debía pasar a mi madre mientras ella viviese; después debía dividirse entre sus descendientes directos. ¿Te das cuenta? Sus descendientes directos, y eso incluye a John. Pero mi madre no sabía nada de John. Y quizá podría haber cambiado el testamento.

—¿Por eso le pusiste las pastillas en el agua?

—No lo hice. —Lewis lo dijo con determinación; casi parecía cuerdo al hablar—. Yo no envené a mi madre.

—¿Estás diciendo que fue Bertha quien lo hizo?

—Eso es lo que estoy diciendo.

—Entonces ¿por qué me has metido a mí en todo esto?

—Tú y Bertha habéis colaborado. Ella puso pastillas en el agua de mi madre la primera vez que salía de casa en dos semanas. Bertha pensó que mi madre tendría un accidente de coche de camino a verte a ti, y que nos culparían a ti o a mí.

—¿Y cómo sabes todo eso? ¿Y cómo crees que hice yo para enterarme con antelación?

—Lo sé porque me lo dijo mi madre. Me ha estado susurrando al oído. Ella me habló de todo esto.

—Eso es una tontería y lo sabes. Tu madre está en paz, con tu padre; no te susurra nada al oído. —Manfred negó con la cabeza—. Seguro que tienes algún problema de delirio; pero no me metas en ello. No le deseaba nada malo a tu madre; más bien al contrario.

Para su sorpresa, Lewis no tuvo respuesta para esto. Se puso de pie con dificultades. Manfred no le ofreció su ayuda: no quería acercarse tanto a Lewis. Se preguntó cómo limpiar el suelo de parquet, que estaba húmedo en el lugar donde Lewis había estado tumbado. Quizá con una de esas gamuzas Swiffer...

—Bueno, ¿y qué hacemos ahora? ¿Estás dispuesto a montar en tu coche y largarte de aquí?

—Sigo creyendo que estabas de acuerdo con Bertha —insistió Lewis. Era tan tenaz como un pitbull, pero tenía la mitad de su capacidad cerebral y nada de su belleza.

Manfred resopló.

—Eres un cretino, y no sé por qué tu madre no hizo que te pusieran una camisa de fuerza —dijo, y se dio cuenta de que había cruzado la frontera de la crueldad. Pero en ese momento le daba igual.

—Hay alguien fuera —avisó Lewis, que estaba mirando hacia la ventana.

Manfred lanzó una mirada escéptica en la misma dirección. Era cierto que había un rostro en la ventana. Manfred ahogó un grito; pero, una vez superada la sorpresa, creyó saber a quién había visto.

—¿Era Bertha? —dijo, atónito. Debía de haber seguido a Lewis hasta Midnight—. Tenías razón —añadió con una buena dosis de asombro en la voz—, realmente te la tiene jurada.

Manfred tenía la posibilidad de elegir (más tarde lo bautizaría como su momento «¿La dama o el tigre?»). Podía tratar de avisar a Bertha, agarrarla y meterla en la casa, como había hecho con Lewis, o bien dejarla fuera, a merced de los tigres.

Lo que sintió cuando el momento pasó solo podía calificarse de alivio.

34

Fuera, con el suave brillo de la luna —intermitente, debido a las nubes que recorrían el cielo—, Olivia se sentía más viva que nunca desde que Lemuel había partido para Nueva York. Llevaba en el tejado de Manfred desde que este se había ido a Home Cookin con la abogada. Desde el crepúsculo había estado observando los tigres merodear por Midnight.

Estaba casi segura de haber visto tres ejemplares. Pero, igual que Fiji, no era capaz de distinguirlos, y nunca habían estado los tres juntos.

Solo uno de los tres grandes felinos estaba ahora a la vista, justo debajo de su posición. La mujer que había estado espiando por la ventana de Manfred se había puesto contra la pared, y Olivia la oía respirar de forma irregular, casi como si llorase. No había podido verla bien, pero estaba casi segura de que era Bertha, y estaba encantada de que hubiese hecho acto de presencia en Midnight.

Bertha se quedó quieta hasta que el tigre avanzó y le dio un golpe tentativo con su enorme pata. Entonces Bertha salió corriendo. Olivia miró, paralizada, cómo el tigre la alcanzaba de un solo salto.

Al menos fue rápido. El último grito quedó cortado como con un cuchillo.

Olivia supuso que el felino se ocuparía de hacer desaparecer el cuerpo de la forma más práctica. Pero el que llevó a cabo la caza no tuvo ocasión de consumir su presa: un tigre aún mayor apareció de repente entre la extensión cubierta de maleza entre Midnight y el río. El recién llegado apartó al primero de un empellón. Olivia supuso que se comería el cadáver, pero no fue así. Lanzó un resoplido y se frotó contra el primero. «Le está diciendo que no debe comer personas», pensó Olivia.

El verdugo le soltó un zarpazo desganado al otro, pero este se limitó a empujarlo otra vez. En ese momento apareció un tercer tigre entre las sombras, por la parte trasera de la tienda de empeños, pero no intervino. Se dio la vuelta en silencio y cruzó la carretera Witch Light de un par de saltos.

Por lo que Olivia pudo ver, pasó entre la casa de Fiji y la valla del cementerio de animales. Luego se desvaneció en la noche, dirigiéndose hacia el sur, quizá hacia el rancho Braithwaite. Los otros dos tigres se comunicaron en silencio y lo siguieron.

Olivia esperó unos momentos antes de descolgarse al suelo. Aterrizó en cuclillas, limpiamente, y llamó a la puerta de Manfred.

—Se han ido —anunció. La puerta se abrió.

—Gracias a Dios —suspiró Manfred—. ¿Estás bien? ¿Y Bertha?

—Un estropicio. Está muerta, de eso puedes estar seguro. ¿Era Lewis el que golpeaba tu puerta? No lo vi bien.

—Sí, está aquí. —Manfred se apartó y Olivia esbozó una sonrisa al ver a Lewis.

—Tú también estás hecho un estropicio —dijo, y tenía razón. Olía a meados, tenía la ropa mojada y sucia y estaba en *shock*. Pero Olivia había conocido a varias personas como Lewis antes, y sabía que no iba a tardar mucho en volver a su habitual estado fastidioso y trastornado. No se equivocaba.

—¡Estáis todos locos! —balbució mientras se ponía de pie.

—¿Por qué has venido aquí, Lewis?

—Buena pregunta, Olivia. ¿Lewis?

—Para decir... para decir... —empezó, pero no se le ocurrió cómo terminar la frase.

—¿Crees que ha venido a matarme? —le preguntó Manfred a Olivia.

Ella dio unas palmadas a Lewis en el hombro. Tocarlo no era agradable, pero Olivia no se inmutaba fácilmente ante las cosas desagradables.

—No —respondió—, a menos que las palabras puedan convertirse en piedras. No creo que Lewis tenga cojones para matar a nadie. Solo para dar chillidos.

—Os deberían encerrar a todos —masculló Lewis, casi sin fuerzas. Estaba agotado, al menos de momento. Solo fue capaz de reunir un último impulso de desafío, lo bastante como para hacer el gesto de abofetear a Olivia; pero ella lo paró y le retorció la mano hacia atrás. Lewis empezó a sollozar.

—Olivia —intervino Manfred—, creo que hemos oído suficiente de él por esta noche.

—Estoy de acuerdo. Lewis, cierra tu bocaza.

Él lo intentó, pero no se esforzó mucho. Olivia abrió la puerta.

—Vete a tu casa. Y nunca hables con nadie de esta noche, si no quieres que Manfred te acuse de allanamiento de morada y agresión. Apuesto a que la cárcel no te gustaría nada.

Lewis salió trastabillando y se dirigió a su coche; con una desesperante torpeza, abrió la puerta y subió. En la noche tranquila, Olivia oyó el ruido del bloqueo de las puertas. Ni siquiera miró el cadáver.

—No quisiera estar en un coche con él de conductor esta noche —dijo, mientras veían como daba marcha atrás y luego avanzaba hasta la intersección.

Después giró hacia el sur, probablemente para enfilar la interestatal.

—Sin embargo, no impedimos que conduzca —observó Manfred; parecía enfadado.

Sorprendida, Olivia se volvió.

—¿Tienes algún problema con la manera en que he resuelto la cuestión? —Estaba empezando a enfadarse también.

Manfred respiró hondo; Olivia lo miró mientras se calmaba.

—No, y sí. No me gusta que haya una mujer muerta a la puerta de mi casa, ni que muriese aterrorizada y con dolor. También me preocupa cómo ocultar el cadáver para evitar la investigación de la policía. Y lamento que, ahora que está muerta, no se haga justicia con Rachel. Nadie sabrá lo que le sucedió. Como el asesino ha sido asesinado, la sospecha seguirá flotando en el aire eternamente.

Olivia torció el gesto y se puso más furiosa. Ella pensaba que había actuado bien, y el único agradecimiento que obtenía era ninguno en absoluto.

—Oye, guapo, nadie podrá demostrar nunca que tú le pusiste pastillas en la bebida, porque no lo hiciste: fue Bertha quien lo hizo.

Él se sentó de golpe.

—Lewis me acaba de decir lo mismo. Pero no sé si creerle.

—Leí el testamento de Morton. Se lo dejó todo a su esposa en primer lugar y, cuando ella muriese, a sus descendientes directos. El dinero estaba en un fondo, del que Rachel tenía usufructo durante su vida, pero después, bla, bla, bla.

—¿Y John es realmente hijo de Morton?

—Al parecer, Morton creía que lo era, o no habría redactado el testamento como lo hizo. Encontré la forma de acceder a él por internet. —Sonrió, no sin cierto orgullo.

—Pero ¿por qué matar a Rachel, si el dinero hubiera acabado pasando a John de todos modos?

—Solo es una suposición mía, pero hace poco que arrestaron a John; es información pública. No fue en Bonnet Park, sino en Abilene; por homicidio involuntario. Destrozó su coche y el pasajero resultó muerto. Así que iba a enfrentarse a un juicio, y no tenía con qué pagarse un abogado. No sé si Bertha trató de que Rachel le soltase el dinero, o si le dijo lo que pasaba siquiera. Pero John necesita dinero, y ya.

—Pero el testamento tendrá que pasar por una validación testamentaria, ¿no? —Incluso el exiguo legado de su abuela había tenido que validarse—. Cuando Xylda murió yo necesitaba dinero para el día a día de la casa, y el abogado me permitió acceder a él.

—Seguro que, si tuvieses que enfrentarte a una acusación criminal, te habría dejado acceder al dinero para pagar a un abogado.

—Eso... bueno, no estoy tan seguro. —De pronto, Manfred sintió como si los hechos del día le cayesen encima.

—¿Adónde vas? —preguntó Olivia con dureza.

—A la cama. No puedo... —Ni siquiera terminó la frase; entró en su dormitorio y cerró la puerta.

Parecía que Olivia iba a tener que encargarse sola del cuerpo de Bertha. Había contado con que los tigres hicieran lo que se esperaba de ellos y devorasen la mayor parte de él, pero se figuró que eso no iba a suceder. Volvió a salir a la calle.

—Cuando te llamé y te dije que siguieses a Lewis, no era esto lo que me esperaba —le dijo a lo que quedaba de Bertha.

No había sido muy difícil provocar a Lewis para que viniese a Midnight. No, nada difícil, sobre todo después de contarle lo del boletín de noticias. Se había hecho pasar por reportera y había repetido todo lo que Manfred había dicho, maquillándolo un poco. Y después de que amenazara con hacer frente a la persona malvada que le había arruinado la vida, Olivia había llamado a Bertha. El resultado había sido prácticamente perfecto. «Salvo que se encuentre el cuerpo y la policía empiece a buscar tigres. Uf, al reverendo eso no le gustaría nada...» Y este pensamiento —que se le debería haber ocurrido antes— la dejó bastante intranquila.

De acuerdo, el cuerpo no se encontraría, ni el coche de Bertha, al menos durante un tiempo. Olivia esperaba tener otra cortina de ducha y más cinta americana en su apartamento; eran las herramientas más útiles para eliminar un cuerpo. Y tendría que prestar una atención especial a los tigres; nunca se había enfrentado a un riesgo así. Se dirigió a su apartamento, canturreando.

Cuando volvió al cabo de veinte minutos, se encontró con la agradable sorpresa de que el cuerpo ya no estaba, y que solo quedaba una mancha de sangre en el lugar donde había yacido. En aras de la limpieza, conectó la manguera del reverendo a la toma de agua exterior de Manfred y se pasó diez minutos limpiando cualquier huella con agua. Era posible que lloviese, pero mejor prevenir.

«Al menos, que pague el agua», pensó.

35

Joe salió a la mañana siguiente a hacer ejercicio por primera vez desde su lesión de tobillo. Solo podía andar, no correr. En lugar de ir hacia el oeste, fue hacia el este; quería pasar por el sitio donde había tenido lugar la muerte de aquella mujer. Chuy y él habían oído el grito la noche antes, y se habían abrazado. Al cabo de un rato habían visto a uno de los tigres arrastrar algo por la calle y meterse en el cementerio de animales. Luego vieron a Olivia cruzar la calle para tomar la manguera de la casa del reverendo, así que se imaginaron que había limpiado el suelo con agua.

Joe estaba casi convencido de que el reverendo estaba en el cementerio de animales, cavando una tumba bien honda. Había varias en aquel terreno. Enterraba a las víctimas ilícitas en agujeros muy profundos y a los animales encima; esa era su técnica. «El ejercicio me conviene», le había dicho a Joe en una época en que hablaba más que ahora. A medida que pasaban los años, el reverendo se mostraba cada vez menos locuaz.

Aún no había tenido tiempo de alejarse del pueblo cuando Joe oyó que alguien corría detrás de él. Se volvió a medias y vio de reojo al hombre alto que había dejado a Diederik con el reverendo. Le sorprendió verle correr aquella mañana, pero lo cierto era que los hombres animal eran criaturas cargadas de energía. Debido al tobillo, Joe se lo tomaba con calma, así que no pasó mucho tiempo antes de que el hombre lo alcanzara. Al pasar a su lado inclinó levemente la cabeza; Joe lo correspondió con el mismo gesto.

Emprendió el regreso unos minutos más tarde, cuando empezó a sentir un dolor desagradable en la pierna lesionada. Redujo aún más el ritmo cuando el dolor aumentó.

Al cabo de poco rato volvió a oír pasos a su espalda. El sol estaba empezando a calentar con fuerza y Joe sudaba a chorros. Al principio pensó que lo que estaba oyendo era su propio pulso palpitando en los oídos, pero no: el hombre alto se acercaba por detrás, y en un momento se puso a la altura de Joe.

—Debe de estar pensando que soy un padre terrible.

—Vamos a pararnos en casa de Fiji. Quizá es a ella a quien deba contarle la historia —dijo Joe—. Es ella la que ha cuidado de su hijo, más que ninguno de nosotros.

Tras este comentario ambos siguieron corriendo en silencio.

A pesar de que era temprano por la mañana y aún no había abierto la tienda, cuando entraron Fiji estaba trabajando en el jardín. No pareció sorprendida cuando Joe la llamó; quizá los había visto salir a correr y se había hecho la encontradiza. Se puso de pie apoyándose en los talones y los miró, protegiéndose los ojos del sol con la mano. A pesar de que Fiji sonreía, a sus pies Snuggly lanzó al hombre alto una mirada de odio.

El hombre se agachó. El sol brillaba en su cabeza calva mientras tendía la mano hacia el gato.

—No tienes por qué temerme, hermano. Y la señora Fiji tampoco. —El minino se quedó mirando la mano del hombre antes de darse la vuelta y alejarse, con la cola alta. Joe supuso que aquello era la versión gatuna de un desprecio.

Tras unos momentos, el hombre se irguió. Pasó la mirada de Joe a Fiji; sus ojos eran de color violeta, como un pensamiento. Como los de su hijo.

—Me llamo Quinn. Mi hijo me ha contado que ustedes han estado cuidándolo; en especial usted, señora Fiji.

—Puede llamarme simplemente Fiji. Diederik es un chico muy majo —dijo ella lentamente, como comentario introductorio. Joe imaginó que Fiji no sabía cómo decir lo que quería decir—. En realidad, todos pusimos nuestro granito de arena para cuidarlo. El reverendo... —Hizo una pausa, y decidió hablar con franqueza—. Qué demonios... Debe usted saber, señor Quinn, que el reverendo no es la mejor persona con la que dejar a un niño, por mucho que parezca como si aún fuera un adolescente; Diederik aún es un niño. Sobre todo en vista de... —Miró a Joe en busca de apoyo y él asintió.

—Queremos saber qué sucede —dijo Joe llanamente.

—Me lo merezco —repuso Quinn—, y quiero explicarlo. No pensaba que quedasen más hombres tigre en Norteamérica; incluso me preguntaba si yo era el último en todo el mundo. Entonces conocí a la madre de Diederik, Tijgerin. La primera vez que se quedó embarazada me dijo que quería ser una madre tradicional. Eso significaba que quería criar al cachorro sola. A mí la idea me pareció terrible, pero ella quería hacer las cosas como las había hecho su madre. Sin embargo, perdimos a nuestra cría. Estábamos desolados, pero ambos pensamos que las cosas no tenían por qué ir mal una segunda vez. Así que buscamos otro embarazo, y lo logramos. Yo estaba seguro de que las cosas iban a salir bien, pero me equivocaba: Tijgerin seguía empeñada en criarlo a la vieja usanza, alejado de mí. —El hombre negó con la cabeza.

Joe percibió que estaba invadido por la tristeza y el pesar.

—Tanto Tijgerin como el cachorro que crecía en su seno parecían estar bien. Yo sentí que no tenía opción: no quería ni podía forzarla a hacer lo que yo quisiera. A mí me habían forzado a hacer muchas cosas, y no quería que a ella le pasara lo mismo. Tijgerin era una mujer, una tigresa, orgullosa.

Snuggly había salido despacio de los arbustos y estaba mirando a Quinn. Con un gesto ausente, Fiji lo cogió en brazos para que pudiese ver mejor.

Joe cerró los ojos para no ver el dolor de Quinn.

—Lo parió sola, en forma humana; por si no lo saben, es lo que hacemos los que tenemos dos naturalezas. Me llamó para decirme que todo había ido bien y que teníamos un hijo varón. Yo estaba muy emocionado y quería ir a verlo. Ella fue inflexible: solo una visita rápida. Pero, mientras iba de camino, algo se rompió en su interior. Cuando la encontré, ya casi no estaba entre nosotros, pero había mantenido vivo al bebé.

Joe se dio la vuelta y se secó el rostro con un pañuelo. Estaba triste y abrumado, y ansiaba volver a su apartamento y a Chuy; pero estaba aquí para ser testigo de aquel drama.

—Así que tuvo que criar al chico —dijo Fiji.

Asintió; parecía resuelto a que Joe y Fiji supieran toda la historia.

—Tenía a Diederik, y lo hice lo mejor que pude. Mi trabajo me obliga a viajar, y a veces tenía que dejarlo con mi hermana. Ella es humana, y está casada. Al cabo de poco tiempo ella tenía a su propio bebé en camino, y me dijo que le costaría cuidar a Diederik y al bebé al mismo tiempo. Yo lo entendí, sobre todo cuando Diederik empezó a crecer. Pasados los primeros años, el crecimiento se acelera a ojos vistas, hasta... bueno, ya lo han visto. Así que empecé a llevármelo conmigo. Eso no era lo ideal, pero no podía dejarlo con una persona que no se hiciera cargo de lo que le pasaba.

—Pero ¿por qué lo dejó con el reverendo? —preguntó Joe—. ¿Sabía que esta iba a ser su luna?

—Nunca lo habría dejado si hubiese estado seguro de que

esta era su luna —respondió Quinn con tono duro—. Pero sabía que estaba cerca, y que iba a empezar a crecer sin parar, así que cuando descubrí que había otro tigre, sentí alivio. ¡Otro tigre en el país! Por fin, un lugar seguro donde dejar a Diederik, con una persona que iba a entender la situación, mientras yo podía volver a mi trabajo.

—Este problema no se va a acabar nunca, ¿verdad? —Fiji parecía preocupada—. Quiero decir que, bueno, no me gusta criticar, pero... —Hizo un gesto con la mano, como queriendo indicar «esto es permanente».

—Ahora que ha pasado su primera luna, podremos hacer planes juntos —respondió Quinn—. Ya estamos en el mismo punto. Aunque me habría gustado estar aquí desde el principio de su luna. Lo de anoche fue una desgracia.

—Sí, es una forma de decirlo —comentó Fiji.

Quinn inspiró profundamente; Joe veía que el hombre tigre quería saltar en defensa de su cachorro, pero la realidad era la que era.

—Impedí que se la comiera, así que no se convertirá en un devorador de hombres. Después nos fuimos a cazar una oveja.

—Esa mujer no merecía morir de esa forma —afirmó Joe.

—Me siento muy mal por ello, más de lo que imagináis. Pero no pude llegar, transformarme y encontrar la pista de Diederik a tiempo para evitar que sucediese. Y el reverendo no fue lo bastante rápido. Llevo desde el amanecer consolando a un chico que recuerda haber hundido los dientes en la garganta de una mujer.

Hubo un momento de silencio, hasta que Joe preguntó:

—¿Y dónde está ahora? —Se sentía orgulloso de haber logrado que su voz se mantuviese suave y equilibrada.

—En casa del reverendo, dormido, por fin. —Quinn apartó la vista—. Yo estaba demasiado inquieto para dormir, así que he salido a correr un rato.

—Si se lo lleva para que le acompañe a todas partes, ¿cómo va a escolarizarlo?

—Eso tendré que meditarlo. Es un chico inteligente; aprende muy rápido —dijo, con un orgullo de padre que iluminaba sus palabras—. Pero los hombres animal no lo pasan bien en las escuelas para humanos, sobre todo los que crecen especialmente rápido, como Diederik. Va a pasar mucho tiempo hasta que sus emociones y su cuerpo se pongan a la misma altura; al menos, en términos de niño. Puede que un año o dos, depende. Mientras, seguirá pareciendo como si debiera ir al instituto, cuando ni siquiera ha llegado a ir a la escuela, así que le faltan conocimientos básicos y condicionamiento social.

—Por favor, entre —invitó Fiji de repente—. No es necesario que nos quedemos aquí fuera de pie, con el calor que hace.

Entraron todos, y Fiji los invitó a sentarse en la cocina, que estaba fresca. Snuggly se retiró a una cesta en la esquina, desde donde podía tener vigilado a Quinn. Fiji puso en la mesa un plato con pan de pasas, un cuchillo, mantequilla y servilletas. A pesar de que Joe creyó que no debía, se cortó una rebanada, la untó de mantequilla y empezó a comerla lentamente. «Ahí va mi ejercicio», pensó, antes de prestar toda su atención a Quinn.

—Hablaba de Diederik —dijo Fiji, y esperó.

—El reverendo se ha ofrecido a quedárselo unos meses, mientras gana control sobre sus emociones —explicó Quinn—. Como pueden imaginar, pasar de ser un niño a un adolescente en un tiempo muy breve es algo que da miedo. Mis amigos me han contado que ya es bastante difícil hacerlo en tiempo humano. Será una época difícil para Diederik; vendré a verle todas las veces que pueda.

—Es lo mejor que puede hacer —opinó Fiji.

Joe se mostró de acuerdo. A pesar de que no recordaba su época de adolescente, estaba seguro de que había sido dura.

No tenía más que pensar en los dos que habían vivido recientemente en Midnight.

—¿Y qué pasará después? —preguntó.

—A esta comunidad no le asusta dar la cara y decir lo que opina —repuso Quinn con una media sonrisa—. Supongo que me lo he buscado. Por tratar de aceptar un trabajo más eché a perder uno de los momentos más importantes de la vida de mi hijo.

—¿Y cuál es ese misterioso trabajo que le obliga a viajar tanto? —Joe sentía curiosidad.

—Soy planificador de eventos para la comunidad sobrenatural. Bodas de vampiros, fiestas de mayoría de edad para hombres animal (¡los que son un poco más predecibles que los tigres!), luchas por el liderazgo de diversos tipos... cosas así. Los sobrenaturales son un porcentaje mínimo de la población y están muy dispersos, así que no tengo más remedio que viajar mucho. Esperaba poder ahorrar lo suficiente para retirarme al terminar el año; al menos podré darme el lujo de tomarme un tiempo de descanso hasta que decida qué hacer a continuación.

—Así que, ahora que Diederik se ha transformado por primera vez —dijo Fiji—, ¿sucederá cada mes? —Se había cortado un trozo de pan y le daba pequeños mordiscos. Se puso de pie para servirse una taza de café y llenar los vasos de sus invitados.

—Sí —contestó Quinn—. Aunque las enfermedades y el entorno pueden modificarlo, ese es el patrón ideal.

—¿Y los rancheros perderían una vaca al mes? Eso es complicado para algunas personas, ¿no? —Joe estaba pensando en los granjeros que pasaban por Home Cookin, hombres y mujeres que vivían con lo justo.

—A veces el reverendo necesita cazar. Nos pasa a todos. Hay ocasiones en que el instinto es tan potente que no te queda más remedio que seguirlo. Pero, generalmente, lo que hace es comprar una vaca y dejarla atada en terreno abierto por la noche, al norte o al sur del pueblo.

«Hasta que puede saltar sobre ella, matarla y comérsela», pensó Joe. No le era difícil imaginar que la caza debía de ser mucho más satisfactoria y natural que acechar a un animal doméstico, comprado e indefenso.

Recordó la lucha, hacía miles de años. La excitación salvaje de encontrar al rival, el destello de la espada. Pero los recuerdos solo traían amargura, y él no quería saber nada de amarguras, así que apartó esa emoción y volvió a la cocina de Fiji, soleada, limpia y llena de olores agradables.

—Usted es el padre, y yo no tengo hijos —dijo Joe—. Pero no me cabe duda de que estará mejor con usted, no aquí. Si, como dice, se piensa retirar pronto, ¿no puede dejar su educación en espera hasta entonces?

Fue afortunado que Joe formulase la pregunta con tanta amabilidad, porque el rostro y los hombros de Quinn se tensaron, revelando su irritación.

—Estoy seguro de que no conoce este dato —respondió, también con amabilidad—, pero un hombre tigre joven es apreciado por su habilidad en la lucha. Cuando yo era un chico de la edad de mi hijo, se me obligó a pelear y matar en los fosos para saldar una deuda de mi familia. —Sin previo aviso, se quitó la camiseta y se puso de pie para mostrarles las cicatrices que le cruzaban tanto la espalda como el pecho.

—Es horrible —dijo Fiji, sobrecogida—. Me alegro de que sobreviviese.

El hombre se encogió de hombros y se volvió a poner la camiseta.

—Ya pasó. Pero lo que quiero evitar es que los de la comunidad sobrenatural piensen en Diederik como en carne de foso, ahora que ha crecido.

—¿Podrían arrebatárselo? —preguntó Joe.

—Sí, si yo estuviese muerto.

—Entonces, por el momento Diederik se quedará en Midnight —dijo Joe.

—Así es. Quizá en unos meses o un año sea lo bastante fuerte, pasada la parte peligrosa. Si adquiere cierto renombre haciendo otra cosa, no será fácil llevárselo. Encontrará un trabajo que pueda hacer.

Joe y Fiji se miraron.

—¿Con el reverendo? —dijo por fin ella—. ¿Usted ha estado en casa del reverendo?

—Sí, ya he visto que es un lugar vacío, estéril. Quería preguntar si quizá podría quedarse en otra parte, aunque el reverendo será el responsable de educar a Diederik en el camino del tigre y enseñarle nuestra historia. Por supuesto, yo pagaría el alojamiento y otros gastos. Tengo entendido que usted, Fiji, le ha comprado ropa, y querría pagársela. Le agradezco su generosidad.

—No hay de qué —contestó ella con una sonrisa—. Si quiere hacerlo, adelante, pero lo hice para tenerlo decente y contento. Los chicos necesitan ropa, y mucha comida.

—¿Tienen idea de quién podría acogerlo? —Quinn pasó la mirada del uno al otro.

—Supongo que yo podría despejar mi segundo dormitorio, que está atiborrado de trastos —dijo Fiji, dubitativa.

—Usted ha sido muy amable con Diederik, y le encanta cómo cocina. —Quinn sonrió de nuevo—. Y después de probar este pan, lo entiendo. Pero también es guapa y joven, y compartir vivienda con un chico adolescente, las cortas distancias... En fin, podría no ser lo ideal.

Fiji se ruborizó.

—De acuerdo.

—Nosotros solemos recibir visitas —explicó Joe—, así que necesitamos nuestra habitación de invitados. —Chuy se mantenía en contacto con sus descendientes humanos; desde luego, ellos desconocían su verdadera naturaleza. Joe no reprendía a Chuy por las elaboradas historias que les contaba acerca de su parentesco; al parecer, Chuy necesitaba mantener ese contacto.

—Eso deja a Manfred o a Bobo —señaló Fiji—. Ambos son buena gente.

Quinn se puso de pie.

—Me ducharé e iré a hablar con ellos. Tengo una deuda de gratitud con ambos por haber sido tan amables con mi hijo.

Snuggly alzó la cabeza y dijo: «Adiós, hombre alto». Quinn pareció desconcertado.

—Bueno... hasta la vista, pequeño hermano. —Movió la cabeza y se marchó.

—Joe, ¿crees que esto puede funcionar?

—Espero que sí. Todo indica que este pueblo acaba de adoptar a un niño.

Mientras volvía a su apartamento, con ganas de darse una ducha, seguía pensando en la dura vida de Quinn, y en la pérdida de su hembra de tigre, Tijgerin.

Diederik no tenía madre, y su ritmo acelerado de crecimiento le había privado también de una infancia. Sin embargo, el chico había dejado una huella en Joe por su alegría, su buena disposición y su inteligencia. Durante un momento, Joe casi lamentó el extraño apego de Chuy a los humanos, que dificultaba que Diederik se quedase en su casa. Habría estado bien tener a alguien joven por allí. Sonrió para sí; no había podido dejar de notar que Quinn había supuesto que Diederik se sentiría atraído por una mujer, no por un hombre. En fin, probablemente tenía razón. Joe no había notado signo alguno que le contradijese, aunque a veces un chico tan joven desconoce su propia naturaleza.

Joe se preguntó si la madre de Diederik, Tijgerin, había sido realmente la última mujer tigresa.

Si así era, entonces Diederik era el último de su especie. Si no podía encontrar otra hembra, los hombres tigre se extinguirían. Durante la mayor parte de su vida. Quinn debió de suponer que él era el último, pero ahora tenía un hijo. Esperaba que Diederik tuviese aún más suerte que él y encontrara una pareja que viviese.

La muerte de la mujer la noche anterior no preocupaba excesivamente a Joe. Ya estaba hecho y no tenía remedio. No pensaba lamentarse ni pedir a Dios que castigase a Diederik.

Y esa era una de las razones por las que estaba en Midnight.

36

Cuando se empezó a servir el almuerzo en Home Cookin había bastantes clientes. Olivia estaba disfrutando de un rosbif al pan, que cortaba en pequeños trozos y masticaba con fruición. Sus conciudadanos estaban alrededor de la mesa, y ella les sonreía. La acción de la noche anterior la había dejado agradablemente relajada. Aparte de los ausentes hombres tigre y de Teacher, cuyo turno en Gas N Go parecía eterno, todos los demás estaban allí, aunque Madonna y Grady se hallaban en la cocina y Dillon tenía entrenamiento de fútbol.

Manfred llegó más tarde que los demás, acalorado y agitado. Como solía ser la persona más pálida del pueblo (salvo Lemuel), aquello no dejaba de ser peculiar.

—¿Qué pasa? —preguntó Chuy, que tenía a Rasta en el regazo. El chucho lo había pasado mal la noche anterior. Los resoplidos de los tigres lo hacían temblar y gemir. Después de que volviera el silencio, Joe y Chuy habían dejado que el perrito se instalase entre ambos, en la cama, algo que solo le permitían en caso de tormenta.

Manfred hizo una pausa y dio una suave palmada en el hombro a Olivia, algo que nunca había hecho (si hubiese sabido la razón por la que Lewis y Bertha habían estado en su casa la noche anterior, probablemente no lo habría hecho).

—Me he pasado por el hotel a ver cómo estaban Mamie, Tommy y Suzie —informó Manfred—. También quería saber si Shorty tenía noticias de su nieto. Los encontré a todos con la maleta hecha y listos para marcharse.

—¿Cómo? —Olivia le lanzó una mirada penetrante, intentando creer que se trataba de una especie de broma—. ¿Qué dijo Lenore Whitefield al respecto?

—Dijo que se habían abierto vacantes para todos ellos en Safe Harbor, esa residencia asistida de lujo que hay en Davy. Cada uno tendrá habitación propia con una pequeña cocina, televisor, cama doble y un sofá reclinable, cito textualmente.

Todos se quedaron pensativos un momento.

—Y a ellos, ¿qué les pareció? —dijo Olivia, recelosa.

—Dijeron que seguramente habría más animación en Davy. Los residentes de allí tienen clases de baile, noches en la bolera y sesiones de yoga.

—¿Así que están dispuestos a irse? —Olivia apenas podía creerlo.

—Sí, incluso después de que los llevásemos a comer a Cracker Barrel, estaban dispuestos a irse —dijo Manfred, entre risas—. Pero quieren que vayamos a visitarlos, y dijeron que tú habías prometido llevarlos a la biblioteca, Olivia.

—Y lo haré.

—¿Y no les extrañó que estuviese todo pagado? —preguntó Chuy.

—Supongo que si vives en un motel lleno de cucarachas en Las Vegas, estás dispuesto a aceptar cualquier cosa inexplicable que te pase —respondió Manfred.

—¿Y los huéspedes normales, los que trabajan en Magic Portal? —preguntó Bobo. Uno de ellos había entrado en Midnight Pawn el sábado y había estado regateando con Bobo por una antigua bandeja. Llegó a hacerse pesado.

—Siguen siendo residentes, en palabras de Lenore —repuso Manfred—. Le pregunté si vendrían más ancianos y me dijo que eso quedaba fuera de su competencia, o algo así. Pero el hotel va a seguir abierto.

—Muy extraño —opinó Chuy mientras le rascaba la cabeza a Rasta—. Dos empleados, más el cocinero, para dos huéspedes.

—¿Qué puede representar eso para el futuro? —se interesó Bobo. Nadie tenía la respuesta, desde luego. Era, como mínimo, perturbador.

Sonó la campanilla electrónica de la puerta; todos se dieron la vuelta para ver quién entraba.

—Hola a todos —dijo Arthur Smith.

Su relación con el sheriff era lo bastante relajada como para que le contestasen «Hola» y le hiciesen sitio en la mesa. Arthur miró con interés el rosbif de Olivia.

—He venido para hablar contigo, Manfred, y, como no te he encontrado en tu casa, he imaginado que estarías aquí. —Madonna le puso a Arthur un vaso de agua y cubiertos, y él le pidió un rosbif al pan como el de Olivia. Madonna, impasible, asintió y se fue.

—¿De qué quiere hablar? Espero que no sean más problemas para mí. —A pesar de que Manfred intentó parecer seguro de sí mismo, sabía que todos habían captado la incertidumbre en su voz.

—Me ha llamado la poli de Bonnet Park. Querían contarme algunas cosas acerca de Lewis Goldthorpe.

—¿Sí? —Manfred esperaba que Arthur no hubiera notado que todo el mundo estaba guardando silencio.

—Sí. Hoy fue a hablar con ellos y les contó que había visto tres tigres aquí.

—Tres tigres. —Manfred no tuvo que esforzarse para parecer sorprendido, porque lo estaba. ¿Cómo creía Lewis que iba a sonar una historia así en cualquier comisaría del país?—. Vaya, ¿y dijo por qué estaba él aquí? Porque no me imagino una razón.

También esperaba no estar imaginándose que los ojos de Arthur estaban clavados en él, percibiendo hasta el mínimo movimiento.

—Dijo que se habían comido a su ama de llaves. Una mujer llamada... ¿Bertha, puede ser?

—¿Bertha también estuvo aquí? —Manfred no fue capaz de reírse, pero al menos logró poner un tono de sarcasmo pasable—. Y aparte de los tigres y Bertha, ¿mencionó a alguien más?

—No —repuso Arthur, amagando una sonrisa—. Sin embargo, como se encontraron las joyas y usted no pudo haber matado a Rachel Goldthorpe, ya ha dejado de formar parte de la investigación.

—¡Limpio de toda mácula! —Manfred dio un golpecito en la mesa—. Eso es lo que llevo mucho tiempo esperando. Y ¿le dieron alguna pista sobre quién pudo haberla matado?

—No lo sé. Lewis dice que fue esa tal Bertha, y que era la amante de su padre. No sé si es cierto o no. Además, Bertha ha desaparecido. Se ha ido de la casa, su hijo no sabe dónde está y su coche tampoco se ha encontrado. Su hijo dice que tiene un análisis de ADN que demuestra que es hijo de Morton Goldthorpe. Annelle y Roseanna, las hijas de Rachel, están muy emocionadas.

—¿Quieren otro hermano? Qué extraño —intervino Bobo—. Bueno, lo que importa es que Manfred está limpio de sospecha.

—Y la policía de Bonnet Park ¿no podía haber hablado directamente con Manfred? —Olivia tenía aspecto de estar indignada.

—Parece que se han visto un poco superados por los acontecimientos —dijo Arthur—. Lewis comportándose como un chalado, una muerte no resuelta, la mujer desaparecida, un posible nuevo heredero y la publicidad que resulta de todo ello. Por lo visto, Lewis ha estado contándole a todo el mundo su historia sobre los tigres, y el jefe de policía dice que cree que las hermanas van a intentar que lo internen en una institución.

—Qué alivio —opinó Manfred—. No me parece que sea una persona lo bastante estable como para andar suelta por ahí.

Arthur asintió y empezó a cortar su bocadillo. Cerró los ojos un instante para apreciar el aroma.

—Esto es celestial —dijo, llevándose un trozo a la boca.

—Disfrute de él; yo debo irme —terció Olivia, sonriendo a todo el mundo. Dobló la servilleta de papel, la dejó en el plato y, con un movimiento suave, se separó de la mesa y se puso de pie. Al llegar a la puerta de cristal, hizo una pausa y dijo—: Sheriff, venga aquí. Rápido.

Con un suspiro, Arthur dejó el tenedor y se acercó.

—¿Qué sucede ahora? —preguntó a regañadientes.

—Están robando en el Gas N Go —dijo Olivia en voz baja, como si el ladrón pudiese oírla—. Ese coche acaba de parar al lado del surtidor. Ha entrado un tipo con una chaqueta de chándal con capucha, con este calor. Y no ha empezado a repostar ni nada.

Madonna, que estaba recogiendo el plato de Olivia, entró en la cocina y salió con Grady y una escopeta.

—Cuídame al niño —le dijo a Joe mientras le pasaba a Grady. Tanto Grady como Joe pusieron expresión de sorpresa. Madonna fue directa hacia la puerta con la escopeta en la mano—. Nadie va a atracar a mi marido —dijo simplemente. Y si Arthur no la hubiese detenido, habría abierto la puerta y se habría dirigido a Gas N Go.

—Deja que me encargue yo. Es mi trabajo. Si me matan, encárgate tú, si quieres. He pedido refuerzos. —Sonrió ligeramente y salió de Home Cookin.

A esas alturas todos estaban reunidos ante el ventanal: Bobo y Manfred, Fiji, Chuy y Joe, Rasta y Grady. Olivia estaba fuera, en la acera, muy inquieta.

La expresión de Arthur Smith era profesional. Sacó la pistola y cruzó la carretera corriendo. Al llegar a la esquina de Gas N Go se inclinó hacia delante para espiar por el escaparate.

—¿Sabe dónde está la puerta de atrás? —preguntó Madonna.

—Sí, sí lo sabe —contestó Manfred. Arthur la había visto hacía unos meses, cuando atracaron a Manfred y Bobo en el callejón detrás de la tienda.

Todos contuvieron la respiración mientras Arthur se alejaba del escaparate y se dirigía corriendo a la puerta trasera por el callejón.

—Teacher, espero que no hayas cerrado esa maldita puerta con llave —dijo Madonna en voz alta.

No lo había hecho.

Arthur se coló en el interior y, sin decir palabra, Madonna cruzó la calle, escopeta en ristre.

—Ahhh —dijo Fiji, con las manos temblorosas.

—No puedes ir allí —le advirtió Manfred—. Arthur no lo querría.

—Es la hora de la fiesta —comentó Olivia.

Igual que el restaurante, la fachada de Gas N Go tenía una cristalera, pero hacía ángulo con la calle. La multitud reunida en Home Cookin no podía ver el interior como lo podía ver Madonna. Abrió la puerta y alzó la escopeta. Todos inspiraron al mismo tiempo. Joe sostuvo la carita de Grady contra el hombro para que el pequeño no pudiera ver.

No hubo disparos ni gritos, ni ninguno de los ruidos que temían oír.

Lo que sí oyeron fueron sirenas acercándose desde Davy.

—Uf, gracias a Dios —dijo Chuy.

—Bien está lo que bien acaba —murmuró Olivia—. Bueno, yo me largo. —Y, como si no hubiese pasado nada, salió andando por la acera y cruzó la carretera después de la intersección, camino de su apartamento.

Las lágrimas surcaban el rostro de Fiji.

—Eh, ¿qué pasa? —preguntó Manfred. Se dio cuenta de lo estúpido de la pregunta y negó con la cabeza, asombrado de su propia tontería.

—Ya sé que estoy siendo una tonta —respondió Fiji—. Creo que solo es la tensión acumulada después de lo de anoche.

—Vaya. Así que lo viste.

Asintió.

—Necesito un rato con menos dramatismo. Me voy a casa; allí seguro que lo encuentro.

—Buena idea —opinó Manfred, pero Fiji ya había salido de Home Cookin e iba camino de su casa—. ¿Alguien sabía que Madonna tenía una escopeta en la cocina? —preguntó a Joe, que estaba meciendo al soñoliento Grady en los brazos.

—Yo no, desde luego. ¿Chuy?

—Yo me he quedado de piedra —sonrió.

Los tres hombres tigre —en su aspecto humano, claro— salieron de la pequeña casa del reverendo y se quedaron en la acera, uno junto al otro, mirando cómo los policías, entre ellos Gomez y Nash, tomaban Gas N Go por asalto. Los tres se acercaron a los ángeles y al médium, que habían salido también. Manfred esperaba que el charco de sangre que había junto a su casa estuviese totalmente limpio. Olivia había hecho un buen trabajo, pero prefería comprobarlo.

Madonna cruzó la calle hacia ellos, sosteniendo la escopeta en el hueco del brazo.

—Voy a guardar esto; luego vengo por Grady.

—No hay problema —respondió Joe—. ¿Todo bien allí?

—Sí. Ese Smith vino desde atrás justo antes de que yo entrara por delante. El idiota no sabía hacia dónde mirar.

—¿Es alguien a quien conozcamos?

—No; es un malhechor de Abilene. Pensaba que sería fácil atracar una tiendecilla en un pueblucho como Midnight. Ja, ja, no contaba con Teacher y conmigo. —Echó una mirada a

los espectadores, una mirada de desprecio por su pasividad—.
Ah, y gracias por vuestra ayuda, ¿eh?

—Supongo que nos quedamos todos helados —dijo Quinn,
divertido.

El reverendo negó con la cabeza. Diederik (que, según
notó Manfred, ya era más alto) sonrió, aunque no con la misma sonrisa franca y amplia de los últimos días. Joe, que estaba
tan pegado a Chuy como era posible, sonrió también, mirando la cabeza oscura que reposaba en su hombro.

—Tienes razón, damos un poco de lástima —dijo Manfred, sonriendo también y pensando que Diederik aún olía a
sangre. Luego observó como una pluma (aparecida de no se
sabía dónde) flotaba desde el hombro de Joe y se posaba suavemente sobre la acera.

Papel certificado por el Forest Stewardship Council®